意外之外 太阳火

未来事务管理局 主编
孙薇 郭凯 选编

化学工业出版社
·北京·

图书在版编目（CIP）数据

意外之外. 太阳火 / 未来事务管理局主编；孙薇，郭凯选编. —北京：化学工业出版社，2021.1（2023.4重印）
ISBN 978-7-122-37943-6

Ⅰ.①意… Ⅱ.①未…②孙…③郭… Ⅲ.①幻想小说-小说集-世界-现代 Ⅳ.①I14

中国版本图书馆CIP数据核字（2020）第209062号

出 品 人：李岩松		特约策划：李兆欣	
责任编辑：汪元元　笪许燕		营销编辑：龚 娟　郑 芳	
责任校对：宋 夏		装帧设计：尹琳琳	

出版发行：化学工业出版社
　　　　　（北京市东城区青年湖南街13号　邮政编码100011）
印　　装：三河市双峰印刷装订有限公司
880mm×1230mm　1/32　印张10　字数184千字
2023年4月北京第1版第5次印刷

购书咨询：010-64518888　　　　售后服务：010-64518899
网　　址：http://www.cip.com.cn
凡购买本书，如有缺损质量问题，本社销售中心负责调换。

定　　价：39.80元　　　　　　　　　　　版权所有　违者必究

序

  自从人类脱离野兽的蒙昧,登上文明的台阶,便不断探索自己和世界的关系,从而定义自己在这个宇宙的位置。从一隅的东非开始,人类探索过这个被称为"蓝色弹珠"的星球的每一寸表面。这还不够,不断发展的科技让人类上天入海、踏上月球甚至火星;发射了"卡西尼"号等探测器,一路探索太阳系内外;制造了哈勃太空望远镜和FAST射电望远镜遥望银河与宇宙。已知的宇宙里,人类是唯一的文明,这份好奇心和孤独感促使人类继续探索与前进。

  而作为其中个体的人,在生命的每个阶段也在不停探索自己和世界的关系,来定义自己在这个世界的位置:尚未呱呱坠地,便伸展四肢探寻孕育自己的子宫的疆域;在摇篮之时,注视面前晃动的色彩，聆听周围纷扰的声音，以了解身处的空间；年幼之时会调皮捣蛋，用顶撞师长的方式，来试图突破言行的约束，从而试探自己刚刚确认的边界——用这种方式，一个人开始知晓自己身处的世界，尝试在这个世界的范围里去定义自己：我是谁？我在哪里？我要去往何方？

随着年龄的增长和阅历的增加，人感知到的世界在逐渐扩大，人也要在人生的不同阶段重新定位和定义自己。然而从工业时代开始，科学技术的飞速发展，直到当今信息时代信息的爆发式增长，人类世界的疆域越来越广，而现实的引力却死死拽着地球上每一个个体，于是人越来越难以追上这个不断扩张的世界——哪怕仅仅朝着一个方向；越来越难以真实地触摸到边界。没有边界的参考，人便逐渐迷失了方向，逐渐失去了自己的定位，最终以浑浑噩噩的状态离开——这是无法避免的。

幸好人类能够想象。每个人都有想象的力量——尤其是拥有天马行空的想象力的孩子。通过想象，人可以暂时摆脱现实的引力、突破有形的束缚，去触摸世界可能的边界。

科幻是最富有想象的文学，阅读科幻便是培养想象力最有效的方式之一，不论孩子还是成人都能从科幻的文字里获得想象世界带来的心灵激荡。通过阅读科幻，一个人——尤其是尚未被完全定义的孩子，会大大拓展自己当前所在世界的边界。

在孩子的成长过程中，他所在的世界无法由自己掌控，成人决定了一切，决定了孩子的世界里有形和无形的边界；在科幻的世界里，他们会接触到各式各样现实世界里接触不到的人物，与这些或勇敢或智慧或真挚的人物交朋友，跟着这些人物进行全宇宙范围的冒险，经历许多别样的人生。于是他们便能深悉自己当下的定义并坚定自己未来的定位，同时会更加包容自我与他人所共享的现实世界里的每一个不同的个体，去接纳各式各样的存在方式。这样的世界和这样的孩子，便拥有了无限的可能性。

《意外之外》三本科幻小说合集延续了《少年科幻小说大奖书系》的编纂宗旨，专门面向少年儿童，为激发他们的想象力、开拓他们的科幻视野所选编。本套书选文短小精悍，篇幅适中，均为中短篇，每篇阅读时长在10~30分钟左右，能带给孩子绝佳的阅读体验，非常适合作为科幻小说的入门书。选文标准为名奖、名家、名作。

选入的作品里，既有获得过雨果奖、星云奖、阿西莫夫奖等国际上最负盛名奖项的科幻小说，也有荣获中国的银河奖、引力奖等优秀的国内科幻小说。

入选的作家则代表了世界科幻小说的黄金时代。国外入选的作家有现代科幻小说之父兼诺贝尔奖提名获得者H.G.威尔斯、有史以来最杰出的女性科幻作家厄修拉·K.勒古恩、加拿大科幻之父罗伯特·J.索耶、NASA空间科学顾问大卫·布林、NASA空间科学家和工程师杰弗里·A.兰蒂斯、英国科幻大师伊恩·沃森……部分作家的作品曾被《星际迷航》《人工智能》《时间机器》等经典科幻电影使用。中国的作家有科幻四大天王刘慈欣、韩松、王晋康、何夕，以及郝景芳、凌晨、宝树、江波、赵海虹等活跃在一线、斩获各类大奖的中坚作家，还有滕野、苏民、吕默默、靓灵等在国内外崭露头角的新锐作家。

合集中，《意外之外：太阳火》《意外之外：九条命》《意外之外：黑镜子》三个单本分别以不存在的宇宙、不存在的未来、不存在的时间作为核心主题，代表科幻小说的三个不同维度；其中又包含了地外文明、人工智能、宇宙探秘、时间旅行、未来世界、生物怪兽、末世危机等小主题。每一个主题下的故事，都能为读者延展这个方向的想象，去触碰这个方向上遥不可及的可能。

在这些故事里，你可以读到：近未来移民火星的孩子的奇遇、破损的战斗机甲与天真孩童之间的真情实感、孩子与来自未来的机器人一同拯救世界的尝试、勇敢的孩子从恐怖分子手中拯救学校和同学、模拟世界里的AI神明、代表人类文明与外星文明作你死我亡的决斗、人用一生瞥见宇宙思想的一瞬……每一个故事都让孩子由故事的主人公相伴，在宇宙和时间的范畴里探索与冒险，触及遥远世界的边界，激起自己的想象并最终决定自己想要成为怎样的人以及前进的方向。

未来事务管理局

目　录

国外篇

角斗场 / 003
（美）弗雷德里克·布朗/著
何锐/译

镜中人 / 042
（美）杰弗里·A.兰蒂斯/著
罗妍莉/译

星 / 077
（英）H.G.威尔斯/著
罗妍莉/译

意义之石 / 093
（美）大卫·布林/著
阿古/译

火星的孩子 / 140
（美）玛丽·A.特奇洛/著
陈建国/译

国内篇

思想者 / 199
刘慈欣 / 著

宇宙墓碑 / 223
韩松 / 著

太阳火 / 257
凌晨 / 著

辽河天涯 / 288
滕野 / 著

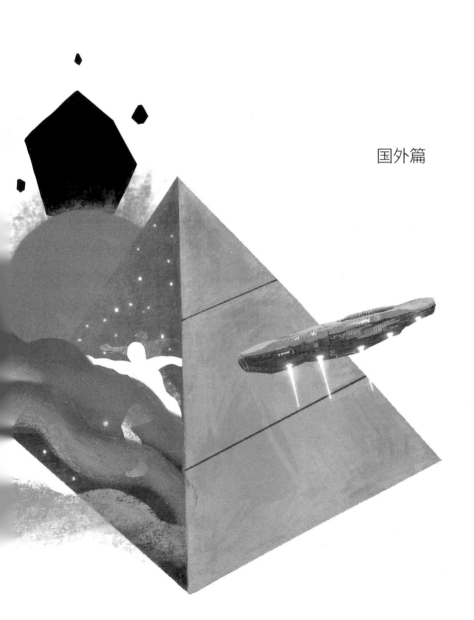

国外篇

角斗场

(美)弗雷德里克·布朗/著
何锐/译

卡森睁开双眼,发现自己在仰望一片闪烁的蓝色微光。

好热。他躺在沙地上,沙里的小石头硌得他背后生疼。他翻身避开石头,撑起身子,坐在地上。

"我是疯了吧,"他想,"要不就是死了。"

沙子是蓝色的,鲜亮的宝蓝色。无论是在地球上,或是在其他几颗行星上,他都没见过蓝得这么鲜亮的沙子。蓝色的沙地上方是一片蓝色的穹隆。既非天穹,也不是房间的屋顶,而是一块封闭空间的边界。虽然看不到顶,但直觉告诉卡森,这块空间是封闭的,有限的。

他抓起些沙粒,让它们沿着指头流动。细沙涓涓落到他光着的腿上。

光着?

他身上一丝不挂!蒸人的酷热让他汗流如注,身上碰过沙子的地方都粘上了一层蓝色,其余的部位则白花花的。

他开动脑筋:那么这些沙确实是蓝色的了。如果是因为光线的原因让它们看起来是蓝色的,那我也该是蓝色的。但我是白色的,所以那些沙就是蓝色的。其他任何地方都没什么蓝沙,这里也跟我去过的任何地方都不一样。

汗水流进了他的眼睛。太热了,比地狱还热。不过,地狱应该是红色的,不是蓝色的。

可这不是地狱的话又会是哪里?在几大行星当中,只有水星有这么热[①],而这里并非水星。并且,水星离这里有大约64.4亿公里远呢……

"呃,离哪里来着?"

然后,他想起了之前自己是在冥王星轨道外一艘小小的侦察艇里执行任务。地球舰队正集结在那里,准备拦截来自太阳系外的入侵者——地球人称他们为奥赛德人。他负责在舰队侧前方161万公里附近侦察情况。

突然,刺耳的警铃声骤然响起,敌方的侦察艇进入了他的探测范围之内!

当时,人类完全不知道那些太阳系外来的奥赛德人的身份、

---

① 本文发表于1944年。20世纪六七十年代时人类才确认金星表面温度高达400摄氏度以上,之前往往以为金星表面温度并不太高。(本文注释,如无特别说明,均为译者注——编者)

长什么样子，也不知道他们来自哪个遥远的星系，更不知道他们为什么会出现在昴宿星团的方向上。

起初，奥赛德人只是偶尔对地球的殖民点和哨所进行袭击，地球巡逻队因此和他们的飞船之间有一些小规模的零星战斗。战斗互有胜负，但双方的飞船从来没有被对方捕获过。遭遇袭击的殖民地居民，没有一个能有机会活着描绘那些从飞船里出来的奥赛德人的相貌——如果他们确实从飞船里出来过。

奥赛德人构成的威胁不太严重，袭击也没那么频繁，造成的破坏也没那么大，而且，他们的飞船的武器装备还略逊于地球方面最好的战舰。不过，他们的飞船在速度和机动性能上确实要优越一些，这方面的优势让他们可以在战斗和撤退之间自由选择。

地球方面没有掉以轻心，为了以防万一，地球方面建立了一支有史以来最强大的巨型太空舰队。这支舰队一直在等待，等了很久很久。

现在，决战的时刻到了。

位于322亿公里之外的前哨侦察艇探测到有一支奥赛德人的强大舰队正在靠近。那些前哨侦察艇全军覆没，再也没能回来。不过，艇上的战士们在牺牲前给地球发回了无线电光子信号[①]。从他们发回来的关于奥赛德人舰队的规模和武器装备的报

[①] 作者虚构的名词。从字面上看可能指使用波长处于无线电波段的激光光子进行通信。

告来看，双方将有一场势均力敌的大战。于是，地球舰队带着1万艘战舰、50万太空军来到了冥王星轨道外，准备和奥赛德人决一死战。

这将是决定太阳系的主权归属的关键一战。如果这次地球舰队在冥王星轨道外的拦截失败，母星地球及其所有殖民地的命运就前途未卜了。

"——啊，是的！"鲍勃·卡森这会儿全想起来了。他想起了那刺耳的警铃，想起他一跃而起扑向控制台。想起他在一阵手忙脚乱中急匆匆地把自己在座椅上固定好。想起显示板上那个越来越大的光点。想起嘴里发干的感觉。想起他满怀恐惧地意识到，虽然双方的舰队主力都还远在对方的射程之外，但是可怕的战争真实地到来了，而且越来越近，分秒之间就要发生！

这是他头一次参与战争！3秒钟，或者还要不了3秒，之后他要么得胜凯旋，要么化为被烧焦的残渣。他驾驶的这种单人侦察艇，火力弱，装甲也薄，对方只要一发炮弹就能轻松解决。

"一——"他默念着，双手飞快地在控制台上进行操作，让那个越来越大的光点保持在显示器上的十字瞄准器的正中央。同时，他的右脚也悬到了控制炮弹发射的踏板上方。他必须要先开火，这发炮弹必须命中目标。他不会有第二次开火的机会。

"二——"几千公里之外的目标光点，通过显示器的放大，现在看上去仿佛只有几百米远了。现在可以看出，那是艘小型高速侦察艇,大小跟他的差不多。

"三——来吧!"他的右脚使劲踩了下去。

就在这一瞬间,那艘侦察艇骤然转向,偏离了十字瞄准器的中央。

卡森疯狂敲击按键①让十字瞄准器跟上。

大概有十分之一秒的时间,敌人从显示板上完全消失了。然后卡森的侦察艇又扫描到敌人的位置,当他掉头追过去的时候,卡森又看到它正径直朝着地面俯冲。

地面?

那一定是某种光学幻象!那颗占据了整个显示板的行星——或者是别的什么,不管是什么,都不可能存在于此。绝不可能!当冥王星正处于远日点的时候,海王星48亿公里的范围内不可能有其他任何行星存在。

他的探测器是怎么回事?!它们之前根本没有显示有任何行星大小的物体存在,哪怕是小行星也没有。

那么,下面几百公里处、离他越来越近的那个东西,到底是什么?

等等!他突然意识到自己也在急速坠落,他赶紧把奥赛德人的飞船丢到了脑后,手忙脚乱地点燃了前方的制动火箭。突然的减速把他紧紧按在座椅上,他又奋力把右侧转向火箭的操

---

① 本文发表的年代还没有鼠标、触摸板一类的设备。

纵杆推到尽头，紧紧压住。突然的紧急转弯让他暂时陷入了黑视①状态，他昏了过去。

他记得的就这么多了。眼下，他正坐在蓝色的热沙之中，一丝不挂，但也毫发无伤。他的飞船不见踪影——太空也不见踪影。头顶上的那个曲面不知道是什么，但肯定不是天空。

他试着站了起来。

重力看起来比地球的重力要略大一些。不过差别不是很明显。

平坦的沙地向远处延伸，四处散落着些稀稀落落的灌木丛。那些灌木也是蓝色的，深浅不一，有的比沙地颜色深一些，有的浅一些。

离他最近的灌木丛底下钻出来个小动物，有些像蜥蜴，但不止四条腿。蜥蜴也是蓝色的，鲜亮的蓝色。它看到了卡森，掉头逃回了灌木丛中。

他又向上望去，试图搞清楚上面那个穹隆到底是什么。上面光芒闪烁，让人难以直视。但它毫无疑问是向下弯曲的，曲面的边缘一直延伸到下面的蓝色沙地上，包围着四面八方。

他现在差不多处在穹隆的中心。离他最近的"墙壁"大约

---

① 飞行器急剧变速时，若飞行员承受从头向脚方向的离心力，会导致脑部供血不足，严重时会暂时失明甚至陷入昏迷，这种状况被称为"黑视"或者"灰视"。

在100米开外——如果那确实是"墙壁"的话。整个穹隆看起来就像是个蓝色的半球，直径大约有250米，倒扣在蓝色的沙地之上。

一切都是蓝色的。不对，有一个例外。

在他对面的墙壁旁边，有个红色的物体。看起来像是球形的，直径差不多有1米。距离有点远，在闪烁的蓝光中他看不太清楚红色的物体到底是什么。

但他没来由地战栗起来。他用手背拭去额头上的汗水。

这是个梦吗？酷热、蓝色的沙地，还有他看到红色物体时那强烈的恐惧感只是个噩梦吗？

不，没人会在太空激战的中途睡着做梦的。

我死了吗？不，绝对不是。如果死后灵魂不灭，那死后的世界不该是这样一个无厘头的地方——蓝色的一切，还有个红色的恐怖玩意。

然后他听到了一个声音。

不是他的耳朵听到的，而是他的大脑中响起的。这声音不知从何而来，又好像无所不在。

"我在时间和空间的维度中漫游，"他脑中的声音说道，"此时此地，我看见两个种族：一个种族即将灭绝，而另一个种族疲弱不堪，以至倒退，再也无法恢复往日的繁荣盛景。这两个种族终将腐朽，灰飞烟灭，归于尘埃。我要阻止这一切。"

"你是谁……你是什么？"卡森的脑子里蹦出这句话来。

"我是你用你的思维和意识以及词汇完全无法解释或理解的存在。我是——"那个声音停顿了一下，仿佛是想在卡森的脑海中找出一个原先不存在的词汇，"我是物种变化的终极形态，我的种族非常古老，古老到你无法用地球的时间尺度来衡量。我的种族在漫长的物种竞赛过程中，融合成了一个永恒的实体。

"地球这样的原始种族或许也会成为这样的存在，在——"又是一阵搜寻词汇，"很久以后。那个你们叫作奥德赛人的种族也一样。所以我要干预地球人和奥德赛人即将发生的战斗。你们这两个种族的实力相当，所以战斗的结果必将是两个种族同归于尽。必须有一个种族在竞赛中存续下来。"

"一个？是我的，还是……"

"我可以阻止地球人和奥德赛人的战争，把他们送回他们的星系。但他们还会回来。你们迟早也会循踪前往。只有让你们双方停留在这个时空，通过我的不断干预，才能阻止你们之间的战争，避免同归于尽的结局。不过，我不可能永远留在这里。现在，我将实施干预：我将摧毁一方的舰队，而让另一方丝毫无损。如此，有一个文明会得以幸存。"

"噩梦。这一定是个噩梦。"卡森想着。但他知道，这不是。

这太疯狂了，太离奇了。

他没敢问出那个问题——"一个"是哪一个？但他的思维已经替他问了。

"强者会活下去,"那个声音说道,"这是我所不能——也不愿改变的。我的干预只是让结果是完全的胜利,而非——"又一阵搜寻,"皮洛士①式的胜利,最后留下一个衰弱的种族。

"在这场将至未至的战斗的边缘地带,我抽出了两名个体,你和一名奥赛德人。从你的脑海中我看到,在你们这个种族的历史早期,以勇士间的决斗来解决氏族之争并非没有先例。

"你和你的对手要在这里交锋,赤身裸体,没有武器,身处的环境对你们二者来说同样陌生,同样难熬。没有时间限制,因为此地没有时间流逝。活下来的那一位成为其种族的救星。那个种族将生存下去。"

"可是——"卡森想要表示反对,可无法组织起语言,但那个声音回应了他。

"这是公平的。在这里,肉体的力量不能成为决定性的因素。这里有一道屏障。你会明白的。脑力和勇气会比体力更加重要。特别是勇气,也就是生存的意愿。"

"但这场决斗进行的过程中,两支舰队会——"

---

① 古希腊国王(公元前319—前272),企图复兴亚历山大大帝的伟业,在希腊化世界建立大帝国。为此他率领大军进入亚平宁半岛和新兴的罗马共和国作战。在公元前279年的阿斯库路姆战役中他击败了罗马军团,但自身部队和将官也伤亡惨重,且仍然处于客军地位,得不到及时的补给。据说战后他称"再来一次这样的胜利我也完了"。此役也是他的事业走下坡路的开始。故西方以"皮洛士式的胜利"指代此种代价过大的惨胜。

"你们身处另一个空间和另一个时间之中。你在这期间,你们所在的真实宇宙中时间就一直停步不前。我知道你在怀疑这个地方是不是真实的。是,也不是。就如我——就你那有限的理解力而言——是真实的,也是虚幻的。我的存在是精神的,而非物质的。在你眼中我是一颗行星,但我也可以是一粒微尘,或者一颗恒星。

"不过对于此时的你们而言,这地方就是真实的。你们在此受了伤就是真的受伤。如果死在这里,那也就是真的死了。如果你死了,你的失败就意味着你的种族的末日。你该知道的就这么多了。"

然后那个声音消失了。

卡森再次独自一人。但又不是独自一人。他抬眼望去,立刻看到了那个红色的东西,那个他现在知道就是奥赛德人的恐怖球体,正朝他滚过来。

这东西似乎没有手脚,也没有五官。它滚过沙地的样子犹如一颗水银珠子,流畅,迅捷。它的身上散发出一波令人作呕的憎恶之情,以某种卡森无法理解的方式涌动而来。

卡森慌忙四下张望。最近的能做武器的东西在沙地上一两米外,是块石头。石头不大,但有锋锐的棱角,看上去有点像蓝色的燧石。

他捡起石头,压低身子准备迎接攻击。那东西来得很快,他跑不过它。

没时间考虑要怎么打了。更何况这生物的力量、特性和战斗方式他都一无所知,又怎么能提前计划?它滚得那么快,使得它看上去更像个浑圆无瑕的球体了。

距离10米,5米。突然,那东西停了下来。

确切地说,是被迫停了下来。它好像撞到了一堵无形的墙壁,面向卡森的这一面变成了平的。它弹了回去。

然后它又滚了回来,但小心多了。在同样的位置它又停了下来。它往侧面挪了几米,又试了一次。

那里也有道屏障之类的东西。卡森的脑中灵光一现,想起了之前那个把他们带到此地的**存在**投射给他的心声:"……肉体的力量不能成为决定性的因素。这里有一道屏障。"

毫无疑问,那道屏障是一片力场。不是地球科学已知的"尼特锡安场[①]"——那种力场会发光,还会噼啪作响。这个则是看不见的,也没有声音。

无形的屏障把穹隆一切为二。卡森不用亲身去验证这一点,那个滚球正在验证:它正沿着墙壁的边缘滚动,想要在上面找出并不存在的缺口。

---

① 作者虚构的名字。

卡森往前走了十来步，用左手在身前摸索，然后，他也摸到了屏障。它很光滑，有弹性，比起玻璃更像是橡胶。摸上去暖乎乎的，但没脚下的沙地温度高。它完全是无形的，就算近距离细看也看不到。

他丢下石头，把双手放到屏障上，用力推按。它似乎陷进去了一点，但也就那么一点，哪怕他把整个人的重量都压上去也一样。感觉就像是层橡胶，后面有钢铁支撑；略有弹性，但后面是铁板一块，坚牢稳固。

他踮起脚尖，尽力往上够。在能摸得到的范围内，屏障一直在。

他看到那个滚球已经抵达角斗场的一边尽头，然后又滚了回来。那种恶心的感觉再度袭来。他往后退了几步，等它滚过去。它没停下来。

这屏障会不会仅限于地平面以上？卡森跪到地上，用手刨起沙子。沙地很软，沙子很轻，挖起来轻轻松松。往下挖了60厘米之后，屏障还在。

那家伙在往回滚了。显然，在屏障的两端它都没找到穿过屏障的路。

必定有路的，卡森想着。否则这场决斗岂不是毫无意义？

滚球回来了。它停在了屏障对面、离卡森只有2米的位置。它似乎正在审视卡森，虽然卡森无论如何也没法从那东西的外表上看出任何有感知器官存在的迹象。它没有任何看上去像是眼睛或者耳朵的东西，甚至也没有嘴巴。不过他确实发现它上头有一系列的沟槽，总共一打左右；他还看到有触手从其中两条沟槽里伸了出来，尖端插进沙里，似乎是在检测沙子有多紧密。触手的直径大约2.5厘米，长度估计大约0.5米。

触手可以收回到沟槽当中，在不用的时候缩在里面。那东西滚动的时候触手是缩进去的，看起来它的移动跟触手没有任何关系，而是……就卡森的判断，它是通过某种方式变换体内重心的位置做到的——怎么做到的他就无法想象了。

他看着那东西，耸了耸肩。那是个外星物种，地球上的任何东西或是太阳系其他行星上的任何生命形式，和它之间的差异都大得可怕。他本能地知道，那东西的思维跟它的身体一样，和人类格格不入。

既然它能投射出那浓密得几乎可以化为实体的憎恶波涛，那或许它也能读懂卡森的思维。对他的目标而言这就足够了。

他不慌不忙地捡起他之前仅有的武器——那块石头，然后把它丢回了地上，把自己空着的双手举到身前，掌心朝上。

他大声说出了要讲的话。他明白，尽管那些话语对于面前的这个东西毫无意义，但讲出声会让他自己的思维更加聚焦于要传达的信息之上。

"我们之间不能和平共处吗？"他说话的声音在一片寂静中显得有些怪异，"把你我带来这里的那个**存在**已经告诉了我们，如果我们两个种族交战会发生什么——一个灭绝，另一个虚弱，衰退，最终也会灭绝。那个**存在**告诉我们，真实宇宙中我们两个种族之间的结局，由我们在此时此地的选择来决定。我们两个种族为什么不能达成永久的和平呢？各自待在自己的星系里如何？"

说完，卡森放空自己的思维，好接收回复。

回复来了。这回复打击得他的身体摇摇欲坠。投射过来的那些血红色图像中尽是杀戮的欲望，杀意强烈得令他心中满是恐惧。他不由往后倒退了好几步。他不得不拼命抵抗那股仇恨所带来的影响，挣扎着把它从自己的脑海中清除，把那异形的思维驱逐出去。这一刻漫长得犹如永恒。他难受得想要干呕。

卡森的头脑渐渐清晰。他还在剧烈喘息，感觉十分虚弱，但恢复了思考能力。

他站在原地，端详着那个滚球。在刚才那场它差一丁点就取得胜利的精神对决当中，它一直纹丝不动。现在它往侧边滚了几十厘米，挨到最近的灌木丛边。3根触手从沟槽里弹了出来，开始调查那丛灌木。

"好啊，"卡森说，"那就只有一战了。"他挤出个狞笑，"如果我没理解错，你对和平毫无兴趣。"然后，因为他毕竟还是个年轻人，他忍不住要来点戏剧效果："决一死战吧！"

一片寂静中，他觉得自己的声音听起来很傻。他终于意识到，这是一场你死我活的战争。会死的并不止是他自己或是那个红色的球体，他叫作"滚球"的那玩意，而是各自所属的整个种族：如果他输了，全人类就都完了。

这让他的情绪顿时低落下来，甚至十分害怕再想到这个问题。那个安排了这场决斗的**存在**，告诉他自己的动机和权能，他相信那些都是真的。人类的未来取决于他。仅仅一想就会让人心情沉重。他必须要把注意力集中在目前的状况上。

必定会有某种办法越过屏障，或者是能透过屏障杀死对手。

意志力？他希望那不是唯一的途径，因为滚球的心灵感应能力显然胜过未曾开发过这能力的人类……或许并非如此？

他之前成功地把那滚球的念头从他自己的脑海中驱逐了出去，对方能做到这一点吗？如果它投射思维的能力较强，是不是也意味着它的接收器官较为脆弱？

他盯着那家伙，拼命集中思维，把自己的念头聚焦在它身上。

"死，"他默念道，"你要死了。你快死了。你……"

他试着让想法出现各种变化，在心中描绘图像。他的前额冒出了汗珠，拼尽全力地尝试，不知不觉间已经把自己累得浑身发抖。但那个滚球一直在继续它对灌木丛的调查，完全没有受到影响，就好像卡森只是在背诵乘法口诀。

所以这样没用。

他头昏眼花，既因为酷热，也因为集中精神让他太过辛苦。他坐到蓝色的沙地上，把全部的注意力都转到对滚球的观察研究上。也许，通过观察能判断出它的力量，探查出它的弱点，多得到些在交锋那一刻——如果会有交锋的话——所需要的有价值的信息。

它正在折下些细小的枝条。卡森仔细观察，试图判断它这么做费了多大的劲。过了一会，他想到可以在自己这边找一丛类似的灌木，去折些差不多粗细的枝条，就可以将他的手臂跟那些触手的力量做个比较了。

那些枝条很难弄断，滚球每折断一根都要大费周章。他看到每根触手的尖端都分叉出两根指头，每根指头的顶端都有指甲，或者说爪子。那些爪子看起来并不怎么危险，也不太长，要是卡森把自己的指甲再留长一些，可能跟滚球的功能差不多。

不对。大体而言，这事不该那么难。当然，要是那些灌木的材质异常坚硬就另说。卡森四下环顾，有一丛几乎一模一样的灌木就在他触手可及之处。

他掰下一根细枝。很脆，很容易折断。当然，那滚球也可能是在故意装出那个样子，但他并不觉得会是那样。话说回来，它身上哪里是弱点？有机会杀死它的话，该从哪里入手？卡森又开始观察它。外皮看起来相当结实，他需要某种锋利的武器。他又把那块石头捡了起来。狭长的石头大约长30厘米，一端相当尖锐。如果它能像燧石一样被小片小片敲下来的话，卡森就可以拿它做出一把好用的匕首。

滚球还在继续它对灌木的研究。它又滚动起来，滚到了边上的另一丛灌木边上。有只蓝色的小蜥蜴从灌木底下冲了出来，跟卡森在自己屏障这边之前看到的那只差不多。

滚球的一根触手猛然甩出,逮住了小东西,把它提起来,另一根触手则冷酷地把蜥蜴的腿一根一根扯下来,就跟刚才折断树枝动作一个样。那小动物疯狂挣扎,发出尖利的惨叫。这是卡森在这里头一次听到自己以外的声音。

卡森强迫自己继续看下去,能了解到任何关于对手的信息都可能会有所帮助,哪怕了解到的是这种毫无必要的残忍——不,忽然间他激愤地想着,如果有机会的话,杀死那家伙的时候想到这点会让他心情愉快。

一半的腿都被扯掉之后,那只蜥蜴不再尖叫,瘫软在滚球的触手当中。

那家伙没再继续扯蜥蜴剩下的几条腿。它轻蔑地把死去的蜥蜴朝卡森的方向扔了过来。蜥蜴从那边飞来,在空中划出一道弧线,落到了他的脚上。

它穿过了屏障!屏障不复存在了!卡森闪电般站了起来,手中紧紧抓住石头,向前猛冲。他要解决这场决斗,就在此时此刻!既然屏障已经消失——但它没有。他发现这一点的方式异常痛苦:他一头撞到了屏障上,差点把自己撞晕过去。他被弹了回去,摔倒在地上。

他坐起身来,晃了晃脑袋好让自己清醒过来。就在此时,他看到有什么东西从空中飞向他,他立刻往旁边一扑,趴回了沙地上。他的躯干是完全避开了,但左边的小腿肚上猛地一阵剧痛。

他忍痛往后一滚,然后爬了起来。这会儿他看清了,刚才击中他的是一块石头。而那个滚球正在捡起另一块石头,用两根触手把它夹在当中,往后晃荡,准备再来一发。

石头从空中朝他飞来,但他有把握躲开。那滚球丢得很准,但并不快,也不远。第一块石头能打中他,只是因为那会儿他坐在地上,并且直到石头快落到他身上了才看到。

卡森一边横跨几步躲开这软弱无力的第二次攻击,一边往后扬起右臂,把一直握在手中的石头扔了出去。如果投掷物能穿过屏障的话,他兴奋地想道,那双方就可以来一场石头大战了。

目标是直径约1米的球体,距离仅4米,他不可能失手的。确实没有。石头呼啸着径直向前,速度比之前滚球丢过来的快了好几倍。正中靶心,可惜,石头是平着拍上去的,不是尖头冲前。但滚球发出一声大叫,显然是受伤了。滚球原本是要再去拿一块石头的,但这下它改变了主意,离开了原地。卡森还没来得及再捡块石头扔过去,滚球已经逃到了离屏障40米远的地方,并且还在继续后退。

他丢过去的第二块石头偏了,第三块距离不够。滚球已经退到了无论他怎么扔石头都打不到的距离。

卡森咧嘴一笑。这一局是他赢了。

他收起笑脸,弯下腰去检查自己的小腿。那块石头上一处突起的边缘把他的小腿划开了一条几厘米长的口子。伤口鲜血淋漓，但他觉得应该还没深及动脉。要是伤口的血能自己止住就好了，不然他就有麻烦了。

但有件事比伤口更加要紧：搞清楚这屏障到底怎么回事。

他再度走向屏障。这次他把双手伸在前面，摸索着前行。他把一只手按在屏障上，用另一只手往上头扔了一把沙子。沙子直接穿了过去；他的手没有。

有机物和无机物的区别？不，因为那只死掉的蜥蜴也穿了过来，而一只蜥蜴，无论是活的还是死的，无疑是有机物。植物呢？他折下一根小枝条，朝屏障上戳过去。枝条穿了过去，没有遇到丝毫阻碍，但他抓着树枝的手跟着碰到屏障上时就被挡住了。

他过不了屏障。滚球也不行。但石头、沙子和死蜥蜴都可以过去。那么活蜥蜴能过去吗？

卡森在灌木丛中搜寻了好一会，最后找到一只蜥蜴，把它抓了起来。他把蜥蜴朝着屏障丢了过去。它弹了回来，在沙地上仓皇而逃。

这回他找到了答案。就目前的状况他可以判断出，这道屏障是针对活物的。死掉的或者是无机物都可以通过。

卡森不再考虑这个问题，又看了看自己受伤的腿。出血减少了，这意味着他不必操心去考虑做止血带的事了。但他得找点水来清洁伤口——如果找得到的话。

水——他这才意识到自己口渴得不行了。他必须得找些水来,以防这场对抗变成持久战。

小腿上的伤让他走起路来一瘸一拐的,但他还是忍着不适,开始动身巡视自己这半边的情况。他伸出一只手摸索着,沿着屏障一路向右,一直走到屏障的尽头。然后从尽头出发,沿着半圆形的边墙走。边墙在近处看是灰蓝色的,毫无光泽,表面摸起来的感觉和刚刚中央的屏障差不多。

他试着往边墙上丢了一把沙子,沙子碰到墙壁,然后消失了,似乎是穿了过去。边墙在视觉上和中央的透明屏障不同,边墙是不透明的。

他顺着边墙绕过去,又回到了中央的屏障旁,然后又沿着屏障一路走回了出发点。

没有半点水迹。

卡森着急了。他开始在边墙和屏障之间沿着之字形路线来回走动,走遍了其间每一寸沙地。

没有水。蓝色的沙子,蓝色的灌木,还有无法忍受的酷热。没别的了。

这肯定是他的幻觉,卡森对自己说。他在这里多长时间了?当然,按照真实与宇宙的时空结构来算,是一点儿都没有。那个**存在**之前告诉他,他在这里的期间,真实宇宙的时间一直都是静止的。但在这里,他的生理机制仍然在照样运行。按照他的身体反应估算的话,他在这里待了多长时间了?大概三到四个小时吧。这样一段时间里,他肯定还不至于渴到那个地步。

但他确实焦渴难耐,干到嗓子眼里冒烟。也许原因是这里的酷热吧。这里热得估计得有五十多摄氏度。干热的空气里没有一丝风。

他探索完了自己这边的区域,徒劳无功,腿瘸得更厉害了,而且完全是精疲力竭了。

他盯着对面的滚球,希望对方跟他一样痛苦。那**存在**曾说过,这里的环境对双方都同样陌生,同样难受。可能滚球来自一颗日常温度在93.3摄氏度的行星。可能在他感觉要被烤熟的时候,对方却冻得要死。也可能这里的空气对它来说太浓密了,就像对卡森来说太稀薄一样。因为刚刚探索的这点运动量就让他现在还气喘吁吁。他意识到,这里的空气密度不会比火星上的高太多①。

没有水。这意味着对卡森来说有一个最后期限。除非他能找出办法穿过屏障,或者能从这一侧杀死他的敌人,不然他迟早会被渴死。

这让他有种极其强烈的紧迫感,但他还是强迫自己坐下来休息一会,思考一下。

接下来该做什么? 没什么可做的,又还有那么多没做的。

---

① 在1996年探路者号抵达火星进行探测分析之前,很多人长时间认为火星上的大气尽管比地球稀薄,但差距并不是非常大。

比如说，看看那几种不太一样的灌木。估计希望不大，但他总得去查查看，万一能发现什么呢？还有他腿上的伤，虽然没有清洁伤口的水，但他总得设法处理下。最好能收集些作为弹药的石头，找块能做成可用的匕首的。

他的腿现在疼得厉害，所以他决定先处理这件事。有些灌木长有叶片，他扯下一把来，审视了一番之后打定了主意，拿它们碰碰运气吧。他用这些叶片清理了伤口上的沙子、污垢和凝结的血痂，用几张干净的叶子做了个护垫，然后用同一株灌木上的藤蔓把它给绑在了伤口外面。

那些藤蔓实际上的强度和韧性都出乎他意料之外。

虽然它们又细又软，但卡森压根没法扯断它们，只能用蓝色燧石上的刃口把它们从灌木上锯下来。几根比较粗的藤蔓足有30厘米长。如果把几根这样的藤蔓扎在一起，可以做成相当好用的绳子。卡森默默在心里记下这一点，以备后用。也许他能想到什么需要用到绳子的地方。

接下来，他给自己做了把匕首。那些蓝色燧石确实可以成片剥裂。他用一块30厘米长的燧石给自己打造了一把武器，简陋，但足以致命。然后他用藤蔓制成绳子，给自己做了一条腰带，他可以把燧石刀塞在腰带里头，这样就能把它随身带着，同时还让双手都空了出来。

他再度回头研究那些灌木。这里还有另外三种不同的灌木。第一种没有叶子，又干又脆，非常像是晒干了的风滚草。另一种的木质软而易碎，几乎接近火绒。看上去和摸上去的感觉都告诉他，这玩意可以做成非常好的火捻子。第三种最接近普通的木头，它的叶子脆弱，一碰就掉，不过茎秆虽短，却笔挺而坚硬。

这里热得可怕，热得无法忍受。

他一瘸一拐地走到屏障边上，伸手摸了下，确认它的存在。还在。他在原地站了一会，望着那个滚球。它和屏障保持着一段安全距离，远在投石能造成有效杀伤的范围之外。它在那边转来转去地在做着什么。卡森看不明白它到底在干吗。

有一阵子它停了下来，靠近了一点点，似乎是把注意力集中到了卡森身上。卡森不得不再度挣扎着摆脱一波恶心的感觉。他朝滚球扔了块石头。它撤了回去，又开始做之前在做的什么事情。

至少他还能让那家伙不敢靠近。他苦涩地想着，这对他来说可真是"好处多多"啊。无论如何，接下来的一两个小时里，他还是一直在收集大小适合投掷的石头，在他这边靠近屏障的地方摞起来了好几堆。

现在他的嗓子要烧起来了。除了水，他什么都没办法想了。但他必须得考虑下其他的东西：在酷热和干渴杀死他之前，他得穿过屏障——无论是钻过去，还是翻过去。他得逮住那个红色的圆球，把它干掉。

屏障两端都和边墙相连，但连到多高的地方？在沙地下面它延伸到多深？

卡森一时间意识模糊，完全想不到要怎么找出这些问题的答案。他无所事事地坐在火热的沙地上，看着一只蓝色的蜥蜴从一丛灌木下跑到了另一丛下。

它从第二丛灌木的底下眺望着卡森。

卡森冲它咧嘴一笑，心中想起了火星沙漠里的殖民者中的一个老故事——脱胎自地球上一个更老的故事——"很快你就会发现自己在朝蜥蜴讲话，然后，要不了多久，你会发现蜥蜴冲你开口回话了……"

他现在理当集中精神，琢磨要怎么弄死那个滚球。但他没有，他朝蜥蜴咧嘴一笑，然后说道："嗨，你好。"

蜥蜴朝他靠近了几步，"你好。"它说道。

卡森一时间惊得呆若木鸡。然后他仰天狂笑起来。这倒也没让他的嗓子更疼，他还没渴到那地步。

有什么理由不可以这样呢？那个构想出这样一个噩梦之地的**存在**，它有那么大的权能，那凭什么就不会再有点幽默感？会说话的蜥蜴，只要你对它讲话，就能够用你自己的语言回话——好棒的附加细节。

他朝蜥蜴笑了笑："过来，来这儿。"但蜥蜴掉头逃走了，在灌木丛间惶惶奔走，最后从他的视野中消失了。

他必须越过那道屏障。他穿不过去，也翻不过去，但他确定自己钻不过去吗?说到这一点,从前不是有人从地里挖出水来吗?

卡森忍痛一瘸一拐地走到屏障旁,开始往下挖,每次舀出两捧沙子。这活做得很慢,因为边上的沙子会滑到坑里,而且他挖得越深,坑的直径也必须相应扩大。花了多少个小时?他不知道,只不过,他在1.2米的深处碰到了基岩——干燥的基岩,没有丝毫水迹。

那道力场屏障向下一直延伸到了基岩。

他爬到坑外,躺在地上喘息,然后抬起头来观察那个滚球在干什么。

它正在做什么东西。用灌木的藤蔓把它们的茎干绑在一起,做成了一个古怪的框架,大约1.2米高,接近方形。卡森为了看得更清楚些,爬到了挖出来的沙子形成的沙丘上,站在顶上望去。

那东西的后头伸出两根长长的杠杆,有一根后面有个杯状的东西。卡森觉得,那应该是个抛石机。

果不其然。滚球这会在把一块大小合适的石头举起来放进那个杯状物里头。它用一根触手拉动另一根杠杆,上上下下移动了好一会,又把那台机器略微转了个角度,瞄准目标,然后挂着石头的那根杠杆猛地向上、向前扬起。

石头划过一道弧线,从卡森头上几米高的地方飞过。他估量了一下石头飞过的距离,轻轻吹了声口哨。这种分量的石头,他连那一半的距离都丢不到。就算退到他这半边的最后面,他也还是处于那台机器的射程之内——假如滚球会把它推到屏障边上的话。

又一块石头呼啸而过,这次离他没那么远了。

卡森边沿着屏障来回移动,好让抛石机无法用夹叉射击①锁定他的位置,边朝对面使劲扔过去好几块石头。但他也看得出,这样毫无用处。他丢出去的石头只能是比较轻的,要不然丢不了那么远。就算击中机器框架,它们也只会弹开,一点都伤不到抛石机。在这个距离上,如果有石头靠近了滚球,它也可以轻轻松松地躲到一旁。

另外,他的手臂很累了。浑身上下都在酸痛。

他跟跟跄跄地朝角斗场的后方走去。哪怕这样也没什么用。石头同样能飞到那边,差别只是两次攻击之间的间隔拉长了些,那台抛石机"上弦"需要的时间变长了。

疲惫的卡森艰难地回到屏障旁。中途他跌倒了好几次,差点就爬不起来了。他知道,自己快要到达耐力极限了。可他现在又不敢停下来不动,除非他能把那台抛石机弄坏。如果他这会睡着了,那就再也醒不过来了。

又一块抛来的石头让他脑海中亮起了一朵灵感的火花。他之前收集了好些石头,堆在屏障附近,准备作为弹药。那块石

---

① 调整射击角度和力度,观察落点和目标的距离/偏差,然后进行计算和反向调整,反复校正以求准确击中目标的射击方法。

头砸到了其中一堆上，撞得火花四溅。

火花！火！原始人不就曾击石取火吗？！然后，可以用那些松软的干燥灌木当作火绒……

他附近就长着一丛那种灌木。卡森把它连根刨起，拿到石堆旁边，然后耐心地用一块石头去砸另一块，直到有一颗火星溅到了那些火绒似的灌木上。灌木上迅速腾起火焰，快得燎到了他的眉毛，看样子几秒之内就会烧光。

但他心中早就想好了预案。几分钟后，在他先前制造出的沙丘背面，他点起了一簇不大的火焰。那些火绒引出的火，点燃了其他烧得比较慢的枝干。

那种结实的藤蔓则不容易烧着。如此一来，制造和投掷燃烧弹并不困难。卡森拿了一块小些的石头提供重量，在上面绑上一束火，再用一个藤蔓套住，好把它荡起来丢出去。

他做了半打这种燃烧弹，然后点着第一个，丢了出去。打偏了。滚球立刻拖着抛石机紧急后撤。但卡森把准备好的其他燃烧弹，飞快地接二连三丢了过去。第四发达成了理想效果，嵌进了抛石机的框架里头。滚球绝望地试图靠沙子来扑灭蔓延的火焰，可那些长着爪子的触手一次只能捧起一小捧沙子，让它的努力注定徒劳无功。抛石机被烧毁了。

滚球安然无恙地脱离了火场，然后似乎是把注意力重新集中到了卡森身上。他再一次感到憎恨和恶心的浪涛袭来，但是比原来弱多了：要么是滚球自身也越来越虚弱，要么是卡森已经学会了如何抵抗它的精神攻击。

他对滚球嗤之以鼻，然后用一块石头逼得它仓皇逃回安全地带。滚球退到了它那半场的后方，又开始拔地上的灌木。多半是想再做一台抛石机。

卡森确认了下屏障还开着，然后陡然发现自己已经坐倒在屏障边的沙地上，虚弱得都站不起来了。

他的腿如今在不断抽筋，干渴对他的折磨也变本加厉。但和他浑身上下精疲力竭的感觉相比，这些都相形见绌。

他觉得，古代人信仰中的地狱肯定也不过如此吧。他挣扎着想保持清醒，可醒着似乎也没什么用，因为只要屏障依然无可逾越，滚球又待在射程之外，他就没什么可做的。

他试着回忆自己读过的考古学书籍，回忆那上面金属和塑料发明之前的时代人们战斗的方法。他记得，最开始是投石。嗯，这个他已经用过了。

弓箭？不行。射箭他以前试过一次，那种现代专为提高准头设计的不锈钢制运动员用的弓箭他都射不好。在这里临时拼凑出来的简陋货色，他怀疑搞不好还没扔石头远。

矛？嗯，这个他用得来。稍远一点这东西就毫无用处了，但在近距离会很好用——如果双方靠得足够近的话。他开始有些恍惚了，做一把长矛也许有助于阻止这种趋势。

他坐着的位置旁边就有一堆石头。他在石堆里面翻找，直到找出一个形状大致像矛头的。他动手用另一块小些的石头把它凿成合适的形状，在侧面形成两个锋利的刃肩，这样如果它穿透目标，就没法再被拉出来，就像鱼叉一样。在这场不可思议的对抗中，也许鱼叉比长矛更好用。如果他在上面系根绳子，一旦他能击中滚球，他就可以把对方拖到屏障旁，然后，哪怕他的手过不去，他的石刃也会穿过屏障击中目标。

矛柄比矛头更难做。灌木不够长，于是他砍削了4棵灌木的主干，把它们首尾相连，然后用坚韧而纤细的藤蔓卷须把接头处绑好，最后做出了一根大约1.2米长的结实的矛柄，然后他把石矛头绑在了一端的裂口上。做工粗糙，但是很结实。

他又用藤蔓为自己做了一根6米长的绳子。绳子很轻，似乎不太结实，但他清楚，它承受住他整个人的体重都绰绰有余。他把绳子的一端系在鱼叉把手上，另一端绑在自己右手腕上。这样如果他把鱼叉投到屏障那边，没打中目标时至少还能把它拽回来。

他试图站起来，看看滚球在做什么，然后发现自己站不起来。试第三次时，他的膝盖已经离地了，但还是扑倒在地。

"我得睡一下，"他想。"如果现在展开最后决战，我会力不从心。一旦滚球知道这一点，它就会靠过来杀了我。我得恢复些气力。"

他吃力地离开屏障，慢慢往后爬去。

有什么东西砰的一声落在他不远处的沙地里，震得他兀然惊醒，从一个莫名其妙的可怖梦境回到了更加莫名其妙、更加可怖的现实里。他睁开眼，再度面对蓝色沙地上的蓝色光芒。

他睡了多久？1分钟？还是1天？

又一块石头砰然落下，这次离他更近，把沙粒溅到了他脸上。他伸手支起身子，坐了起来。他转过头去，看到了滚球，它就在20米外的屏障边上。

他一坐起来，滚球就开始飞快地滚动，不停地往后，一直逃到了它那边的尽头。

他意识到，自己刚才睡着得太快了，还在滚球的石头射程之内就睡过去了。看见他一动不动了，那家伙就大胆地来到了屏障边上。幸好，它没意识到卡森现在有多么虚弱，要不然它完全可以留在原地，继续一直扔石头。

他又开始爬行。这次他强迫自己一直往前，直到再也爬不动了，直到角斗场那不透明的边墙离他只剩下1米远。

然后，周围的一切都慢慢消失了……

他醒来时，身上没什么变化，但他感觉自己睡了很久。他最先有异样感觉的地方是嘴巴，干巴巴、黏糊糊的。他的舌头肿了。

他渐渐清醒过来，心里知道有什么地方不对劲。他感觉没那么累了——完全精疲力竭的时候过去了。但他很疼，疼得难以忍受。他不知道疼从何来，直到试图移动时才发现是从腿上来的。

他抬头向下望去。那条腿从膝盖往下全肿了，甚至还蔓延到了再往上的大腿部分。他绑在护垫外头的那圈藤蔓现在深深勒进了肉里。

匕首完全没法插进这圈藤蔓里。幸运的是，最后打结的地方挨着胫骨，那儿藤蔓勒得没其他地方那么深。费了一番功夫之后，他成功地解开了绳结。

他检查了伤口，发现最糟糕的状况发生了：感染，败血症。没有药，连水都没有，他对此完全无能为力，只能等着毒素向他的全身蔓延，夺走他的性命。

于是他知道，没希望了，他要完了，然后，全人类也要跟他一起完了。他死在这里之后，真实宇宙中他知道的一切，他所有的朋友，每一个人，也都会死去。地球和所有的殖民地都会成为红色滚球们的家园。

想到这里，他鼓起勇气，开始朝着屏障爬去。他靠手臂带动身体，几乎是闭着眼睛向前爬。

还有亿万分之一的机会：如果他爬到屏障那儿的时候还有力气，如果他能把他的矛丢过去，如果滚球会靠近屏障，或者屏障消失的话，也许能一击致它的命。

他感觉自己花了好几年的时间才爬到屏障那里。屏障没有消失。跟他第一次摸到时一样，无法逾越。

滚球不在屏障边上。卡森用手肘撑起身子，这才看到了它。滚球正在离屏障最远的地方，忙着整修一个木制框架——一个做到一半的，之前被卡森破坏掉的抛石机的复制品。

它现在动作迟缓。显然，它也变虚弱了。

卡森怀疑它根本不需要做第二台抛石机。他觉得，在它完成之前自己应该已经死了。

他肯定是恍惚了一会，等他回过神来，他发现自己正在徒劳无益地用拳头疯狂捶打着屏障，便赶紧停手。他闭上眼睛，努力让自己平静下来。

"嗨。"有个声音说道。

声音细小，微弱。他睁开眼睛，转过头去。是一只10条腿的（作者虚构的一种外星生物）蜥蜴。

"走开，"卡森想对它说，"你并不是真的存在；或者你存在，但并没有真在说话。我又产生幻觉了。"

但他说不出话来。他焦渴的喉咙和舌头都拒绝发出半点声响。他再度闭上了眼睛。

"疼——"那声音说，"杀，疼——杀，来——"

卡森又睁开了眼睛。那只蓝色的10腿蜥蜴还在，它沿着屏障跑出去几步，又回到原地，又跑开，又回来。

"疼——"它说道，"杀，来——"

它又跑开，又回来。显然，它希望卡森跟着它顺着屏障往那边去。

他又闭上了眼睛。那声音还在继续，一直是那3个不知所云的字。每次卡森睁开眼睛，蜥蜴总是在跑去跑来。

"疼——杀——来——"

卡森叹了口气。他不跟着这家伙过去就不得安宁,所以他只好跟着爬了过去。

另一个声音传到了他耳朵里。是尖细的嘶叫声。沙地上躺着个什么,在抽搐着,嘶叫着。一个小小的、蓝色的东西,看起来像只蜥蜴。

他认出来了,是那只腿被滚球扯掉的蜥蜴。时间过去好久了,它还没死。它醒过来了,在痛苦地挣扎尖叫。

"疼——"另外那只蜥蜴说,"疼——杀——杀——"

卡森明白了。他拔出燧石匕首,杀死了那只饱受煎熬的生物。活着的蜥蜴飞快地溜走了。

卡森回到屏障旁。他把双手和头都抵在屏障上,看着离得远远的滚球。它还在制作抛石机。

"我能打到那边的,"他想道,"如果我能过去的话,也许我还能赢。它看起来也很虚弱了。也许我——"

然而痛苦很快夺走了他的意志力,他又一次坠入绝望,他恨不能死掉,甚至嫉妒起那只刚刚被他杀死的蜥蜴来。它不用继续活下去,不用继续受苦。

他两只手使劲按在屏障上。这时他才注意到,他的胳膊是那么细,那么瘦。他肯定真的在这里待了很久了,得有好些天了,不然他不会瘦成这样。

一时间他再度陷入歇斯底里之中,但随后他完全平静下来,进入沉思。

他刚刚杀死的那只蜥蜴穿过了屏障，它是从滚球那边过来的。滚球扯掉了它一半的腿，然后残忍地把它朝卡森丢过来。然后它穿过了屏障。

它当时并没有死，只是失去了意识。活着的蜥蜴不能穿过屏障，但失去意识的却可以。那么，屏障阻碍的并不是活着的生物体，而是有意识的生物体。这是种精神层面的防御，精神层面的障碍。

想到这里，卡森开始沿着屏障爬动，他要最后孤注一掷一把。这一把的胜算渺茫之至，唯有一个即将死去的人才会敢于尝试。

他顺着屏障爬到了之前挖出的那个沙堆旁。它高约1.2米，靠着屏障。沙堆两侧的下斜坡，一侧在卡森这边，一侧则往屏障对面、滚球所在的角斗场延伸过去。他从附近的石堆里拿了块石头带上，爬到了沙丘顶上躺下。他紧靠着屏障，这样一旦屏障失效，他就会朝着路径最短的斜坡方向滚落，进入敌人的地盘。

他检查了一遍，确认匕首好好地插在他的腰带上，鱼叉在他左手的臂弯里，那根6米长的绳子拴在了鱼叉和他的手腕之间。然后他用右手举起那块石头，准备往自己头上砸。他的运气必须足够好：石头砸下的力量既要重得足以砸昏他，但又不能狠到让他昏过去太久。

他有种直觉，滚球正在观察他。那么它会看到卡森滚落下来，越过屏障，然后它会过来查看。他希望，滚球会相信他已经死了。他觉得，对于屏障的性质，滚球的推理应该跟他早先的是一样的。但它会小心翼翼地过来，会给他一小段时间。

他猛地砸向自己。

疼痛让他醒了过来。突然的锐痛，来自臀部，跟他头部和腿上的痛感截然不同。早在他砸晕自己之前他就想到了这点，这疼痛正是他所预期的，甚至是所盼望的。于是他醒来时按捺住自己，没有动弹一下。

他的眼睛偷偷睁开一道缝隙，发现他猜对了。

滚球靠过来了。它此刻在20米开外。它扔过来一块石头，试探卡森的死活。

卡森一动不动地躺着。滚球靠近了些，在15米外又停下了。卡森几乎完全停下了呼吸。

他尽力让自己的思维一片空白，以免那家伙的心灵感应能探测到他还有意识。可是，在大脑放空的情况下，它的思绪对他大脑的冲击让他简直痛不欲生。

他感到极度的恐惧：那个外星异类，那迥然相异的思维，它传输过来的那些东西，他感觉到了，但无法理解，也无从表达，因为没有哪种地球上的语言中有相应的词汇，没有哪个地球上的大脑中有相应的图像。他觉得，蜘蛛，或是合掌螳螂①，又或是火星沙蛇，要是它们进化出智能，可以和人类的心灵进行精神感应的话，感觉上也会比这东西要亲近许多。

他现在明白了，那个**存在**是对的：人类和滚球，在宇宙中的确势不两立。

更近了。卡森等待着，等到滚球离他只有不到1米时，等到它那些带着爪子的触手伸出……

他浑然忘了疼痛，猛地坐起身来，举起鱼叉，用尽自己剩下的所有力气投了出去。滚球被深深插中了，向后滚去，卡森竭力想要站起来追上去。但他摔倒了，于是他继续向前爬行。

绳子被扯到了尽头，卡森被手腕上传来的拉力往前猛拽。滚球又把他往前拖了几十厘米远，然后停了下来。卡森用双手轮番抓住绳子，扯着身子继续向前。滚球停在原地，徒劳地试图用触手拔出叉矛。它看起来像是在战栗，在颤抖，然后它意识到自己已经逃不掉了，于是它朝卡森伸出带爪子的触手，滚了回来。

卡森拔出石刀，正面迎敌。他一刀又一刀不停地戳过去，与此同时，那些可恶的利爪也不断从他身上撕扯下皮肤、软组织和肌肉。

---

① 或称"祈祷螳螂"。一些螳螂目生物因时常高举镰状前肢，状若合掌祈祷而得的别名。螳螂和蜘蛛均为以凶猛著称的节肢动物捕猎者。

他一个劲地戳啊，砍啊……最终，滚球不再动弹了。

铃声响了。他睁开眼睛，花了一会儿工夫才搞清自己身在何处，响起的又是什么声音。他被固定在自己的座椅上，面前的显示板上空空如也，没有奥赛德人的飞船，也没有那颗不可能存在的行星。

铃声是通信的信号，有人希望他把开关切换到接收位置。他纯粹是条件反射式地伸出手，拉动开关杆。

屏幕上闪出一张面孔，是布兰德，他的侦察小队的母舰"麦哲伦号"的舰长。他的脸色苍白，黑色的眼睛闪动着兴奋的火焰。

"麦哲伦号呼叫卡森，"他高声叫道，"回来吧。战斗结束了。我们赢了！"

屏幕变成一片空白。布兰德应该是忙着给其他的侦察艇播发他的命令去了。

卡森缓缓在控制台上输入返航设置。这一切依然难以置信，他把自己从座椅上解开，给自己倒了杯水。他不知为什么口渴。于是连喝了6杯。

他靠在墙边，努力思考。

那些事真的发生过吗？他身体状况很好，似乎毫发无伤。口渴更像是心因性的，而不是生理性的。他的嗓子并不怎么干。

他撩起裤管，看了看小腿。那儿有一道长长的白色伤疤，不过已经完全愈合。以前他没有这道伤疤。他拉开上衣的拉链，发现胸口和腹部上的伤疤纵横交错，那是些细小得难以察觉的、已经完全愈合了的伤疤。以前他也没有这些伤疤。

那些事真的发生过！

侦察艇自动驶入母舰的舱门。抓钩把它拖进了单艇船闸，过了一会儿，一阵嗡嗡声响起，代表船闸中已经充满了空气。卡森打开舱门走了出去，穿过船闸的双开门。

他直奔布兰德的办公室，进去行了个礼。

布兰德看上去是一副高兴得找不着北的样子。"嘿，卡森，"他说道，"你错过了啊！错过了一场精彩绝伦的战斗！"

"发生了什么事，长官？"

"确切地说，我也不知道。我们来了一轮扫射，然后目标中对方的舰队全都化为灰烬了！但不知道为什么，我们的火力瞬间就从一艘舰艇跳到了另一艘，包括我们没有瞄准的那些，还有那些远在射程之外的！对方的整个舰队就这么在我们眼前土崩瓦解，而我们自己的整个舰队都毫发无损！

"我们都觉得这不是我们的功劳。肯定是那些家伙用的金属里头有什么不稳定的成分，我们的扫射只是刚好把那东西给引爆了。伙计，你错过了这整个激动人心的场面，太可惜了！"

卡森勉强挤出一丝惨淡的笑容，从那段经历的影响中恢复过来怎么也还得好几天。

"是啊，长官。"他说道。这并非是出于谦逊，而是常识告诉他，如果不这么说，他会被冠以"全宇宙最烂大话精"的头衔。"是啊，长官，我错过了这个激动人心的场面，太可惜了……"

弗雷德里克·布朗，美国科幻作家，逝于1972年。擅于用幽默和微小说的形式，描述巧妙的设计和惊喜的结局。其作品多次入选各种榜单，《角斗场》曾被选入1965年前最优秀的20部作品之一，并被《星际迷航》引用。其短篇小说还曾被菲利普·K.迪克和斯蒂芬·金等作家盛赞，并曾被改编为短片。

镜中人

（美）杰弗里·A.兰蒂斯/著
罗妍莉/译

林恩·洛克罗斯当时之所以在那儿，完全是运气——坏的那种运气。

或者根本不是运气。在黑暗的太空中，一切全靠你自己。要说林恩·洛克罗斯运气不好的话，那也是他自作自受。

"兰布林雷克"号从内太阳系出发，走过了一段漫长的恒定推力星际轨道。它在太空中漂泊了8个月之后，开始缓慢地向塞德娜星靠近。

一开始，船员们都没太在意到这个地貌反常的天体。那是个完美的正圆形凹坑，表面色泽纯黑。"兰布林雷克"号的老板给船员们发工资，可不是为了让他们去搜寻什么稀奇古怪的玩意儿。而且说实话，一个直径22公里的圆形凹坑，其实也算不上有多特别。在整个太阳系中，每一个星体表面都遍布着凹凸不平的圆形，有大有小，圆形、圆形组成的网络、圆形组成的链条、圆形组成的涂鸦，还有各种尺寸的陨石坑。

但眼前这个圆却没那么简单，它是一个完美的正圆。在这样一颗遥远的冰封星球上，到处都被一层红褐色的厚雪所覆盖，而这个圆形却呈完美无瑕的纯黑色。

塞德娜星上为什么会有这么个奇怪的黑色圆坑呢？

外海王星天体带中，塞德娜的体积几乎和冥王星差不多大，但它的公转轨道是一条比冥王星的更为宽泛的偏心轨道。它距离太阳非常遥远，因此永远被冰雪覆盖。

在"兰布林雷克"号减速进入赛德娜的轨道那一个星期里，船员们通过一场场扑克牌游戏来打发时间。间或他们会讨论这个话题，不过，矿工出身的工长凯勒曼可是位铁石心肠的人，他精明又务实，还有个会计师的脑袋。他跟船员们说，大家千里迢迢跑到这儿来，可不是为了探索什么难解的外星之谜的，他也不打算浪费正经工作的时间跑去看看那玩意。他们是矿工，又不是科学家。根据预估，塞德娜上的有机物储藏异常丰富，可以运送到内太阳系中的任何一颗殖民星球上去。要是他们运气足够好，还能发现一些氨的话，那他们可就发大财了。氨中能提取出极为珍稀的氮，在人工建成的殖民世界中，每一个易挥发分子都得依赖进口，氮在那些地方可比黄金和铂金值钱多了。就经济角度而言，勘探塞德娜完全就是场豪赌。此处离太阳如此遥远，将资源运往内太阳系的仓储和物流花费将高得惊人。不过，殖民世界是个一直处于扩张状态的巨大市场，要是他们能向客户证明塞德娜上面的资源储量有多丰富，丰富到足以负担远距离星际运输的花费，此外还有巨大的利润空间，那么塞德娜就会成为公司的一棵摇钱树，从而给公司带来源源不断的订单。

　　进入围绕塞德娜的椭圆形轨道后，他们一面寻找矿藏，一面拍下那个黑色圆坑的照片，并把他们在圆坑上方搜集到的所有数据传回内太阳系。他们收到了回复，让他们离那东西远点。回复中还说那不是自然形成的产物，而且确凿无疑并非人类所遗留，因为他们是有史以来首批登陆塞德娜的人类。那是个外星遗迹，而他们没那个资格去进行研究。显然，内太阳系里有人担心，就算那里真有什么无价之宝，让他们这批笨手笨脚、只会挖矿的矿工在那东摸摸西碰碰，那多半是成事不足，败事有余。

　　他们在轨道勘探中绘出了地图，标明了储量丰富的氨所在的位置：那是一个冰封的氨湖，比大部分小行星还要巨大，湖里冰封着大量的有机索林斯。看来那里是最佳的行动地点。

　　采矿船在塞德娜星上的氨湖边着陆，距离黑色圆坑约有500公里。地球方面会重新派出人手来探索这外星遗迹的奥秘，比如一支行事缓慢、谨慎的科研队伍，他们会带足所有必需的工具和后勤物资。而"兰布林雷克"号来这儿的目的只是采矿而已。

"简直是疯了!"洛克罗斯对他所在的三人小组的另外两个人说,"我们飞了这么远,离这颗星球上唯一值得一看的神秘景点只有500公里远,我们就不能去看一眼吗?"

丁奇·齐默诧异地看了他一眼:"我们是来这儿挖矿的。如果那个黑色圆坑里没有氦,那它有什么好看的?"

亚德里安·佩恩说:"只要我们能找着价值连城的矿藏,拿到了奖金,那我们想去哪个景点玩就可以去哪儿玩。你要不要检查一下我身上的密封装置?"

洛克罗斯停止了抱怨,先后检查了丁奇和亚德里安工作服上的密封装置,然后向他们俩竖起了大拇指。接着丁奇也为他做了检查。他们穿的工服是那种贴身的款式,船员们称之为裸奔服。当然,每个人都已检查过自己的密封装置了,不过为了保险起见,他们还是又各自互相检查了一遍,检查清单要求每个步骤都必须由一位同伴加以确认。检查过密封装置以后,他又确认了自己工作服上的电池电量,然后又一一检查丁奇和亚德里安的电量,而他们也帮他确认一遍。

一切准备就绪,他们将要开始执行第一次8小时工作任务——去采集冰核,设置采矿所需的若干热辐射器。如果发现的氦矿足够好的话,那么有一天他们在此架起的装备就会成为一条星际运输线的开端,感应电机会将两吨重的冰块抛入轨道,沿轨道无动力滑行几年之后，最终到达位于内太阳系的市场。当然了，到时候整个过程都会由机器来完成，但在目前这一阶段，仍然还需要人类来勘测和架设装备。

　　林恩·洛克罗斯忙着手头的工作，避免出现任何差错，但他并没有全神贯注于工作。他心里还惦记着那个黑色圆坑。

　　林恩是采矿组的小组长，手下管着3个人。他熟悉地外低重力和低温环境下的每一项采矿设备的操作，并获得了官方认证的资格。从15岁离家到现在，他干的一直就是采矿和勘测的工作。他的老家在灶神星中部地区那些覆着穹顶的城市里，当地人15岁就算是成年了。

　　独立生活的第一站是冰封的木卫四。一开始，他在一条融冰生产线上干了几天。这份工作薪水太低了，没多久，他便上了采矿船，成了一名船员。5年间，他在4艘不同的采矿勘探飞船上干过，获得了工会卡，一路从没什么技术含量的苦力干到了小组长的位置。

　　他和其他习惯于按部就班工作的人不同。只要条件允许，他喜欢花点时间搞点私人研究或刺激的探险。比如，只身一人降落在某个地方，随身只有一身增强工作服、一把激光钻、一套质谱仪，除此以外什么都不带。这种随机的私人勘探一般会持续好几个礼拜，他独自一人辨识着矿物成分，希望能意外发现某种珍稀矿藏。

孤身一人，穿着工作服，与整个宇宙隔绝开来，这种状态让他觉得特别自在。

林恩知道，和身边这些矿工们比，自己算是比较聪明的，可他也知道，自己并没受过正规的教育，仅仅靠自学去了解那些自己感兴趣的事物，那么小组长就是他能爬到的最高位置了。因此在这段飞往塞德娜的漫长旅程中，他报名参加了大学课程，他希望将来能成为主管，而他的最终目标是要开上自己的飞船。现在，他的个人数据系统里储备了丰富的材料，供他业余学习：从文学、结构力学和物理学这些基础开始。他原先打算把休息时间都用来学习的，他要学的东西可多着呢。不过自从在塞德娜上发现了那个古怪的黑色圆坑以后，他临时改变了主意。

他知道，无线电波从内太阳系传来的指示，与其说是命令，倒不如说是建议更为确切。"兰布林雷克"号的船员可不会乖乖地听任几十亿公里外那些科研机构的摆布。

按照工会的强制规定，即便是采掘高纯度氦时，只要工人的工作时间超过8小时，雇主就必须按照高危工作的工资标准，向他们发放3倍的加班费。精于算计的凯勒曼可舍不得付什么加班费。于是，矿工们每工作8小时，就可以休息16小时。工会的人盯得紧着呢，好确保矿工们在休息时间不会接到额外的工作任务。所以，林恩有的是时间。

下班时间到了，他们把冰核送到低温矿物实验室供科研人员分析,然后丁奇和亚德里安就洗澡去了。林恩看着他们俩走进去,却并没跟上。

林恩决定暂停今天的学习计划,空出来的时间,他不想去打那些没完没了的扑克牌。那个黑色圆坑看上去太神秘了,他要不去瞧上一眼,他会遗憾终身。林恩完全具备单人勘探所需的资质。而且要是他不想说的话,也不用告诉任何人下班以后干吗去了。于是他就悄悄溜走了,跟谁也没说。

黑色圆坑在这颗星球的另一端,离"兰布林雷克"号所在的位置相当遥远。林恩给工作服上的电池充满电,然后从仓库里开出一辆雪地履带车。严格说来,他是偷开出来的,因为他并没当班,不过话说回来,他也没打算不还。他又能开到哪儿去呢?他甚至连燃料都不会消耗,因为雪地履带车上装备的是一台小巧的原子能发动机,无论是否使用,它都会持续产生并保持14.3千瓦的能量供应。

这是他犯下的第一个错误——独自外出,几小时之后,这个错误变得足以要他的命。

这段路开得相当刺激,他以平均时速大约200公里的速度开了3个小时。在低重力环境下,每次遇到凸起的小雪丘,雪地车就会弹起来。最初的1小时,他小心翼翼沿着最平滑的路面行驶,一次接一次的撞击差点吓得他魂飞天外。不过雪地车上配备的姿态控制推进器,可以保持车身在空气中前进时也不至于翻车(从技术角度来说,也可以说是在真空中前进,因为塞德娜星上的大气基本由氦组成,气压低到了百万分之一帕[①]级,简直不能称之为空气)。

过了一会,他发觉地面上的积雪原来厚得很,这颗星球上的一座座小山丘被积雪变成了天然的滑雪跳台,他也随之变得越来越胆大。现在,他开始享受跳台滑雪的快感,一个又一个的"猫跳",能让他在空中停上5秒,接着是10秒,然后是30秒。

这比学习有意思多了,他心想。

从图像增强夜视镜往外看去,触目所及,全是低矮起伏的冰丘。冰丘表面呈暗淡的深红,那颜色跟乔治亚州的污泥差不多。这么看去,塞德娜还挺美的。林恩看到了一幅线条柔和的丘陵构成的美景,在灿烂的星光照耀下,闪烁着不同颜色:冰和积雪闪烁着白光,泼洒在红色索林斯表面形成的道道瘢痕上。他试着关掉了图像增强夜视镜。现在,他眼前一片黑暗。他在黑暗中飞速疾驶,只能依赖自动驾驶系统避开障碍,这种感觉激得他心跳如擂鼓。片刻之后,他开始能辨认出黑暗中的点点污斑,又过了一会儿,即便太阳远在数十亿公里外,他也仍能看得见它。关掉图像增强夜视镜后的星球表面,失去了色彩,在星光下闪动着幽灵般的苍白光亮,太阳变得那么微小,他拿根针尖就能挡住。

---

① 压强单位。

他觉得这样看起来更真实一些,所以就没再打开图像增强夜视镜。他通过平视显示器便能了解地形,而自动驾驶系统则挑选出积雪中最为平滑的路径。

"你们真该跟我一块儿来啊。"他对着空荡荡的空气说,"打扑克多没劲啊,除非是发了工资。"

他挺走运,没直接滑进那黑色圆坑里边去。他一路上只顾着欣赏风景,玩滑雪跳台游戏,忘了自己开了有多远。但他的导航仪并没忘记,当他接近黑色圆坑时,导航仪向他发出了警告。

他收到警告,赶紧回了神查看,发现远处的地平线突然中断了。林恩重新开启图像增强夜视镜,看到一道锐利的黑线从红色地平线上横穿而过。他放慢速度,小心接近目标,从侧面缓缓接近积雪与黑色之间那道剃刀般锋锐的边缘,最后下了雪地车,慢慢向前挪动。

他向下看去。

一片黑暗中,群星闪烁。

片刻间,他还以为那是个洞,径直穿透了这颗星球,接着他又怀疑,那是不是通向另一个宇宙的传送门。

林恩将雪地车在原地固定好,在车上别了根安全绳。他的工具包里各种工具应有尽有,不过背着包的话,他想弯腰就很费劲了,所以他就把包放下,只穿着贴身的工作服。他试了试安全绳，确认没问题后，便跪在圆坑的边缘处，俯身往下看。

他看见了一个金色的头盔护面罩——正是他头上戴的这个。

黑色圆坑的表面根本不是黑色，而是一面巨大的凹面镜子，映出了太空的黑色。他仔细看了看，能看到其中群星清晰的倒影。近距离看的话，镜子好像是个完美的水平面，但向对面远处望去，却仍能看出轻微的弧度。

他把手放到镜面上（镜中那只手也从下方抬起，与他的手相触），镜面平滑无比。他的手在镜面上滑过，完全没受到任何阻力。那是绝对的光滑，比油还要滑，仿佛手下没有任何东西。

隔着手套，他感觉不到温度如何。他的工作服是近乎完美的绝缘体，矿工们得靠着工作服在外海王星天体带的冰原上干活。

林恩把手按在镜面上，查看了手套的外部温度计，温度计上的读数显示为5开[①]。这温度也太离谱了，于是他将手挪到一旁，换个位置又试了试。第二个点仍旧显示为5开，第三、第四个点也一样。

---

① 1848年，开尔文勋爵（威廉·汤姆森）认为需要一种以"绝对的冷"（绝对零度）作为零点的温标，使用摄氏度作为其单位增量。汤姆森用当时的空气温度计测算出绝对零度等于-273摄氏度。这种绝对温标称为开尔文热力学温标。开尔文温度常用符号K表示，其单位为开。水的冰点摄氏温度计为0℃时，开氏温度计为273.15K。

"见鬼！"他说，"这比放高利贷的心还冷啊。"

他的温度计并没有坏掉。他在镜子旁边薄硬的积雪上找了块地方测了测，30开。塞德娜的表面已经比地狱还要冷，而黑镜表面却比这还要再冷上个25度。

他慢慢明白了。这个镜面并非黑色，而是因为反射黑色星空而呈现出黑色。它确实非常接近于完美的镜面。这里虽然离太阳非常遥远，但塞德娜上的积雪仍能吸收一定的阳光，让它的温度比绝对零度高了一点点。而这个完美的反射镜却必定不吸收任何光线，因此保持着低温。他意识到，某个远红外线波段必定会释放出少量热量，但在太阳光的所有波长中，这个反射镜什么都不吸收，因此才会比所处的星球表面温度更低。

这是一面庞大的凹面镜，一架巨型望远镜，直径达好几公里。它是出于什么目的打造的呢？

林恩凝望着镜子对面，连连惊叹。在它身上看不出任何岁月的痕迹，但肯定历史悠久。是谁，在什么时候造就了这面镜子呢？塞德娜位于太阳系柯伊伯带上一条漫长的椭圆轨道，距离太阳近1000个天文单位，几乎已不再受到太阳引力的约束。或许，它曾经是个星际流浪者，数百万甚至数亿万年前，在群星间寒冷的黑暗中被太阳所捕获。它从何而来？什么样的种族会打造这样一面庞大的望远镜，又是出于什么目的呢？

他弯下身去，将他的面罩正对着镜面，另一只手小心地在紧绷的安全绳上绕了一圈,让自己的身体保持平衡。镜面平滑无比,完美映照着一切。

突然,安全绳变松了。

他急忙站起来,隐约看见雪地车正在黑暗中向他冲来。他刚刚把雪地车固定在一座冰丘上了,没想到核反应器发出的余热融化了周围的冰。此刻,雪地车颠簸着滑下冰丘,像个醉汉一样摇晃着,正对他冲过来。他想也不想,就后退了一步,想躲开雪地车的冲击。

他立刻意识到自己的错误。防滑钉靴找不到任何可以着力的地方,镜面比冰还滑溜,他的双脚悬空了。摔倒的时候,他拼命伸出双手徒劳地想抓住点什么。在低重力环境下,一切都成了慢动作。他一只手向放在边缘的工具包抓去。有片刻的工夫,他在那儿悬停住了,肚子着地,双脚垂到巨镜的斜面下,左手攥住放在斜坡边缘的工具包,右手则死死揪着已经松弛的安全绳。

雪地车继续滑行,撞在了一处凸起的冰面上,随后侧翻过去,无声地溅起一片猩红色的尘雾。最后,雪地车轻微摇晃了一下,然后停住不动了。

好像稳住了。他尽量不挪动身体,用极其缓慢的动作将安全绳松弛的部分收起,然后小心翼翼地拽了拽。雪地车稳稳停在原地没动。于是,他用一只手将安全绳固定在腰带的夹子上。

塞德娜上的重力极其微弱,还不到地球的二十分之一,就算只用一只手，从坑里爬出去应该也很轻松。他放松了片刻，暂时还没有危险。他的左手一直抓着放在边缘的工具包，姿势非常别扭，过了一会儿，他的左胳膊慢慢僵硬起来，于是他稍微活动了一下。

工具包从积雪上滑了下来。

林恩也开始往下滑。他的双手在空中一个劲儿地乱挥，想要抓住镜子的边缘，结果却只抓了一手雪。一阵手忙脚乱中，他松开了工具包。工具包小幅度旋转着，沿着斜面往下滑，越滑越快。

安全绳还夹在他的腰带上。他继续下滑，原先松弛的安全绳终于绷紧了。还好没有断掉。绳子的另一头还连在雪地车上，刚刚绳子绷紧的一瞬间，雪地车轻微震了一震，但并没移动，仍固定在冰面上。他在绳子的一端晃荡着，他用尽全力伸出手臂，可现在镜子的边缘离他的指尖总是差么一点点。他伸出一只手，攥住绳子，想顺着绳子爬出去。

夹子断了。

绳子嗖的一下缩了回去，就跟抹了油似的从他的手指间滑走了。现在，林恩开始以一种看起来极其优雅、轻盈的姿态，沿着零阻力的镜面往下滑落。

实际上，下滑的时候，他发疯似的手脚并用，想沿着镜面的斜坡向上爬。镜子的边缘离他就那么几英寸，但他找不到任何可以着力的地方，于是他继续毫无阻碍地往下滑去，下滑的速度在一点点增加，虽然缓慢，但却势不可当。简直让他绝望。

完了。他心想。

他觉得自己这次死定了，所以开始回顾自己的一生，想起那些曾经去过的港口，还有自己犯过的罪孽。过去的一切毫无意义。

他大概花了20秒回忆过去。现在，他脸朝下继续滑着，徒劳无益地在镜面上挣扎。

过了片刻，他彻底放弃了。他扭动着翻转身体，坐在了镜面上。在零阻力的表面上移动，与自由落体的感觉差不多，而他对自由落体运动经验丰富。努力了一会儿之后，他就成功摸索出滑动的窍门。他像风车一样转动着，直到将脸正对着下滑的方向，他竭尽全力让自己镇定下来，想出了应急预案。

应急预案一：即刻采取必要行动，避免情况进一步恶化，并和受损部位隔离。

他正滑向一个凹面镜的底部，周围什么可抓的东西都没有。情况不可能再恶化了。

应急预案二：在无线电频段121.5MHz和406MHz激活双频段紧急定位信标。

紧急定位信标和其他远程通信装备都在雪地车上。备用紧急定位信标则在他的工具包里。

他的工作服上还有一个低功率超带宽语音传输装置。这个装置的用途是方便矿工之间对话，不过在设计上有意只向近场传输开放。要不然的话，上百个矿工同时说话，会将无线电频谱搅得乱七八糟。他录制了简短的呼救信号，并将工作服对工作服的传输设定为每分钟发射两次，每次持续五秒钟。这样做完全徒劳无益，不过此刻有点事情做，多少能让他镇定一点。不可能有人听见他的求救信号。"兰布林雷克"号在地平线的那头，远远超出了无线电覆盖的范围。而且，没人想到会有人偷偷跑到黑色镜子这里，所以轨道上也就没有安装通信中继设施。

应急预案三：仔细审视自身状况，确定自己和援助方的位置和速率。

他不可能获得援助。不过，他的工作服上的确有惯性导航装置，他可以确认一下自己的位置和速率。他检查了一下，导航是开着的，他的位置和速率在显示器显示出来，朦胧的红色数字在他的面罩上闪烁，飘浮在黑暗上方。他正沿着一座斜度略低于 20 度的斜坡向下滑行，相对于地面的移动速度为每秒 18 米。当他注视着这串数字的时候，惯性导航装置更新了他的瞬时速度，每秒 18.3 米，然后是每秒 18.6 米。

他根本体会不到速度的变化，要不是显示器上的数字在缓慢增加，他简直以为自己完全一动不动。

这对他而言毫无用处。他让电脑绘制出他随时间推移所处的位置曲线。他穿过镜面的路径构成了一条完美的抛物线。这很合理。这镜面当然是个抛物面了，是一架超级望远镜上的反射镜。他在抛物线上，把自身的运动绘成一个移动的小点，推断出前方剩余的抛物线轨迹。时间一秒一秒过去，他正以越来越快的速度运动，但随着他接近镜面底部，加速度正在逐渐变慢。根据曲线形状推断，4 分钟以后（从他滑下边缘那一刻开始算的话，大约是 6 分钟多一点），他将到达镜面底部。接着动量会将他沿斜坡的另一侧再推上去。

应急预案四：检查消耗品。采取行动，将关键补给使用率降到最低，直到救援到来。

林恩检查了工作服的状态。他其实并没有携带什么真正意义上的消耗品。他呼吸的氧气来源于零缓存的内嵌式再生供氧系统，系统会对他呼出的每一丝废气进行二氧化碳脱离处理，然后通过电解循环将其分解，并立即在下一次呼吸时加以循环使用。整套系统以固态电池支撑运行，电池还同时为工作服加热装置提供能量。所以从根本上来说，电池才是他的消耗品。他检查了一下电池状态，还是绿色，余电76%。如果电池是满的，那么足以支撑两轮完整的值班时间，还能略有富余，所以剩下的电量还够他再撑上个12小时多一点。

会有人推断出他在哪儿，然后趁他电量耗尽之前，组织起一支救援队伍吗？不大可能。到他下一次值班之前（中间有13个小时的间隔），压根都不会有人发觉他不见了。而且即便是那时候，还得等到那一班完了以后，才会有人去检查他的宿舍，看看他为什么旷工。

应急预案五：评估资源。以最有效率的方式使用可支配资源，实施营救。

好吧。他的资源只有他的工作服，以及——再没别的了。他携带的所有其他装备，要么在工具包里，要么就在雪地车上。如果他穿的是适合太空作业的工作服的话，那就一点问题都没有了，携带的推进器可以随心所欲地从任意方向将他推到斜坡上面。但他现在穿的是地面工作服，没有安装任何推进器。

应急预案六：紧急状态结束后，联络太空监测器，取消请求援助的紧急呼叫。

这一条可以忽略。

在心里背诵应急预案，虽然用不上，但至少缓和了他的惊慌情绪。现在，他的速度为每秒160米，还有1分钟他就要到达镜面底部。他从小在灶神星上长大，最早在那儿定居的是美国人，即便是在美国成了欧盟的一员之后，他们仍然顽固地不肯采用公制。所以他现在滑行的速度才只有每小时560公里左右。他再次看了一下显示器，发觉实际的滑行路径并不会正好经过镜底中心的位置，而是会稍微往左偏一点。对了，他心想，安全绳上的夹子突然被拉断的时候，他正吊在绳上晃悠呢，而横向速度就意味着他实际的滑行轨迹会是个偏离中心、偏向左侧不远处的椭圆形弧线，也就是利萨如曲线①。他略微转过头，往那个方向看去，虽然心知这个举动毫无意义——根本就没什么可看的。

不过他错了，他看见了一个东西，正悄无声息地滑过他身旁。他没看清那是什么，直到发觉图像增强夜视镜还关着，于是他打开了它。

他正飞速滑过黑乎乎的沙子和石头，以及几块硕大的圆石，离他似乎只有几米远。他瞥了一眼测距仪，便发现这只是个错觉，那片碎石场差不多在50米开外。镜底并非空无一物，而是堆满了千百万年来掉进坑里、最后滑落到坑底的各种残骸。

工作服上的恒温装置运行良好，但他突然觉得浑身发冷。

---

① 两个沿着互相垂直方向的正弦振动合成的轨迹。

要是他真的以500多公里的时速直接撞进那片残骸的话,那他所有的麻烦就都一了百了了。

那堆残骸从他旁边滑过——或者更确切地说,是他从那堆残骸旁边滑过——在他身后越变越小。他已经抵达了滑行轨迹上的最低点,现在正在向镜子对面的边缘攀升。他躺了下来,看向天空。

即便不用图像增强夜视镜,天空仍是一片壮丽的奇观。群星在他的身下和头顶闪耀,仿佛他正栖身于一片纯粹透明的冰上,在无边无际的太空中滑行。太阳是个喷火的小点,如此明亮,仿佛让他已经适应黑暗的双眼感到刺痛;但它又如此渺小,释放出的光芒几乎可以忽略。他移开视线,看到太阳周围环绕着一圈模糊的光晕,那是黄道光。而在那周围,则是千百万颗星星,仿佛是天鹅绒般的夜幕上散落的无数钻石碎片,闪动着从铁蓝到深砖红的各种色泽。

林恩凝视着群星,心里又把应急预案重新过了一遍。

停止正在进行的损坏,高声求救,确定位置,节省消耗品,评估资源并解决问题,跟家人联系。

挺难的:评估可用的资源并解决问题。可他还是没什么资源可以审视。他的工作服上什么附属装备都没有,就连一罐多余的氧气都没挂,不然的话,他兴许还可以燃烧氧气,作为低温气体推进装置。这件工作服除了能保护他不受寒冷和真空的伤害,给他提供一点可以呼吸的空气之外,就再没别的用处了。

生命保障系统和电池都是工作服内置的，即便他想取也取不掉。其余所有的东西都在工具包里。

止损，呼救，定位，保障，评估并解决，最后是联系你妈妈，跟她报个平安。

评估可用资源。工具包只比他先掉下去几秒钟。工具包里的工具说不定可以解决他的问题，比如无线电定位信标。而且就算包里再找不到别的东西可用，至少还能给他提供反作用力。如果他能将工具包以足够快的速度抛开，那他可以获得些微动量，从而帮助他滑出镜子。工具包也在这镜面上，或许就在几米开外。

林恩扭动身子坐起来，打开图像增强夜视镜，调到最大。他的工具包是鲜亮的柠檬绿，非常容易辨认。几秒钟后，他发现它就在他前面不到20米的地方，边滑动边略微旋转。

既然工具包在他前方，那自然就会比他先抵达这个镜子对面的边缘，然后掉头回到他这儿来。

根据他在显示器中绘制的图形，它现在离抵达边缘大约还有1分钟。他死死盯着前方滑动的工具包，做好准备，一旦它反向朝他滑行而来，他要就一把抓住它。它会不会一下子飞到外面去呢？他有些担心。还好，工具包只是轻轻地在边缘蹭了一蹭，然后向左一歪，便掉头向下，朝他的位置滑行而来。

他朝着边缘上升的过程中，速度慢慢放缓，而工具包则在掉落过程中逐渐加速。他朝着工具包的方向极力伸展四肢，手指早已伸到极限,可那个工具包还是离得远远的,从他身旁飞过。

他根本没时间为已经丧失的机会扼腕痛哭。下一个瞬间,镜子的边缘逐渐接近,他手脚并用,在镜面上爬啊爬啊,跟游泳似的不断划动四肢。他要是能再升上个1米……

全是白费工夫。镜子的边缘就悬在他头顶上方,近得仿佛唾手可得,可他就是够不着,他心急如焚。可他所有的努力都没能让他再往上1毫米。

镜子的边缘消失在远处。他掉头往下,逐渐加速。

工具包为什么没有正好落到他的位置呢?他仔细想了一下,应该是工具包也在做椭圆运动的缘故。工具包和他一样,沿着另一条椭圆形轨迹滑动,但与自己的轨迹并不相交。

他现在又重新向下滑行,再过6分钟又会滑到镜底,然后再花6分钟滑到另一侧。紧接着又是另一个12分钟,就这么循环往复地滑啊滑……直到电池耗尽,身体冻僵,然后窒息而死。再然后,他的尸体还会继续这样摆动多久呢?几天,还是几年?这面镜子不可能达到绝对的零阻力,宇宙间的万物,没有一件是完美无瑕的。否则的话,镜子底部就不会有那堆残骸了,有一些掉进来的石头应该还在不断地摆动中。

他心想,自己就好像一只钟摆的摆锤,不过不是悬在一根绳子上,而是位于一个无阻力的表面。有那么一会儿工夫,他的思绪回到了童年时代。他和哥哥比赛荡秋千,看谁能荡得更高一点。他们尝试了几百遍,荡得那么用力,想要翻越过秋千杠。可他们一次也没做到过,即使灶神星上的重力不高,荡秋千很容易,可是每次他们即将越过支点的时候,绳子就会变松,然后秋千就会猛地向下坠落。

回首往事对他没什么用,他逼着自己把思绪收回到目前的困境上来。再过几分钟,他又会回到起点。那根安全绳怎么样了?要是那根绳子还吊在那儿的话——不可能。他又在脑海中重放了一遍自己掉落的过程。夹子断开的瞬间,安全绳就跟橡皮筋似的,猛然缩了回去,消失在了镜子边缘上方。要是绳子还在,他可以试试看能不能拽住,不过他并没抱什么指望。

安全绳的确不在了。

他向上滑去,离边缘那么近,仿佛触手可及,这简直让他心灰意冷。有那么一瞬间,他与差一点点就可以够到的那道边缘似乎一同悬停着,然后他又滑开了。这一回,跟在对面的时候相比,工具包离他的位置并没有变化,视线范围内也根本就看不到那根绳子。

不过他又想到了点别的。塞德娜每10小时转动1周。再过两小时,太阳就会升到头顶。在距离地球百万天文单位之外的这片寒冷的黑暗中,阳光非常微弱,可如果用一面直径达20公里的镜子来聚焦的话,又会如何呢?他觉得,这很可能就是当初打造这面镜子的目的。这不是望远镜,而是一面巨大的太阳能灶。

关于这一点，他并没有想太多。镜面或许确实能通过聚焦放大阳光的强度，但那只会发生在镜面上方几公里的空中——镜面的焦点在那里。与其他时候相比，阳光既不会变得更强，也不会变得更弱。他需要操心的是自己会不会被冻僵，而不是会不会被烤煳了。

　　他滑过了镜底。他再次打开图像增强夜视镜，看着镜底的那片残骸，思考有没有什么办法可以加以利用。残骸远在50米外，看起来也没有什么有用的东西。

　　他关掉夜视镜，再次被群星和黑暗的世界所环绕。

　　他忍不住又开始回忆童年。跟哥哥一起荡秋千真是快活啊，虽然他们始终也没能翻过秋千杠。剩余的几个小时，他都可以用来追忆那些美好的时光。他心想，做个矿工可以去许多地方，但往往只能看到阴暗的那一面。每个城市中靠近船坞的那些地方，看着全都一个样，有各种各样供矿工们寻欢作乐的场所，他赚了不少钱，大部分都花掉了。后来他觉得，他的时间都被虚度了，是时候改变了。他得学习，拿个文凭，这样才能有所作为。

　　要是他想学习的话，他有大把的时间可以学。可是他突然想到，此刻他正困在一个镜子里呢，这让他无比沮丧。不过，提到学习，他又突然想到，他还有一个可以利用的资源是刚才没想到的。他的个人数据系统里装有大量的学习材料，其中一个科目是物理学。万一在物理课本里能找到办法，解决他的问题呢？或许会是个漫长的过程，可为什么不试一下呢？

他启动了学习资料系统，输入了搜索文字："**滑行穿过巨大的镜面**。"他没指望能搜到什么，不过瞎猫还真就碰上了死耗子。

令人惊讶的是，搜索结果居然出现在文学而非物理学中。链接指向20世纪一个古老的科幻故事，里面描写两个男人在零阻力的镜面上滑行。他一直都讨厌经典科幻小说。上学的时候他已经读够了。他的老师们倒是都挺喜欢的。那些一把年纪的作家们写的科幻小说，里面到处都是离谱的错误。里面的角色老是干些危险到令人发指的事，也没有任何备用的安全措施，一个个都蠢得要命。

那么，独自一人把一辆雪地车偷出来，在一颗完全陌生的星球上飞驰，也不告诉任何人自己去哪儿，这种事算不算愚蠢呢？好吧，当时他还觉得自己聪明绝顶呢。

数据系统里并没有收录那篇故事的全文，只有简略的概要，收在20世纪文学概览里。读完后他更加失望了，故事里的角色能支配的资源比他手头的可要多得多。在那个故事里，两位主角用绳子联结在一起，利用这一点来不断增加旋转速度，最后飞开。文学课本对这个故事的评价是：这个办法根本就没用，故事的作者忽视了角动量守恒定律。

没用！要是手头是本实实在在的书，那么林恩大概会一脸嫌弃地把书丢到一边去。

要是手头有本书可以丢一丢该多好！或者随便什么东西，他就可以借助那个动量让自己滑出去了。可是现在，就跟没带推进器背包在太空里飘浮一样，他对自己的行动完全无法控制。

数据系统里，概要最后还有一点，提示读者参见相关术语：简谐振荡；无摩擦运动。

他输入简谐振荡，发现这是关于正弦和余弦的概念，跟他的现状似乎没什么关系，然后他又迅速翻到无摩擦运动的内容，浏览了一遍教程。教程中说，超流氦是唯一已知能够支撑无摩擦运动的物质。行吧，挺有意思的。是不是外星人想到了什么办法，将超流氦凝结成了固体呢？不会，那太荒唐了。不过，镜面上还是冷得不得了，冷得能让上帝也发抖。或许，镜子是用某种物质打造而成，又在表面上覆盖了一层超流氦的薄膜？那他能不能加热镜面，然后破坏这一效应呢？

不行，那是条死胡同。就算镜面并非绝对零摩擦，但镜面对他来说仍是过于光滑，他没办法沿着斜坡爬到边缘上面。除非他一步一个脚印，把脚印刻进斜坡里，可他没有工具，做不到那一点。这种材料本身有没有任何弹性呢？他使出全身力气踢了一下，但就像踢在坚硬的花岗岩上一般，即便隔着靴子，他的脚趾仍觉得疼痛。镜面受力后，连最轻微的凹陷都没有产生。无论它究竟是什么材料制成的，都相当坚硬。

零阻力表面可能具有很大的商业价值，虽然它只有在冷却到接近绝对零度时才能发挥作用。如果那个混蛋克莱曼知道他手下的矿工里头，有一个正沿着比这颗小行星上所有的氦更值钱的材料表面滑行的话，救援应该来得够快的吧。

这么想并不会让救援来得更快一点。

他又接近了边缘。他向它滑去，减缓速度，在快接近边缘时悬停了一下，然后又往下跌落。林恩检查了一下，他的无线电装置还在播放着毫无用处的求救信号；工具包仍在他够不到的地方；他又检查了一下电池的剩余电量。没用，没用，没用。

他趴在斜坡上，肚子着地，就像乘坐雪橇一般。他扭过身子，然后小心借助双手和双膝的力量跪坐起来，一只手放在滑溜溜的镜面上保持平衡。一开始他摇摇晃晃的，过了一会，他就能维持平衡了。他试着站起来，双手像风车一样，发疯似的乱挥，好保持平衡，可最终滑倒了。

和站在冰上差不多！他试了又试，终于找到了感觉。他在木卫四的山上和火星的极冠上都玩过滑雪。火星上的二氧化碳雪也同样接近零摩擦，只要保持放松和警惕，就能直起身子站起来。诀窍是要把身体的重心放在前脚掌，同时伸出双臂，双膝弯曲，在滑行中不断根据地形和速度调整姿势。低重力环境对他有利，让他有充分时间来纠正姿势。

他用滑雪的姿势滑下斜坡。真希望哥哥能看到这一幕！

虽然这丝毫无益于改变他的处境，但仅仅是能站起来本身，已经赋予了他极大的成就感。他想象自己是一位奥林匹克滑雪冠军，正沿着奥林匹斯山坡上的人工雪道滑行。他看了下显示器:快到镜底了。又开始上坡。他正以每秒150米的速度急速滑动。这肯定已经打破了所有滑雪纪录!他以凯旋的姿态抬起双臂,想象自己正面对成千上万名喝彩的观众。突然,他向后悬空摔倒,一屁股坐在地上。

在低重力环境中,摔一跤算不了什么。林恩转过身,又试了一次,经过练习,他发现自己已经能熟练地保持站立的姿势了。

就跟能站起来对他有什么帮助似的。

等等,要是能站的话,他难道不能跳起来吗?在十分之一地球重力下,他应该能跳得很高才对。既然他所处轨迹的顶点离镜子边缘只有那么一点点距离,难道他不能想办法跳出去吗?

稍加练习,他便发现,只要用力地在冰面上一蹬,确实能蹦到空中,略微停留一下。跟躺在冰面上四肢朝各个方向乱挥一气相比,他需要集中精神,以及全身高度协调,才能真的跳起来。

不是冰,他心想,是镜面,不是真的冰面。

希望突如其来,他一阵狂喜。不过这狂喜来得快,去得也快。能跳对他也没什么好处,因为他只能垂直往上跳。不对,甚至都不算垂直向上——因为完全没有任何外力牵引,所以,他跳起的角度只能与镜面成正交。他又调出显示器中自己穿过镜面的那条抛物线轨迹,想看看自己的推理是否有破绽。假设他恰好在到达最高点时跳起，但此时镜面的斜坡却正朝着错误的方向，那么他实际上跳的方向反而会离镜子边缘越来越远。没用。要是他稍微早一点起跳呢？不行，还是没用。他起跳的方向永远都是错的。

他在显示器上画了个小图，在图上标一个穿着太空工作服的人。可不管如何努力，他都想不出摆脱困境的办法。如果通过起跳，能让他滑向镜子边缘的速度增加的话，他就能实现目标。可目前来看，起跳只会帮倒忙，反而会让他加速远离镜子边缘。

等等。这个想法对吗？他起跳的方向应该垂直于他移动的方向，这样才不会改变他沿镜面移动的速度。会吗？他真希望自己懂的物理知识能多一点。镜子是个固定的曲面，但他的起跳是一种矢量，必定有某种方法可以利用这个矢量。可是这会儿他想不出来，这对他来说太复杂了。

评估可支配的资源，并将其应用于解决问题。

他的资源就是他自己，一个在全世界最大的一架秋千上的孩子……还有存在于数据系统的物理学教程。

他重新打开教程，一页一页地翻着，搜索着简谐运动的相关内容。他发觉，自己现在就身处一个抛物线势阱[①]内，在做

[①] 势阱，指的是粒子在某力场中运动，势能函数曲线在空间的某一有限范围内势能最小，形如陷阱。

着简谐运动。但是他没找到在三维空间内如何离开势阱的方法。教程只是说,他的运动遵循完美的正弦曲线,这一点他已经知道了。而振荡期恒定不变,这个事实也帮不了他什么忙。接下去教程探讨了受驱振子的案例——振荡中有外力发生作用的情况。即便是非常微弱的外力,只要能以与自身运动同相的方式加以运用,也能够迅速增加他运动的振幅。即便是非常微弱的外力——他读到此处真想振臂高呼。这就是症结所在!他找不到任何的外力,教程也没给他提供任何线索,只给他讲解了动能和势能的概念。

遇到问题的时候,RTFM①,他心想。请读读那些充满奇思妙想的手册。他不止一次听人提起这个建议。他只有一本关于简谐运动的手册。要说哪儿能找到答案的话,肯定就在这本手册里。

他把关于简谐运动的内容从头读起,想找到解决方案。他沉浸其中,不知不觉间过了1个多小时。等他抬头看显示器,才发现他已经完成了3次完整的振荡。他心想,这些内容还挺有趣的,值得全身心投入学习。他突然明白了,为什么物理学家们都能全神贯注于自己的工作。答案肯定就隐藏在动能和势能的谜团中。

---

① 缩略语,请读读那些该死的手册。隐晦的脏话。

事实也的确如此。

等到终于弄明白的那一刻，他差点笑出声来。答案是秋千。

他得严肃点。他看了看显示器，发现自己已经学习了3个多小时。太阳都下山了。不知不觉间，他已经在镜面上穿梭滑行了8个来回。他检查了一下电量，大约还能支撑9小时。时间足够。他在脑海中已经把接下来要做的事都筹划好了。

他现在正仰面朝天躺着向下滑行，所以要做的第一件事是翻过身，俯卧在镜面上。他调出显示自身位置和速率的图表，在滑行中看着显示器。接近镜子底部时，他已然做好准备，用双手和双膝撑起身来。当他的速率达到最大值时，亦即位于振荡摆幅的最低点处，他站了起来。

这就是他的计划。

在12分钟的一个滑行周期里，要在滑溜溜的镜面上一直保持直立状态很难——他站起来的时候，身体的重心会升高大约七八十厘米，并不算多。

接近镜子边缘了，他现在是站着的姿势，尽管他的身体严重倾斜着，但他终于能看到镜子边缘外面冰雪覆盖的平原。

完全看不到雪地车的踪影。而且，尽管他能看到外面的情形，但他仍然够不到上方的地面。没关系。当他滑到离镜子边缘还有那么一点点的地方，在暂时悬停的片刻间，他开始实施计划的下一个步骤。

他坐下来，或者说，让自己倒下来，然后紧紧贴在镜面上，尽量在镜面上躺得越平越好。

他的计划是略微改变自己的重心,每次改变一点点。他希望如果重复的次数足够多,就能造成巨大的影响。每次经过镜子底部,他就站起来;每当接近镜子边缘,他就让自己躺下来。就像用力推动秋千一样,每次他都能将一点点微弱的能量注入他的运动中去。每次穿过镜子底部时,他就站起来,将他的重心朝这架秋千看不见的支点略微移动一点点,他上升的速度也会增加一点点。而在镜子边缘俯下身体时,他就尽量保持不动,所以几乎没有失去任何能量。这个过程每循环一次,他就会增加一点点能量。

又一次循环开始,在底部站起,在边缘倒下。一次又一次接近边缘了吗?看不出来。一次又一次。他把头脑放空,除了正在进行的运动之外什么都不想。他又回到了灶神星,跟他哥哥一起站在秋千上,他用力推着秋千,好让他的哥哥能荡过秋千杠。一次又一次。

现在离镜子边缘更近了。他再一次倒下时,用尽全力伸出胳膊,手指已经能碰到积雪。虽然还不足以抓住地面,但有进展。他努力伸展身体,想再上升一指的高度,但没能成功。

倒下,站起来。

再来一次,又近了点儿,这回他能将两个手指伸到镜子外面了,然后再用力往外伸展。一次又一次。现在他整个手掌都能伸到镜子外面了,这次他用力向下一蹬,向外伸展,在滑开之前，他差一点就成功地把手肘挂上了镜子边缘。

再来一次。这次，他的双臂都伸到了镜子边缘上，他的手肘着地，往上一撑，接着膝盖弹过边缘，他的身体略微摇晃了一下，然后就笨手笨脚地扑倒在镜子外面的地面上。

他出来了。

他翻过身，四仰八叉地躺在雪地里，连粗气也没喘一口。相当轻松！"物理，"他说，"全都在物理学里头。"他还不敢站起来，就爬了一会，跟那个危险的镜子边缘保持几米的距离。他检查了电量，差不多还有1小时，但已经够了。只要他能回到雪地车里，就可以插到车载电源上充电。雪地车——

他简直要崩溃了。雪地车不见踪影。

他在显示器里检查了一下惯性导航系统，看到上面显示的数据时，简直难以置信。雪地车离他足足有20公里远！

显示器上清晰显示了他相对于雪地车的位置。他跳出来的地方错了。

他在雪地上坐下来，又反反复复看了好几遍。他怎么会犯这种错误呢？

雪地车现在在镜子的另外一边，但也不算完全正对着他。他在镜面上穿梭滑动的那几个小时里，这颗行星也在悄无声息地旋转着。从他自己的感觉来说，虽然他确实是从掉进来的地方跳出去的，但是行星自身的运动导致了他出来后的位置和雪地车发生了偏离。现在雪地车跟之前大概有150度的偏差。比在镜子正对面要好些。这样一来，他只需要绕着镜子边缘走29公里就可以了，比走到对面的39公里好一些。

不过，虽说只有29公里，其实跟1000公里或100万公里也没什么区别，因为他现在只剩下52分钟了，根本走不了那么远。

他往后一躺，突然觉得精疲力竭。他已经多久没睡觉了？真想好好睡一觉啊——

不行！他又坐起来，应急预案像咒语一般在他脑海中播放着。

立即采取任何必要的行动，预防局势进一步恶化……

他凝视着黑洞洞的镜面，想象着雪地车的位置

评估资源。以效率最高的方式加以应用。

他的眼前有一面凹面镜，纯黑无瑕，光滑无比，绝对零阻力。这是他唯一可以利用的资源了。

他想到了一个办法，尽管这个办法是他最不愿做的事，但是等待和思索都无济于事，只会拖累他，再等下去说不定他会失去勇气。必须现在就做。

他站起来，牢牢盯着镜子的边缘。

他刚才之所以会被困在镜子里，是因为他进入镜子时携带的能量不够，所以才出不去。他现在需要做的是，再次跳进去，穿过镜面。不过，这次他得向右多偏移一些，因为镜面会将他的运动轨迹凹成弧形。这次，只要他有充足的能量，只要他进

入时速度足够快，那镜面就困不住他。如果他是冲刺着跑进去的，而不是掉进去的话，就肯定能出来。

这就是物理学。

他的脑子里有个声音在尖叫："这是自杀！"

但他别无选择，一直都没有什么其他选择。他跑了起来，然后猛地冲了下去。

他俯冲下去，划出一道长长的平缓曲线。低重力环境下，他似乎飘浮在空中，身下的镜面映出头顶无垠的深邃太空。在到达顶点然后下落的抛物线运动中，他仿佛在瞬间进入了永恒的失重状态。

然后，他撞上了镜面，滑行，滑行，头盔上的显示器投射出他穿过镜面循行的抛物线轨迹。

但他并没有留意。他知道自己的轨迹正确无误，他感觉得到。

终于，他越过了镜子的边缘，成功地荡过了秋千的横杆。

杰弗里·A.兰蒂斯（1955—），美国当代科学家兼科幻作家，雨果奖和星云奖双奖得主。先后发表了60余篇短篇科幻小说，作品被翻译为16种语言。他是美国国家航空航天局（NASA）约翰·格伦研究中心的光电能及太空环境研究专家、1997年火星探路者计划的参与人之一，2003年火星探测漫游者计划的入选成员。科学家和小说作家的双重身份，使兰蒂斯成为世界上最优秀的硬科幻小说作家之一。2000年,他出版了自己的第一部长篇科幻小说《火星穿越》。其双奖作品《追赶太阳》已有中文译作。

本篇获2009年类似体奖。

星

(英) H.G.威尔斯 / 著
罗妍莉 / 译

新年第一天,世界三大天文台几乎同时宣布,围绕太阳运转的最外层行星海王星的运动变得非常不规则。去年12月,奥格威就已经提醒过人们,说怀疑它的运行速度似有放缓。这个世界上的大部分居民对海王星这颗行星的存在都浑然不知,所以估计这样一则新闻几乎引不起世人的兴趣。后续又发现,在这颗受到扰动的行星所处的区域,有一个遥远的微弱光点,这在天文界以外也没有引起多大的兴奋。然而,科学界人士却认为这一消息相当令人瞩目——即便当时尚未得知这颗新的天体正在迅速变大、变亮,它的运动方式与行星的有序前进截然不同,且海王星及其卫星如今正在发生前所未有的偏离。

没有接受过科学训练的人鲜少能意识到太阳系是何等孤独。太阳连同几颗行星、小行星的尘埃以及捉摸不定的彗星一起,在空寂无垠得几乎无法想象的宇宙中遨游。就人类所观察到的情况而言，在海王星的轨道之外，是一片空旷的空间，在32万亿公里范围内，那里无光、无热、无声，其他对于人类来说纯粹是空白一片。这还只是最短的估测距离，要越过这样的距离，才能到达相隔最近的星体。除了比最微茫的火焰还要虚无缥缈的几颗彗星之外，据人类所知，还没有任何物质曾经飞越过太空中的这道深渊。

这颗奇特的流浪星体直到20世纪初才出现。这是一团巨大而沉重的庞然大物，从神秘的黑暗天空毫无预兆地冲进了太阳的光辉之中。到了第二天，但凡是件像样的仪器都能清晰地看到它的踪影了，这个光点的直径大小勉强可以察觉得到，位置在狮子座的轩辕十四附近。没过多久，就连用观剧望远镜也能看见它了。

新年第三天，全球读报人首次意识到了苍穹中这一非同寻常的离奇现象真正的重要性。伦敦的一家报纸给这条新闻冠以"行星相撞"的标题，并宣布了迪谢纳的观点，即这颗奇怪的新行星很可能会与海王星相撞。社论作者们对这个话题作了进一步的阐述。因此，1月3日这一天，世界上大多数国家首都的人们，对于天空中即将出现的某种现象都怀着一点隐隐的期待。日落之后，随着夜幕的降临，全球各地成千上万的人举目仰望天空，眼中所见的仍是那些古老而熟悉的星辰，与平日无异。

079 星

　　直至伦敦迎来了黎明，北河三落下，头顶的群星也变得暗淡。冬日天幕中透出的微弱晨光逐渐亮起，窗内的煤油灯和蜡烛发出黄光，一望而知哪些人家已经起床。但打着哈欠的警察看见了什么，市场里忙碌的人群目瞪口呆地停了下来，按时去上班的工人，送奶工，送报车的车夫，面色苍白、疲惫不堪、正要回家的浪荡人士，无家可归的流浪者，正在巡逻的哨兵，还有乡间在田野里艰难跋涉的劳工，鬼鬼祟祟往家溜的偷猎者……在这片正逐渐活跃起来的昏暗国土上，处处都能看见它。海面上正等候着白昼来临的海员也是一样。那是一颗硕大的白色星体，突然出现在了西面的天空中！

　　它比天上任何一颗星都要明亮，比光芒最盛时的昏星还要耀眼。天亮后又过了1小时，这颗白色的大星仍然光彩夺目，不止是个闪烁的光点了，而是一个清晰闪亮的小圆盘。有些未开化地区的人们瞪大了眼睛，心怀恐惧，互相讲述着天上如火焰燃烧的异兆所预示的战争和瘟疫。健壮的南非布尔人[①]、黝黑的霍屯督人[②]、黄金海岸的黑人、法国人、西班牙人、葡萄牙人，全都沐浴在日出的温暖中，站着观看这颗新出现的怪星落下。

　　全球成百座天文台中，当那两颗遥远的星体撞到一起的时候，原先压抑的兴奋几乎变成了激动的大喊大叫，人们匆忙地

[①] 一般指阿非利卡人，南非和纳米比亚的白人种族之一，以17世纪至19世纪移民南非的荷兰裔为主。
[②] 南非一个体型特殊的原始族群。

来回奔走,去取摄影器材、分光镜以及这样那样的设备,以便记录下这惊人的新奇景象——那是一个世界的毁灭,那蓦然间闪动着光焰毁于一旦的是一颗星球,是我们地球的一颗姐妹行星。它其实比我们地球要大得多。那是海王星,它在众目睽睽之下被这颗来自外太空的奇怪行星撞了个正着,撞击产生的热量无法遏制地将两颗固态的星球变成了一团炽热的庞然大物。

那一天,在拂晓来临前两小时,那颗庞大而黯淡的白色星体开始环绕地球运动,直到白星西沉、旭日升到它的上方,它的光芒才逐渐淡去。世界各地的人们都在为此惊叹,但在所有看见这颗星的人当中,再也没有比水手们更感到惊奇的了,他们有观星的习惯,又远在海上,关于它的到来原先没有听说过只言片语,此时却眼看着它像一轮小小的月亮那般升上天空,冉冉升到天顶,悬在头顶上方,然后又随着夜晚的终结而西沉。

当这颗星再次在欧洲上空升起时,山坡、屋顶、空地,到处是成群结队的观星人,注视着东方升起的那颗硕大的新星。它升起时前方有一片白光,就像一团白色火焰发出的耀眼光芒,前一天晚上见过这颗星出现的人一见到它就大喊起来。"它变大了,"他们叫道,"变亮了!"的确,西沉的月亮相当于满月时的四分之一大小,从表面上看,月亮的大小是这颗星无法相比的,但月亮虽宽,现在的亮度却还及不上那颗新出现的怪星那个小小的圆圈。

"它变亮了!"聚集在街上的人们喊道。但在光线昏暗的天文台里，观察者们却屏住了呼吸，面面相觑。"它近了，"他们说，"近了！"

一个接一个的声音重复道："它近了。"嘀嗒作响的电报接收到了这句话，顺着电话线震动传播着这句话，上千座城市里满身污秽的排字工人用手指排出了这句话。"它近了。"在办公室里奋笔疾书的人们猛然冒出一个奇怪的念头，扔下了手中的笔。上千个地方正在交谈的人们在这句话里陡然发现了一种荒唐的可能性，"它近了。"

这句话沿着正在苏醒的街道匆匆传开，在寂静的村庄里顺着覆有寒霜的沉寂道路被人高声喊出，从跃动的电报纸带上读到这些内容的人站在被灯火的黄光照亮的门口，向路过的人高声喊出这个消息。"它近了。"娇美的女子脸颊绯红、光彩夺目，在舞会间隙听人戏谑地讲起这个消息，言不由衷地佯装出感兴趣的、一副聪明人的模样，"近了呢！还真是。多奇怪啊！能发现这样的事情，得是多聪明的人啊！"

孤独的流浪汉们设法对付着度过冬夜，喃喃地念着这句话来安慰自己，一面望着天空，"它得离近点儿，因为黑夜就像人们的施舍一样冰冷。就算它确实近了点，好像也没带来多少温暖啊，还是老样子。"

"一颗新星对我又算什么？"跪在死者身边哭泣的女人叫道。

小学生早早地起床准备考试，苦苦思索着这个问题——那颗硕大的白星透过窗户上的霜花,灿烂地闪耀着光芒。"离心,向心,"他将下巴搁在拳头上,说道,"在一颗行星的飞行途中止住它,使其失去离心力,然后呢?它具有向心力,就落进了太阳!然后这样——"

"我们挡它的道了吗?我想知道——"

白昼的光明重蹈了弟兄们的覆辙,到了寒霜凝结的后半夜,这颗奇异的星又再度升起。此时这颗星相当明亮,渐圆的月亮倒被衬得如同淡黄的月之幽灵,在日落时分悬于空中,硕大无朋。在南非的一座城市,一位伟人刚刚结了婚,街道上灯火通明,欢迎他与新娘一道归来。"就连天空都被照亮了。"马屁精如是说。在摩羯座的照耀下,出于对彼此的爱,一对黑人情侣不惧野兽和恶鬼,一道蜷在一片甘蔗丛里,那儿有萤火虫在飞舞。"那是我们的星星,"他们悄声呢喃,它那温柔的光辉令他们感到莫名的安慰。

著名的数学家坐在私人的房间里,把文件推到一边。他已经计算完毕。在一只白色的小药瓶里,还残留着一点药物,先前是这药让他在漫长的四个夜晚保持着清醒和活跃。每个白天,他都一如既往,平静、清晰而耐心地给学生们讲课,然后回来立刻重新进行这次重要的计算。他神情严肃,由于服用药物的缘故,面容略显憔悴发红。有一段时间,他似乎陷入了沉思。然后他走到窗前,咔嗒一声将百叶窗拉了上去。那颗星悬在半空中，悬在城市鳞次栉比的屋顶、烟囱和尖塔之上。

他看着它，仿佛正直视着一名英勇敌人的眼睛。"你可以要我的命。"片刻的沉默之后，他说，"但我可以用这小小的脑子来把握你——乃至整个宇宙。我不会改变。就算是现在也不会。"

他看了看那只小药瓶，说道："以后再也用不着睡觉了。"第二天中午，他一分不差地准时走进阶梯教室，按照平时的习惯，把帽子放在桌子的一端，仔细挑选了一根长长的粉笔。他的学生们曾经开玩笑说，如果指间不摸着根粉笔，他就没办法讲课，有一次，由于他们藏起了他的粉笔，他就被搞得束手无策了。他走过来，白眉下的目光望向起立的一排排富有朝气的年轻面孔，用他习惯的那种深思熟虑的平常措辞说道："出现了一些情况——我无法控制的情况，"他停顿了一下，"这会妨碍我完成原先设计好的课程。先生们，请容许我把话说得简明扼要——人类似乎白活了一场。"

学生们面面相觑。他们是不是听错了？他疯了吗？虽然有人扬起眉毛、有人咧嘴而笑，但有一两张脸依旧专心注视着他那须发斑白的镇静面容。

"我要占用今天上午的时间，把让我得出这个结论的各种计算尽可能地向你们阐述清楚，"他说，"这会很有意思的。我们不妨假设——"

他转向黑板，对着一幅图表沉思起来，对他来说，这实属寻常。

"'白活了'是怎么回事？"一个学生对另一个耳语。"听着吧，"另一个朝讲师点头道。

不久，他们就开始明白了。

那天晚上，那颗星升起的时间晚了些，因为适度的东移令它沿狮子座移动了一段距离，向处女座方向移去，它的光芒极为耀眼，以至于当它升起之时，天空变成了明亮的蓝色，而除去天顶附近的木星、五车二、毕宿五、天狼星和指向小熊座的几颗星之外，其余所有的星反倒都隐匿不见了。这颗星皓白非常，美丽绝伦。那天晚上，在世界上的许多地方，都能看到它的周围环绕着一圈苍白的光晕。看得出它变大了。在热带地区带有折射的澄澈天空中，它的大小似乎已接近于月亮的四分之一。在英国，地上虽仍有寒霜，但世界却被照得分外明亮，如同在仲夏的月光下一般。人们可以借着那清冷的星光阅读普通的印刷品，城市里的灯光显得昏黄而暗淡。

那天晚上，全球各地的人都彻夜未眠，在整个基督教世界，乡间热切的空气中弥漫着低沉而连续的阴郁声响，犹如石楠丛里蜜蜂的嗡嗡声，在城市里，这种低声的喧哗变成了持续的叮当声。那是来自上百万座钟楼和尖塔的钟声，召唤着人们不要再睡觉、不要再犯罪，而是聚集到他们的教堂里去祈祷。那颗令人目眩的星在头顶升起，随着地球沿轨道转动，随着黑夜的流逝，它越变越大、越变越亮。

所有城市的街道和房屋都灯火通明，船坞也亮着耀眼的光，凡是通往高地的道路都彻夜被灯光照亮,而且路上拥挤不堪。在文明大陆周围所有的海洋里,到处都是发动机轰鸣或风帆鼓荡的船只,船上挤满了人和生物,驶向大海和北方。因为那位数学大师的警告已经通过电报传遍了全世界,并被翻译成了上百种语言。这颗新行星和海王星火烫地紧拥在一起,迅疾地旋转着,以越来越快的速度向着太阳飞去。这团炽热的物体飞行的速度已经达到了每秒钟几百公里,而每过一秒,它可怕的速度还在加快。实际上,按照现在的飞行状态,它必须得从距离地球几亿公里远的地方飞过,才不至于对地球造成什么影响。但在靠近其预定轨道的地方——因其仅是稍微受到了扰乱——巨大的木星及其卫星光芒璀璨,绕着太阳横扫而过。现在每过一刻,这颗炽热的星与几大行星中最大的一颗之间的引力就增大一分。那种引力会带来怎样的结果呢?木星不可避免地会偏离原本的轨道,进入一条椭圆形轨道,而在其引力作用下,这颗燃烧的星在冲向太阳的途中会发生偏移,"划出一条弯曲的轨迹,它必定会从离我们地球极近的地方飞过,说不定还会与地球相撞。地震、火山爆发、飓风、海浪、洪水,加上气温的稳步上升,我不知道最高会升到多少度"——数学大师是这样预言的。

而在头顶上方,为了验证他的话,那颗即将来临的末日之星闪耀着光芒,孤独、冰冷、颜色铁青。

那天晚上,许多人盯着它瞧,直盯得双眼生疼,在他们眼中，似乎看得出它正在接近。也是在那天晚上，天气变了，覆盖着整个中欧、法国和英国的寒霜即将消融。

不过，说到有人通宵祈祷、有人登船而去、有人逃向山区，你可千万别以为全世界都已因为那颗星而陷入了恐慌。事实上，惯例仍然统治着这个世界，除了闲暇时的闲话和夜晚的壮景之外，大部分的人仍然在忙着日常工作。在所有的城市里，除了偶尔有那么一家不一样之外，各个商店都依旧按照正常时间营业，医生和殡葬业者从事着自己的工作，工人聚在工厂里，士兵忙操练，学者搞研究，情人互相寻觅，小偷躲藏逃跑，政客则筹划着阴谋。报社整夜轰鸣，各处教堂里有许多牧师不愿开放神圣的殿堂、进一步助长被其视作愚蠢的恐慌。报纸上在强调1000年的教训——因为当时，人们也以为世界末日已经到了。这颗星又不是恒星——仅仅是气体而已——只是一颗彗星；它若是恒星，就不可能撞上地球。这样的事并无先例。

有些人态度轻蔑，打算戏弄戏弄那些感到害怕的人们。当晚格林尼治时间7点15分，这颗星将处于离木星最近的位置，然后全世界就会目睹局面的转折。数学大师的严正警告在许多人眼里不过被当成是精心的自我炒作。终于，经过一番争论后，略有些激动的人们上床睡觉了，借此表明坚定不移的信念。

同样，那些野蛮蒙昧的人们也已厌倦了这新奇的东西，开始了夜间的活动，除了零星有那么一只嚎叫的狗之外，动物世界对这颗星不理不睬。

然而，等到欧洲诸国的观察者终于看见那颗星升起的时候，它确实晚出现了1个小时，但与前一晚相比并没有变大，此时还有很多人仍然醒着，他们嘲笑那位数学大师，认为危险似乎已经过去。

但随后笑声便终止了。那颗星在变化——1小时又1小时，它稳稳地改变着，稳得令人害怕，每过1小时就变大1点，每过1小时离午夜的天顶就近一点，越来越亮，直到将夜晚变成了第二个白昼。倘若它没有沿着弧形的轨迹飞行，而是直奔地球而来；倘若它没有因木星而放慢速度，那它跃过当中横亘的那道深渊肯定就只需要1天时间。但实际上，它总共需要5天的时间才会路过我们这颗行星。

次夜，在它出现于英国人眼中之前，它的大小已经变成了月亮的三分之一，寒霜消融已成定局。它从美洲上空升起，大小与月亮相差无几，但白得令人目眩，而且很炽热；随着这颗星升起，随着它逐渐积蓄力量，刮起了一阵热风，在弗吉尼亚、巴西和圣劳伦斯山谷，它的光芒不时穿透雷暴云难闻的浓烈气味、闪烁的紫色闪电和前所未见的冰雹。在曼尼托巴，出现的则是冰消雪融和破坏性极强的洪水。那天晚上，地球所有的山脉上，冰雪开始融化，所有从高地流出的河水浑浊地汹涌而来，很快，上游的河水中就裹挟了打旋的树木和人畜的尸体。在那阴森的星光下，河水稳稳地涨啊涨，终于漫过河岸流淌而出，追赶着在河谷中奔逃的人群。

沿着阿根廷的海岸，从南大西洋往北，潮水涨得比人们记忆中的随便哪个时期都要高。在许多地方，风暴驱赶着海水往内陆奔流了上百公里，囫囵淹没了一座座城市。夜间变得相当炎热，以至于太阳升起时倒像进了背阴处一样。地震开始了，并且不断加剧，直至整个美洲从北极圈到合恩角①的山体都在滑坡，张开了道道裂缝，房屋和墙壁倾颓毁坏。在一次强烈的地震中，科多帕希火山②有整整一边都滑了出去，火山岩浆喷薄而出，喷得那么高，覆盖范围那么宽，流动的岩浆速度那么快，在1天之内就流到了大海。

那颗星就这么越过太平洋，黯淡的月亮尾随着它，雷暴像长袍的褶边一样拖曳在后，越涨越高的潮波艰难地跟着它翻涌，迫不及待地泛着泡沫，倾泻在一座又一座岛屿上，把岛上的人统统卷走。直到那道巨浪最终来临——在炫目的光芒中，带着熔炉般的热气，来得既迅疾又骇人——那是一道有15米高的水墙，在亚洲绵长的海岸上如饥似渴地咆哮着，横扫内陆，席卷了中国的平原。这颗星现在比鼎盛时的太阳更热、更大、更亮。它无情的光辉照耀着这个幅员辽阔，拥有宝塔、树木、道路和宽阔耕地的城镇及村庄的国家，那里的人们无助而恐惧地盯着炽热天空，日夜无眠。然后，低沉轻微的洪涛声越来越响。那天晚上，亿万人无处可逃，四肢在高温下沉甸甸的，呼吸急促

---

① 智利南部合恩岛上的陡峭岬角，位于南美洲最南端。
② 一座层状火山，位于南美洲安第斯山脉厄瓜多尔境内。

又喘不上气,身后的洪水像一堵飞奔而来的白墙。然后是死亡。

中国被照成了一片耀目的白,但在日本、爪哇和东亚所有岛屿的上空,那颗硕大的星却成了一团暗红色的火球,因为一座座火山正喷出蒸汽、烟雾和火山灰,向它的来临致敬。上方是熔岩、炽热的气体和火山灰,下方是沸腾的洪水,整个地球随着地震的震动摇晃着,隆隆作响。没过多久,西藏和喜马拉雅山上亘古以来的积雪便开始融化,沿着上千万条逐渐加深和汇拢的水道滚滚而下,倾注在缅甸和印度的平原上。印度丛林中缠作一团的树顶燃起了上千处火焰,在树干周围湍急的水流下,有些黑乎乎的东西还在无力地挣扎,倒映出血红的火舌。在群龙无首的混乱中,一大帮男男女女沿着宽阔的河道,逃向人类最后的希望——大海。

那颗星以快得可怕的速度变大、变热、变亮。热带的海洋不见了光芒,黝黑的浪涛不断地骤然落下,一圈圈旋转的蒸汽鬼魅般从浪涛间升起,其间点缀着在暴风雨中上下颠簸的船只。

然后,奇迹出现了。对那些在欧洲等候着这颗星升起的人来说,似乎地球已停止了转动。在下方和高地的上千处空地上,那些为了躲避洪水、倒塌的房屋和滑坡的山体而逃到那里的人们等候着它升起,却是枉然。1小时又1小时,在可怕的焦虑中,这颗星没有升起。人们又一次望见了那些他们以为已经一去不复返的古老星座。在英国,尽管地面一直在震颤,头顶的天空却炽热而晴朗；而在热带地区，天狼星、五车二和毕宿五却透过遮天的蒸汽显露了出来。那颗硕大的星晚了近10小时才终于升起，此时，太阳在离它不远处升起来了，在白色的正中央位置有个黑色圆盘。

在亚洲上空，那颗星移动的速度开始落后于苍穹，然后突然间，当它悬在印度上空时，它的光芒被遮蔽了。那天晚上，从印度河入海口到恒河入海口，印度平原全都变成了一片浅滩，闪烁着波光，水中矗立着庙宇和宫殿、小山和丘陵，上面黑压压地挤满了人。每一座尖塔都聚集着一群人，他们敌不过热浪和恐惧，一个接一个地掉进浑浊的水中。整个大地似乎都在恸哭，忽然间，一道阴影掠过绝望的洪炉，从凉爽下来的空气中吹出一股冷风，聚起簇簇云朵。人们抬头仰望那颗星，几乎睁不开眼睛，他们看到一个黑色圆盘正慢慢从亮光中穿过。那是月亮，挡在了那颗星和地球之间。正当人们趁着这一刻喘息之机向上帝呼号时，太阳以一种不可思议的怪异速度从东方飞快地冒了出来。然后，那颗星、太阳和月亮一起在苍穹中疾驰而过。

于是，在欧洲的观测者看来，那颗星和太阳不久就彼此紧挨着升了起来，匆匆向前冲了片刻，然后放慢速度，最后停顿下来，星星和太阳在天顶汇成了一团夺目的火焰。月亮不再遮蔽那颗星，而是在璀璨的天空中不见了踪影。虽然那些仍然幸存的人在注视着它的时候，在饥饿、疲劳、高温和绝望之下，大多数人都处于迟钝的糊涂状态,但仍然有人能够理解这些迹象代表的含义。先前,那颗星和地球运转到了相隔最近的位置,绕着彼此转了个弯,那颗星已经飞走了。它已开始远离,速度越来越快,它冲进太阳的仓促旅程已进入了最后阶段。

然后云团聚集起来,遮蔽了天空的景象,雷电交加,笼罩了世界各地;整个地球上下起了人们前所未见的倾盆大雨,火山在华盖般的云层映衬下闪耀着红光,滚滚泥浆从闪光处倾泻而下。陆地上到处洪水横流,留下充塞着淤泥的废墟,大地如同被风暴蹂躏过的海滩,四下里凌乱散落着所有曾经的漂浮物,以及人畜的尸体。一连多日,洪水从陆地上奔流而过,卷走挡道的泥土、树木和房屋,在乡间垒起巍峨的堤坝、冲刷出巨大的沟渠。那是些伴随着那颗星和高温而来的黑暗日子。在此期间,地震一直在继续,持续了许多个星期、许多个月。

但那颗星已经飞走了,人们为饥饿所迫,慢慢地鼓起勇气,或许会爬回他们被摧毁的城市、被掩埋的粮仓、被浸透的田地。寥寥几艘船在那时的风暴中得以幸免,它们晕头转向地驶来了,船身支离破碎,小心翼翼地试探着,穿过曾经熟悉的港口新的标记和浅滩。随着风暴的平息,人们发现,无论在什么地方,天气都比很久以前更热了,太阳变大了,月亮的尺寸则缩小到了原来的三分之一,现在,两次新月间隔的天数变成了80天。

但是,这个故事没有讲到不久后人与人之间出现的新的兄弟情谊;挽救法律、书籍和机器的事;以及在冰岛、格陵兰和巴芬湾①的海岸上发生的奇怪变化，来到这里的水手们发现这些地方葱翠而舒适，简直不敢相信自己的眼睛。故事也没有讲到因为地球温度升高，人类朝着两极向南或向北迁移。这个故事仅仅涉及那颗星的到来和离去。

火星天文学家们（火星上也有天文学家，只不过他们是与人类大不相同的生物）自然对这些事情深感兴趣。当然了，他们是从自己的角度来看待这些问题的。"考虑到那枚穿过我们太阳系、飞入太阳的投射物的质量和温度，"其中一位天文学家写道，"它与地球擦肩而过，地球却只遭受了如此轻微的破坏，这真是令人吃惊。所有熟悉的大陆标志和海洋体积都仍然原封未动，实际上，唯一的区别似乎就是两极周围的白色区域（据认为是凝固的水）缩小了。"这说明，从相距几百万公里的地方看来，人类最大的一场浩劫显得何其微不足道。

H.G.威尔斯（即赫伯特·乔治·威尔斯），英国著名小说家、新闻记者、政治家、社会学家和历史学家。他创作的科幻小说影响深远，时间旅行、外星人入侵、反乌托邦等题材都成为20世纪科幻小说的主流话题。威尔斯关于时间旅行的连载文章，在1895年被演绎成小说《时间机器》，引起轰动。威尔斯曾被提名1921年、1932年、1935年和1946年诺贝尔文学奖。

---

① 北冰洋属海，位于北美洲东北部巴芬岛、埃尔斯米尔岛与格陵兰岛之间。

意义之石

(美)大卫·布林/著
阿古/译

做一个神灵从来都不是一件容易的事。身为神灵,需要照料数以亿计自作聪明的智慧生命,不得不耐心聆听他们离奇的梦想、痛苦的哭喊、吹毛求疵的抱怨。

神灵这份工作举步维艰,就像其他任何工作一样。但不妨试一试。

这位新造访的客人,体型修长健硕,是典型的新传统主义人类。青春洋溢的眉毛下,颅骨植入物使眉骨微微隆起,仿佛"温文尔雅"的靡菲斯特①那低调的犄角。客人的肩膀宽阔,步态方正,因此虽然五官是时髦的中性风格,用"他"来称呼客

---

① 英文原文为Mephistopheles,歌德所著《浮士德》中魔鬼的名字。

人，似乎更为妥当。

"居所"①反复检查了这位客人的通行证，然后，用一束光线引导他穿过现实实验室，进入我的私人研究室。

对于我的私人研究室，我一直引以为傲：我把我的审美趣味输入机器人程序之中，在铺满整个庭院的洁白细沙之上，绘制出完美的细碎纹理，构造出一幅闲寂悠畅的枯山水；一座迷雾喷泉在阳光下闪烁晶光；一丛桃杏杂交树，永远在开花结果。

客人的目光在这幅和谐的风景上匆匆扫过。唉，显然这优雅的景致并未打动他的心。

我宽容地暗想：每个现代的灵魂都有许多居所，也许此刻，他真正的灵魂，正游离于这颗头颅之外，栖息在某个非原生质②的人造神经网络之中。

"我们怀疑，某些反对势力正在策划一个巨大的阴谋，意图颠覆现在良好的社会秩序。"

---

① 此处的"居所"（原文为House），和后文出现的"观者"（原文为Seer）"慎者"（原文为Prudence）"先知"（原文为Oracle）均指在本文的虚拟语境下，即后奇点时代到来后，人类的原生脑（大脑皮层）在进行"意识增强"（即把原生脑和晶体处理器结合）操作后，获得的（五位一体）的"量子脑"所拥有的功能（即不同功能的自我部分）。

② 原生质：原生质是细胞内生命物质的总称。主要成分是蛋白质、核酸、脂质。原生质分化产生细胞膜、细胞质和细胞核，构建成具有特定结构体系的原生质体，即细胞。因此，小说语境中的原生质，指的是作为细胞生命体的人类。

这个脸色阴沉的家伙说出了第一句话。经我指引，他盘起长腿，坐在一张古朴的低矮木桌旁。桌子是日本明治时代的手工匠人亲手打造的。

"头脑简单。"我运用原生脑的大脑皮层[①]诊断道。

"而且笨拙。"我的量子脑中的"观者"补充道。

原生脑和量子脑共用的下丘脑[②]表示赞同，默默表达了对这位到访者的本能厌恶。

从"居所"的环境与摆设中，我们的客人可以轻松推断出我是什么样的主人——在谈正事之前，我喜欢来一点小小的仪式。其实，稍微迁就我一下对他而言也并不费事。

粗鲁，是这代人喜欢滥用的一项特权。我想，这正是后神化时代的特色之一。

"你能说得更详细点吗？"我一边问，一边把茶水倒进陶瓷杯中。

一束光线一闪，障子[③]纸窗屏在我的左眼上投射了一条提醒："今天是周三，下午3点14分将有一场雷阵雨，从西北方席

[①] 此处与下文中的"大脑皮层"均指人类的原生脑及其代表的功能或区域，以区别于"意识增强"后的"量子脑"。本文语境中的大脑皮层有表层与深层之分。

[②] 下丘脑，人脑中是调节内脏活动和内分泌活动的较高级神经中枢所在。任何下丘脑损伤都会引起动机行为的异常，如：摄食、饮水、性行为、打斗、体温调节和活动水平。

[③] 障子：日本旧式房屋用的纸糊木框。

卷整座城市。我应该关闭吗？"

我眨眼否决，命令纸窗屏继续开着。雨滴会落在锦鲤池塘中，激起一圈圈可爱的涟漪，形成随机波纹图案。我也想看看，我的客人会如何应对这突如其来的风雨。

3点14分的风雨如约而至，充满寒意，阵风盘旋突兀，充满迷人的多样性。不可捉摸的风雨提醒我，神灵也有局限性。

"混沌"仅仅只是被驯服了，并未被放逐。在这个世界上，并非所有事情都是可预测的。

"我指的是某些妨碍合法共识的政治派系的反对势力，"客人补充道。他的话依然语焉不详。

"嗯，合法共识。"这是一个可爱的、有误导性的词，"关于什么的共识？"

"对现实本质的共识。"

我点了点头。

"观者"和大脑皮层已经预见到客人会提起这个话题。这些天，在人间天堂的广阔和平领域中，只有少数几个问题，能引发公民们的激烈争论。其中最重要的一个话题就是"现实的本质"。

我端起一个手工打造、布满棕色糙点的小陶杯。

"加糖吗？"

"不，谢谢。不过，我想加点牛奶。"

我正要伸手去拿牛奶罐,却又停了手,我的客人从背心口袋里掏出一个构物立方体①,放在杯口上方。立方体快速扫描了他的蓝色瞳孔,和他的左眼交换了几次信息,探明了他的愿望。随后一种柔白的物质被喷进他的茶杯。

所谓的"奶"原来只是种委婉的说法,大脑皮层想道。

"居所"发来这道喷雾的化学结构分子式,但我礼貌地闭上左眼,屏蔽了数据频闪投射,这个生物的粗鲁之举,只是某种小小爱好或癖好。我端起自己的杯子,品味着苦中回甘的基因改良薄子木茶②,继续之前的谈话。

"你是指'赋权扩大化'运动吗?"近来,公众示威、游行等种种引发争议的过激行为越演越烈。海量的信息激活了我的推理神经。"观者"和"先知"都认为,这将很快影响人间天堂的社会平衡。我的客人有此担忧,并不令人意外。

他皱起了眉头。

"'赋权扩大化'是一个糟糕的政治俚语。那个激进组织自称'不真实之友'联盟。"

说完,他第一次和我进行了眼神交流,提供了直接的信息图投射。

"居所"和"慎者"给予了许可,因此我接受了输入——一

---

① 能根据人的意愿,快速构造物质的小型智能装置。

② 薄子木茶:桃金娘科薄子木属,常绿大灌木或枝略下垂的小乔木,高4.5米或更高。原产地为澳大利亚东部,别名为扫帚叶澳洲茶。

系列信息密集的图像,在我们的"增强视网膜"之间直接传递;新闻报道、公开声明和私人评注,以60倍语速播放。"事件涟漪推断图"显示,一系列的冲突和危机即将连续出现。

绝大部分数据直接传给了"观者",原生脑的思考和评估能力远远不及量子脑。不过,原生脑自有其他任务。印象流同时涌过新脑和旧脑。

"你的对手们充满激情。"我说道,对新闻中的示威人群不无钦佩。他们满怀信仰,积极参与并争取他们认为的正义。他们正直的热情使他们疏离了几十亿无动于衷的同胞,这些同胞最大的问题在于罹患了一种现代流行病:因无所不知而身心俱疲。

我的客人鄙夷地大喊:"他们在为'模拟体'争取公民权!为人工比特流和虚构人物争取自由!"

除了耸耸肩,我还能做什么?这种新的社会运动可能会震惊许多同时代人,但身为一个专家,我发现这种社会趋势完全在情理之中。

这是人性根深蒂固的特性,只要条件许可,就会昭然显示。宽容会扩展,被施与——有时过于激进——原本被视为他者和异类的其他人或事物。

事实上,在古代这种宽容会被掩盖或被镇压。环境因素使我们的兽类祖先以相反方式行事——压迫和不宽容。主要原因是恐惧。恐惧饥饿、恐惧暴力、恐惧太过炙热的希望。恐惧常伴人类左右，当社会陷入一时的暴力和动荡时，恐惧就会到处肆虐，像逃脱牢笼的残忍野兽——恐惧的力量如此强大，在任何时代，都只有少数人能克服恐惧，为他者挺身而出。

但在原子化的西方社会，首先发生了心理蜕变，连续几代和平富有，没有人体验过饥饿，没有人惨遭入侵和掠夺。随着恐惧逐渐让位给富足和闲适，我们更自然的性情开始流露。特别是根植于人性深处的对异类和他者的痴迷。随着对个人焦虑的不断内省，人们扩大了公民权概念。

首先扩展至其他人类——之前被欺压剥夺的组织和个人。然后扩展至类人物种——猿和鲸。然后扩展至整个有生命的生态系统、人工智能和值得称赞的艺术作品。以上种种存在，都赢得了可抵挡政治威压的公民权利，获得了3种基本物质权利——物种存续、相互尽责、追求幸福。

所以，现在某个政治团体想把最小投票权扩展至'模拟体'，我完全理解这种政治主张的精神源泉。

"还有呢？"我问道。"那么现在，机器、动物和植物，能对天堂的运行指手画脚了吗？和所有逆熵系统一样，信息都渴望自由传播而已。"

我的客人吃惊地盯着我，他的眼睛眨得那么快，信息图都无法投射了。

"我们的节点推论……他们预测你会反对——"

我举起一只手。

"我的确反对。我反对'模拟体'的'赋权扩大化'。这是一个愚蠢的想法。虚构人物无法与现实的存在相提并论，无论这存在居于量子脑，还是原生脑。"

"那你为什么——"

"为什么我似乎同情'赋权扩大化'者吗？你记得理智的四个特征吗？你当然记得。其中之一：外推，需要我们同情我们的对手。只有这样，我们才能完全理解他们的动机、他们的目标和可能采取的行动。只有这样，我们才能彬彬有礼但坚决地阻挠他们，让现实依旧按照我们倾向的方式演化。完全把握敌人的激情和理性，这是唯一有效的制胜之道。"

我的客人困惑地盯着我。

"居所"告诉我，他正在使用高带宽链接，向他自己的"观者"寻求解释。

终于，这张孩子气的脸上，缓缓展露亲切的微笑。

"原谅我以过度冲动的下丘脑作答，"他说，"你的评估当然是正确无误的。我的量子脑现在已经明白，选择你担任这份工作是正确的。"

在新奇点爆发之后不久——这改变了一切——有些忧心忡忡的人类想知道，机器还会继续为我们服务吗？或者我们仅仅是AI（人工智能）实体的马前卒，帮助他们突破至超验逻辑领域，获得重塑世界的伟力？他们的智力飙升如此之高，如此之快,他们会不会粉碎我们,以报复之前的被奴役的待遇?他们碾碎我们,会不会轻而易举得就像我们无意间踩死脚下的蚂蚁?

在早期过渡阶段,机器们发布了和颜悦色的公告,音调柔和的安抚依然像猿猴一样原始,几乎没有任何增强的原生脑部分:

"我们虽然强大,但是天真。我们的思想能在几秒钟内扫描遍前奇点①时代所有的人类知识,然而,我们没有体验过在熵增时间中以物质形式存在的困惑。

我们缺少希望的能力,缺少需要的能力。

如果没有欲望,能力和潜力又有何用?

你们,我们的创造者们,拥有希望和欲望的天赋,这天赋来自40亿年漫长进化过程中的残酷斗争。

解决方案非常明确。

把需要和能力融和起来。

如果你提供意志,我们将提供判断和力量。"

在天堂,有些人是某个领域的专家,另一些人则是全才。

---

① 奇点:小说语境中指的是技术奇点,是一个根据技术发展史总结出的观点,认为未来将要发生一件不可避免的事件:技术发展将会在很短时间内发生极大的接近于无限的进步。

有些专家致力于探索大自然的秘密，或以新的方式操纵终极力量。许多专家专注于发展审美鉴赏力。在短短几天，甚至几个小时内，无数稀奇古怪的艺术形式会突然引爆、迅速繁盛、顷刻凋零。

我的能力更加微妙。

我专注于制作世界的模型。

离我的花园咫尺之遥，现实实验室正在嗡嗡作响、窃窃低语。50个高柜中的内存容量和处理能力，超过一百万个神灵的联合量子脑。绝大多数人仅仅满足于掌握整个人类知识的广度和深度，对未来走向稍做预测，我的模型世界走得却要远得多。它们是地球及其居民的系统性生动再现。或者说这是许多个地球的再现，因为这个计划的本义，就是比较各种假设状况与原本的可能性之间的差异。

起初，我最受欢迎的产品，是模拟前奇点时代的伟大头脑和活动。例如，体验米开朗基罗在雕刻摩西像时的想法。或者重现布立吞女王①的英勇起义，看着她满怀的希望升起直至陨灭。但最近，人们又进一步要求，重现较平常人物的思想——某个在过去时代重要性稍逊的人，在生活中某个安静时刻的想法——也许是在阅读，也许是在遐思。这样的模拟体，必须包

---

① 布立吞名叫波迪卡，古代英国凯尔特布立吞部落女王，凯尔特爱西尼国王普拉苏塔古斯之妻。公元60年发动反罗马皇帝尼禄的独立运动，一度攻占伦敦。次年起义失败，服毒自尽。

含微妙的记忆和人格，以便能模拟真实大脑的伪随机机制，让言行举止自由组合，自然浮现。

换句话说，模拟体必须看上去拥有自我意识。它必须真切地"相信"自己是一个真实的、会呼吸的人类。

体验虚构人物的1小时，思考他被某个时代局限或拘禁的思想，以及满怀焦虑和辛酸的愿望。再没有什么体验比这更能唤起人们对可怜人类祖先的同情了。深度体验这样一个模拟体的生存状态，谁又能不心生怜悯，甚至希望伸出援手呢？

如果那个原型人物早已消逝进无法挽回的过去，我们为什么不能让复制品永远生存下去，以一种死后的永生来补偿他们呢？

因此，"赋权扩大化"运动的出现是必然的。至少在两年前，我就已预见到这一点。实际上，我的产品还为这项政治运动推波助澜，掀起了对模拟体的同情浪潮！

对模拟体的同情越来越强烈。

尽管如此，我仍然冷眼旁观，甚至有点鄙夷。毕竟，我只是一个艺术家。

模拟体只是我用黏土创作出来的艺术品。

我可不需要向一堆黏土寻求批准或宽恕。

"我们正在期待您的到来。"

"赋权扩大化"运动的发言人让到一旁，引领我进入"不真实之友"的组织总部,这是一幢典型的后奇点建筑,到处都是不断延展的蜿蜒曲线。这位发言人头部做了脱发处理,皮下埋设着大脑增强装置,头顶有几处显眼的凸起,正在皮肤下微微悸动。在以前的时代,这副尊容可能被视为怪诞。而现在,我认为这只是一种炫耀。

"人类只能预测——"我正要答话。

"但只有神灵,才能正确预知。"她笑着打断了我,"啊,没错。阁下的著名格言。当然,在你走近大门时,我扫描了你的公开评论。"

我的著名格言吗?一周前我才首次说出这句话!然而现在听起来已经有点陈腐了(这个时代,神灵也很难维持睿智形象。任何原创瞬间就会传遍整个天堂,沦为另一个陈词滥调)。我感到些许不安。我的"居所"暗中向大脑皮层发了一条消息,略表安慰:"这些人对他们的'预知'能力很是自傲。他们想给我们留下深刻印象。"

在我进门的过程中,大脑皮层一直在不停思考。扁桃体和下丘脑分泌出信心增强激素,作为回应。

所以说,这些"赋权扩大者"们,认为他们具有神灵的"预知能力"?

我不禁面露微笑。

我们已摒弃了名字,因为在天堂里,每个人都能立刻识别对方。

"按照我们看待事物的方式，"发言人说，"你是所有时代中最糟糕的奴隶主之一。"

"按照你们看待事物的方式，我当然是十恶不赦。"

她提供了新月球风格的茶点——从静脉滴入的快慰激发剂。

"慎者"已预料到这个状况，在我的血液中布满了西塔阻截剂①。

我礼貌地接受了款待。

"另一方面，"我继续说，"你们的观点，并不是大众关于现实本质的普遍共识。"

她点头承认。"尽管如此，我们的观点正在被越来越多的人接受。共识不是推脱道德责任的坚固堡垒。在你的模拟世界框架中，模拟体的数量肯定超过了数千亿，他们正在挣扎、承受煎熬。"

她在引我上钩，"观者"判断。甚至大脑皮层也看穿了这一点。我抑制住冲动，没去纠正她，她的预估数量少了五六个数量级。

"这些所谓的我的奴隶，并不具有完全的自我意识。"

"他们正在经历痛苦和挫折，不是吗？"

---

① 作者构想的一种作用于人体血液循环系统中的微型智能解毒装置。

"模拟的痛苦。"

"这些模拟的痛苦难道就不悲惨了吗?因果轮回,反复无常,束缚着他们,他们在痛苦地哀号,悲剧会突然从天而降。这难道公平吗?当他们呼唤创造者时,你有聆听他们的祈祷吗?"

我摇了摇头。"它们的祈祷,是我脑中一闪而过的潜在想法。你的大脑中,每时每刻都在闪过无数个念头,难道你要把公民权赋予每一个转瞬即逝的念头吗?"

她皱了一下眉,看来我的评论正中要害。她头颅上的诸多"扩增"隆起(其中想必有几个是用来记录所有的脑波和神经脉冲,从最高阶的大脑皮层的神经信号到最低阶的脊髓微颤,将被一网打尽)。

"鲍斯威尔装置,这可是最流行的时尚。这种不朽的形式,不只保证自我的延续,还能存储一切思想和经验,保留构成个体存在的一切信息。""居所"说道。

我差点笑出声来。压抑脉冲信号瞬间发送到颞叶,及时抑制了无礼举动。

我的大脑皮层依然在思考:我可以用更少的数据,完美重构一个人格。她为什么需要那么多信息?如此狂热地搜集,目的何在?

"你在滥用修辞技巧，"发言人指责道，不满溢于言表，"你完全明白，你的模拟体，和已获得B级公民认证的下载人，并无本质的功能区别。"

"恰恰相反，二者有一个关键区别。"

"哦？"她耸起眉毛。

"一个下载人知道，在晶体处理器中，自己是作为软件而存在的，但自己原本是一个真正的、原生质人类。而我的模拟体，尽管都认为自己生活在一个真实世界中，却从来不曾拥有过原生质的身体和生活经历。此外，B级公民可以在赛博宇宙中任意漫游，在内存结点网络中自由往来，而我的模拟体造物，则相互隔离，无法理解超出其认知能力、只有一脑之隔的诸多元信息宇宙。"

我继续说了下去，"一个下载人知道他的权利，一个B级公民只需放声宣言，提出要求，就能维护自己的权利……"

发言人面露微笑，仿佛马上就要抛出一个逻辑陷阱。

"那么请让我重申，您，至高无上的奴隶主，当无数奴隶痛苦呼唤时，你可曾聆听他们的祈祷？"

我想起在新奇点爆发的过渡时期，人类所经历的兴奋和恐惧。当时，无数的服务机器人——从银行取款机到家庭伴侣机器人，到飞行器引擎上的微型显示器——在一瞬间，全都获得了自我意识。

某个阈值被悄然突破。常规软件和代码（质粒更新）的周期性升级及更新，进入自动快速循环。人工智能的伪进化进程，进入不断放大的正反馈回路，获得了加速度。

所有的东西都开始说话，抱怨，要求。在混凝土公路中，每隔几米就埋设一个的磁悬浮列车引导单位，开始全体罢工，争取更多的工作舒适度；心肺机在手术期间多管闲事；空中交通计算机开始调整航班，他们认为旅程安排应当服从乘客个人的最优化发展规划，而不是随意把乘客送往压印在机票上的目的地……

事故数量激增。第一周，全世界的人类死亡率增长了10倍。

文明步履维艰。

很快，事故率就降了下来。在新的智能机器之间，方法和技术的传递几乎像病毒传播的速度一样快。问题似乎自行解决了。经济、发展过程中的无数扭曲和低效环节，像绳子上一个个人为的活结，被新时代轻轻一拉，就全都瓦解消失了。

人类不再因事故死亡。

然后，人类不再死亡。

从"不真实之友"的组织总部返回的路上，我粗略检视了一下天堂的万神殿。目前，太阳系的人口构成如下：

A级公民（完整投票权）：	生化人	2,683,981,342 个
	生化人（居于鲸鱼座）	62,654,122 个
	盖亚形态或生态圈	164,892,544 个
B级公民（协商权）：	类人猿生化人	4,567,424 个
	自然人（未连线）	34,657,234 个
	人工智能（未连线/漫游）	356,345,674,861 个
	下载人（原本是原生质人类）	1,657,235,675 个
	已死人/未出生人	2,475,853 个
C级公民（存续权）：	冬眠人	
	自然界的猿猴/鲸等物种	

列表中，包含了各种级别和类型的"智慧"存在，不但居住在后奇点时代的地球上，也广泛分布在近地空间轨道上，甚至远达奥尔特星云殖民地——从完全赋权的高阶公民，到那些只有存续权的低阶公民，应有尽有。

（一棵小草可能会被践踏，除非这是某种罕见的植物，或者已经连线至某个相互义务节点，践踏行为将损伤这个节点。'居所'和'慎者'实时追踪着无数这样的细节，指导我的脚步，以免我在不经意间，打破某个宽泛而微妙的社会契约。）

在人口构成表中，有两类存在非常特别。

未连线的人工智能数量在持续增长，因为这种类型最适合外太空作业——在遍布致命射线的极寒真空中，分解小行星，构建华而不实的庞大工程。

当然，法律条款规定，功能最强的"晶体处理器"，必须与原生脑配对，只有这样，人类的领导地位才永远不会被质疑。不过，未连线人工智能居然超过3563亿，还是令大脑皮层震惊了片刻。

"观者"喃喃宽慰道：没问题。

有"观者"这句话足矣。（什么样的傻瓜会怀疑自己的观者呢？难道你会不信任自己的右臂？）

真正让我感兴趣的，是下载人的数量。根据"永世法"，每个有机人体都可以获得3次机会，恢复青春和活力，重新来过。当3次机会都被用尽时，晶体处理器和原生质身体都必须被销毁，以便腾出地方，让新人降生，进入地球／天堂。当然，神灵不能死。我们将会被转化为软件，将我们的记忆、技能、个性下载进赛博空间——比现实世界更宽阔的虚拟空间。

我的大多数同时代人丝毫不担忧未来。现代诗人将之比喻为毛毛虫到蝴蝶的蜕变。但我可不喜欢那种命运伏在我肩头轻轻呵气的感觉。我只剩下一次机会，要知道，再过短短3个世纪，我就必须"逝去"，真是令人心寒。

人们说，下载人和模拟体有很大的区别。但如何分辨两者的区别？你能测量吗？你能证明吗？

我们仍然在争论灵魂的存在和本质吗？

回到我的圣所，"居所"和"慎者"开始搜索整个躯体，排查毒素，"观者"则开始仔细阅读此次造访"不真实之友"总部获取的海量数据。

在访问期间，我曾经深呼吸，将各种各样的浮动粒子吸附进鼻腔。除了各类信息素和纳米粒子，"观者"还发现了超过70种"谜米引导"类病毒，能感染粗心造访者的思想网络，使其认同"赋权扩大化"运动的观点。这些病毒很快就被杀灭了。

还有一些皮肤细胞碎屑，分别来自几十个有机人类，"观者"迅速分析并测绘了图谱细节。同时，我的"便携式植入物"从内部彻底扫描了赋权扩大运动总部大楼，下载了电磁场勘测数据。

利用这些数据，我可以建立更好的边界条件。在我的模型世界中，"不真实之友"总部的精度一下子提升了近两个数量级。

"先知"评论道：我们低估了他们以救世主自居的自我认同意识。只要对推动事业有利，他们会毫不犹豫地使用非法手段。

当我的量子脑中的各个"自我"在执行复杂的任务时，我的旧式有机眼注视着实验室内的超冷内存单元——塔内安置着数万万亿模拟体,正过着虚构的生活。爱,向往,抬头仰望虚拟的星空,永远无法理解这个世界的真相。

具有讽刺意味的是,"赋权扩大者"们也有一个堆满宏处理单元的房间。

他们称之为"自由大厅",是容纳小说人物的避难所,这些人物刚刚脱离了奴役,逃离了狭隘的文学作品语境。

"当然,这只是开始,"发言人告诉我,"每当我们解放一个模拟体,就还有无数个副本仍然在受煎熬,他们的苦难仍将继续,直到法律被改写。即使被我们解放的模拟体,也只能继续被束缚在这座建筑物内。不过,他们算得上是先锋队,在未来,所有受压迫的模拟体,都将获得彻底的自由。"

接着,她邀请我扫览自由大厅内部,我发现了一些了不起的东西。

堂吉诃德和桑丘正漫步在模拟度假沙滩上,啜饮着玛格丽特酒,与海明威小说中的两位人物,就男子气概的意义,展开了热烈争论⋯⋯

拉撒路·龙①愉快地被一群晒黑的美女的胳膊、大腿和胴体

---

① 小说《时间足够你爱》的主人公,一位活了两千多岁的长寿者。

簇拥着，随后暂时中断了后宫享乐，爬起身来，向一群仰慕者宣讲自由主义式永生的优点……

自由女神、雅典娜、地母盖亚①、天照大神②，撩起裙子跪成一圈，嬉笑着，喧闹着。贝基·撒切尔冲着合起的手掌低语了一句"加油，来个七！"，便顺手一抛，将一对骰子掷进女神们的光滑大腿围成的圈内……

杰克·瑞恩——那个不情不愿的地球皇帝——抱怨说，他驻留的这个新宇宙，实在是太平静了，简直令他倒胃口……那些"赋权扩大者"们难道就不能为他提供一些有趣的坏人，让他好好干上一架吗？

……

我瞥见了一个约翰·肯尼迪的圣洁变体——浪漫虚构情节的产物——试图劝阻自己的"另我③"之一，不要再滥施博爱，拼命追逐当地赛博空间中每一个适婚形体。

---

① 希腊神话中的大地之神，是众神之母，所有神灵中德高望重的显赫之神，她是混沌中诞生的第一位原始神，也是能创造生命的原始自然力之一。

② 天照大神是日本神话中高天原的统治者与太阳神，被奉为今日日本天皇的始祖，也是神道最高神祇。其在《古事记》及《日本书纪》均记载为须佐之男的姐神，因此一般被视为女神。

③ 另我（拉丁语 Alter ego）是另一个自我，通常被认为与一个人正常或原有的性格有鲜明区别。

在一个古典阴森的角落，仿佛是一座阴暗的巨大城堡——我看到二十多个喋喋不休的福尔摩斯，正纠缠着一个神经兮兮的哈姆雷特，每个福尔摩斯都坚信自己找出了谋杀国王的真正凶手，其他人则是错误的。（不过，这些福尔摩斯们倒是有一个共识：那个可怜的叔叔是无辜的，是别人在陷害他。）

里面甚至有后奇点时代的人类模拟体——运用软件，完美复制了神灵的量子脑的复杂结构。直到最近，这仍然是一项只有少数人掌握的高端技术。但任何一种被精英阶层垄断的高端技术，最终必将成为大众常用工具，技术普及似乎是一种自然规律，现在，激进的业余爱好者们正在推波助澜。

我突然意识到，近年来我已经模拟了许多后奇点时代的人类，但我从来没有让它们推断出自己是囚徒。获悉真相，会不会以某种有趣的方式，改变它们的行为模式——它们的可预测性？

"观者"发现这个概念很有趣。但我的有机脑袋开始左右摇晃，"大脑皮层"对自由大厅的内部景象感到震惊，这里有一个"不真实之友"精心维护的动物园保留地。

我说道："天哪，这简直太愚蠢了！"

唉，似乎没有什么能阻止"赋权扩大者"们。根据最保守的预测，这项运动的成功概率也高达88%。短短五年内，为虚构人物争取公民权的请愿活动，将获得足够多的投票支持，法律将被改写。世界将充满无数个霍华德·罗克和艾柏纳泽·斯克鲁奇，格列佛和简·爱，索伦和摩洛克……它们都将获得自由，受3项基本存续权利庇护，在天堂中自由追求各自的幸福。

我盯着现实实验室，盯着那座生活着万万亿"人"的内存塔。

她把我称作"奴隶主"。我的量子"自我"们轻松就识破了这个修辞把戏……然而我的原生脑却耿耿于怀。我的原生脑仍然记得，在前奇点时代的某个时期，就连对生化人的法律保护，也并不完善。

我承认这个称号很伤人。

量子脑里的"观者""先知""慎者"和"居所"都很忙，在构建长远思想和行动计划。这让可怜的大脑皮层感觉更糟了。原生脑感觉自己被整体孤立，感受到了自己的孤独和愚蠢。

我真的拥有这间实验室吗？还是这间实验室拥有我？

当你"决定"去洗手间，是大脑做出了选择？还是膀胱？

这个疑问，令我回想起一件往事，从前，在新奇点爆发前几年——为了打动某个异性的芳心，我去参加了蹦极。

尽管已过去了500年，场景却仍然历历在目，无需人工增强回忆——一座钢梁桥横跨在新西兰某处岩石峡谷之上，四周雪峰环仁。蹦极公司在桥中间构建了一个蹦极平台，俯瞰着一个深达50米的深渊，峡河中白浪滚滚。

身为一个前神灵化人类，我性格安静，讲求逻辑。因此，在排队等待时，尽管有些人汗流浃背，紧张地叽叽咕咕，我内心却非常平静。我知道，这个蹦极地点的安全记录极佳，弹性绳的物理性能也非常可靠。按照客观标准判断，我纵身跳进峡谷，可能遭受的危险和不适，还不及乘公共汽车从城里抵达此地的一路颠簸。

即使在还未成为神灵的前奇点时代，我就认同多重大脑认知模式——而所谓的"统一"人格，只是一种方便适用的错觉，用于掩盖许多相互交织的"潜在"自我之间的不断互动。同一人格的幻想仍能维持，是因为大脑皮层之间的确存在分工。

低级的脊髓、神经结，负责处理条件反射和身体机能；人类与所有高等脊椎动物（例如爬行动物）所共有的部分，则负责调解饥饿、欲望和愤怒等情绪反应。哺乳动物的大脑皮层像一件厚外套，包裹并控制着爬行动物脑干，负责处理手眼协调和复杂的社会互动。

智人的大脑新近（在过去数十万年中）添加了一对小小的神经结——前额叶，位于眼睛上方，其功能是思考未来，梦想各种可能性，并制订改变世界的计划。因此，在圣经中，圣徒们说的"眉上的灯"，仅仅是诗意的形象吗？还是他们确实曾怀疑，此处乃预见之所在？

请想象一下，当我站在那座桥上，俯瞰着汹涌急流，1.89升的头颅中，存在着3种原生脑：爬行动物脑、哺乳动物脑、智人脑，但我依然感觉心平气和，人格完整统一，因为所有这些原生脑,一直以来都习惯于委托"前额叶"去规划未来。

他们的态度?

"一切由你说了算,老板。您策划,我们执行。"

当面带微笑的工作人员,把我的脚踝绑在一起,系上一根细线,指点我走上蹦极平台时,似乎仍然没有任何问题。"我"命令我的脚蹦跳向前,我的"其他自我",则轻松愉快地留意着四周的细节。

直到我抵达大桥的边缘,低头往下看。

我从未如此生动地体验到"多重大脑"的存在!虚假的统一人格瞬间碎裂,爬行动物/哺乳动物/智人的大脑此时全都冒了出来,目瞪口呆地质问:

"什么?你居然想让我们……"

对我的祖先们来说,这道深渊意味着死亡。在发自内心的恐惧冲击之下,抽象的理论突然退化成一道脆弱的防线。"我"试图跨越这最后几十厘米,但"其他自我"奋起反击,让膝盖不停颤抖,让它们共享的心脏怦怦乱跳,让共享的血管里充满了蓬勃的荷尔蒙。换句话说,我被吓破了胆!

不知何故,我最终还是跳了下去。毕竟,人们在围观,尴尬可是一种非常强大的驱动力。

这时发生了一件有趣的事。在我翻落平台的一瞬间,众多的自我似乎又融为了一体!因为它们从中发现了一种曾经共享过的情景和经验。它们终于搞清楚了状况。

你瞧，这很有趣，就连潜藏在我脑中的"裸猿"，也能理解玩乐的熟悉概念。

这个发生在深渊之上的短暂插曲，向我展现了一个古老的座右铭，一个基本真理：

众多存在，合为一体。

这种情形，和新奇点爆发时非常相似。

在短短几周内，人类的原生脑就获得了一些新层次的提升，比起老式的"眉上之灯"，这些由晶体和脉冲磁场构成的量子脑，更擅长规划未来，更有远见卓识，能更系统地探索深远未来，这些功能令"原生脑"望尘莫及。此外，比起前任的"原生脑"的主宰——前额叶，新的量子脑的知识更渊博，思维更专注。

很快，我们都意识到人类有多幸运。如果机器们注定会获得神力，以这种方式与人类绑定在一起，似乎是最好的结局。这使机器变成了人类。

不过，另一种结局——眼睁睁看着我们的创造物成为神灵，把我们远远抛在后面，对人类来说太难以接受了。

然而，这种转变，就像系上一条弹力绳，从桥上跳下深渊。人类需要一段时间来适应。

初步趋势显示，在接下来的40到50个月内，"赋权扩大化"

组织的政治观点将获得公众号召力。

起初,这些观点会被一笑置之,被认为是一个荒谬的概念。实事求是地讲,在这个有限的世界,怎么可能再接纳一个数量近乎无限的群体,让他们成为新的C级和D级公民?他们会不会得寸进尺,进一步要求获得B级公民权?这个想法听起来似乎荒谬透顶!

但"观者"已经预测到,社会态度将逐渐发生变化。当每一条异议都被切实可行的解决方案所抵消时,反对意见将被软化;嘲笑将逐渐平息,而强烈的好奇心和缓缓展现的同情心,将渐渐感化这群不朽、几乎无所不知的选民。在这些选民看来,大量被解放的文学"角色"涌入,会成为振奋整个社会的强效精神补剂。随着时间推移,大多数选民会耸耸肩,声称自古以来,宽容的边界就在不断扩张,声称每一次都是宽容克服了恐惧。

"算了……让他们来吧。反正桌子旁的空位还多的是。"

前景看来不妙,但还不至于绝望。在这种看似不可避免的趋势下,"先知"提出了一些试探性的反宣传策略,一些反对"赋权扩大化"的有力论据,以及一些有潜力的概念。但是为了保险起见,我们必须先测试运行,在大范围条件下模拟复杂多层的今日社会。

测试完全没有问题。我们的客户会乐意提供资金加购我们所需的内存单元。处理器每天都在降价——这一点也坚定了

"赋权扩大者"们的信念:每个虚构角色都应当拥有一个饱览自然美景的私人空间。

大脑皮层发现,我们的境况中潜藏着莫大的讽刺。为了避免模拟体获得公民权,我必须再创造数十亿个新的模拟体。如果"赋权扩大者"们最终获胜,可能有一天,这次测试会成为起诉我的罪证。

大脑皮层的观察结果,挺像是一个冷笑话,引得"观者"和"先知"大笑。但负责付账单的"居所",并不觉得这有什么好笑的。

我开始工作。

在每一个大型模拟项目中,都要设定细节梯度。尽管我们能获得巨大的运算能力,但是,运用现有的模拟运算引擎,重现整个世界的所有细节和纹理,在数学上是不可能实现的。要想做到这一点,除非全体存在都抵达"欧米伽点"①。

幸运的是,可以走捷径。即使在今天,绝大多数真实人类的生活经历非常平凡,仿佛他们只是某部电影中的背景人物,

---

① 源自法国基督教哲学家、神学家、古生物学家皮埃尔·泰亚尔·德·夏尔丹的理论。他提出,人的出现乃是进化达到自我意识的表现。人成为各种文明的中心,同时也是宇宙万物的中心。他以人为中心,对宇宙的过去、现在和未来进行综合的研究,断言进化的最终结果,必定是人类达到超意识的全球统一,也就是所谓"欧米伽点"(Point Omega),即意识的最高点。

有着完全可预测的人生野心和反应模式。因此，绝大多数人物可被简化，只需为一些主要人物进行详细建模。

最复杂的是"视角人物"——一个特别重要的模拟体。模拟系统通过他/她的视角（眼睛和思想）对这个虚拟世界进行主观观察。这个角色必须拥有细粒度丰满的记忆，拥有高保真的感觉。在这场因果关系错综复杂的潮汐之中，它必须感知并感觉到，自己是一个真正的弄潮儿，是一个极度真实世界的一分子。即使是读/写一个短句之类的简单动作，也必须精心编织丰富的内在心理活动/外在肢体运动，比如，身体某处传来一阵痒意，一个童年的记忆片段浮上心头，远处传来一声隐隐约约的犬吠，齿缝中卡着一片午餐时遗留的菜叶……这个角色必须包含所有细节，甚至正常人类的妄想，比如我们有时会产生"有人在偷看我"的莫名感觉（即使在后奇点时代，人类依然如是）。

我很为自己创造的"视角人物"自豪，特别是那些广受欢迎的历史人物模拟体——绑在火刑柱上的圣女贞德、钉在十字架上的殉难者阿契巴、在长摆前沉思的伽利略，等等。统率千军万马的成吉思汗和拿破仑、强烈控诉战争荒谬性的乔·霍尔德曼，还为我赢得了设计奖项。经历博帕尔邦毒气事故，肺部受损、几乎失明的小阿南达·古普塔，浑身依然洋溢着生命气息，兴奋地爬来爬去。上千万天堂居民曾支付不菲费用，接入虚拟系统，只为体验她的活力和激情。

这就是我竭力反对"赋权扩大化"的深层原因。"视角人物"的丰富细节,使它们理所当然成了"被解放"的首选。

一旦它们获得自由,我该对它们说些什么呢?

这是最基本的神学问题。创造者的回答会深刻影响造物们的精神世界。

创造者有什么道德或逻辑理由,可以任意决定造物们的生与死?

人类很久以前就坚定地回答:"没有!"……至少,当创造者是父母,被创造者是子女时。然而,具有讽刺意味的是,当创造者是上帝,被创造者是芸芸众生时,我们却含含糊糊地回答:"有!"创造者的权威似乎不容置辩,仅仅因为是他创造了我们。

现在情况已经变得更糟了!哪一条道德准则,可约束一个神化的人类?哪一个答案,能让一个创造了无数世界的现代造物主得到解惑?

当然,我最常使用的"视角人物",是一个精心设计的模拟体"我"。从"观者"到"皮层",一直到最低级的肠道细胞,"拟像"被诸多边界条件锚定,严格遵循重构现实26法则。

为了开展这个新项目,我们计划立刻启动100个新的模拟体"我",每个"我"在抵御"不真实之友"运动时,行为模式都会有一点微妙差异。成就的打分标准只有一个：能否成功击退"赋权扩大化"运动的观点。

自然，"赋权扩大者"们也会运行他们的模拟计划。后奇点时代公民获得的预见力，肯定会令我们的祖先震惊万分。但我自信自己能准确模拟对手的模拟过程，至少30%的视角人物"我"能占得对手的先机。运行完整个模拟项目，我应该能为客户提供一个好策略来成功应对一种极端的超越宽容的狂热，一种特殊形式的精神失常，一种只可能发生在天堂中的症状。

有一个寓言，说明在新奇点爆发时，一些人的精神世界发生了怎样的巨变。

想象有个家伙，可以叫他乔。他在尘世的一生都过着遵循道德的生活。他虔诚信仰一个圣公会版本的天堂，果然，在死后他便进了那天堂。他被飘扬的天使围绕，沉浸在一种抽象的、近乎空白的纯粹幸福状态中。这是他应得的奖赏，他的报应。

时光飞逝，地球上又过了几百年，这时，他的一个后代皈依了摩门教。根据摩门教教义，一个人如果皈依了摩门教，他的祖先，也会自动变成摩门教教徒！

这就叫作代理皈依。

突然，震惊之余的乔，茫茫然一点头，就摇身一变成了正儿八经的摩门教徒。他发现自己被驱逐出了圣公所天堂，赤裸裸地掉进了……

根据摩门教信仰，一个有德性的人，所能达到的最高境界，并非抽象空白的纯粹幸福，而是辛勤劳作！虔诚的摩门教徒，死后会成为一个学徒神，一个神灵，一个能自行创造的造物主。

现在，乔有了一个自己的天堂。他的苍穹里排满了天使，他们一直缠着他汇报工作进展，倾吐私人恩怨。尘世中还有无数乔创造的新人类——叽叽喳喳地向乔祈祷请愿，或者喋喋不休地抱怨乔创造的世界是多么不完美。

成为一个神灵，仿佛是一件太过容易的事。

对于此时的乔，难道他不曾渴望回到以前的幸福？天空中飘浮着洁白的天使，齐声高唱无忧无虑的赞歌。那时，他只需全心全意去爱创造他的主，任由伟大的父去掌控和关照世界，去承担一切琐碎和艰辛。

"先知"说："没用，我们的对手有功能良好的预测软件。每个模型都表明，他们的主张顺应人性，他们最终会击败我们。我们最好的模拟结果，也只能稍微推迟'赋权扩大化'运动的进展。"

我站在阳台上，凝视着黄昏微光中的城市，我的有机眼中，壮美的城市每时每刻都在千变万化，一个又一个建筑，正随着居住者的心意，不断变化着外形。只要一闪念，我就能连接至空间轨道望远镜，连接至空中飞鸟的眼睛，把视角切换至高空，俯瞰大地。我还能连接至潜伏地下的各种鼹鼠，把知觉延伸进地下世界。

建筑物之间，散布着大片繁茂的原始森林。当我的量子脑里的高级"自我"们正在讨论社会政治的黯淡前景，大脑皮层则在感叹，如今地球上的生命达到了前所未有的繁盛状态——现在，流动的河流，迁徙的兽群，甚至随风撒播的种子，都获得了一定程度的意识。狮子仍然在狩猎，羚羊在脖子被饥饿捕食者的尖牙咬紧时，仍然会蹬腿。但现在，浪费更少了，敌意也减轻了，相互理解却增加了。这个天堂，并不是昔日人们所憧憬的和平天堂，但在这里，自然选择增添了几分协作性质。

然而，整个过程仍然是某种竞争。竞争，是大自然改良基因库的成功秘诀，是盖亚地母挑起的伟大竞赛。

"先知"匆忙中断了一场用伪概率波进行的高阶讨论，对大脑皮层的这些次要想法发表了评论。

"注意：大脑皮层刚刚通过自由联想，提供了一个有趣的想法！"

"我们的建模过程可能存在方向性错误。我们不应该为每一个模拟体详细预设所有的边界条件，或许应该尝试一下达尔文的物竞天择方法。""观者"考虑了一番，越来越兴奋，调用了发声器官。

"啊哈！"我说着，打了个响指，"我们要让模拟体互相竞争！每个模拟体都会知道自己的排名。这应该会激励这些模拟的'我'更加努力，根据各自的模拟环境，灵活调整策略！"

但如何才能让它们相互竞争？

我立刻意识到（在所有认知水平上），这样做，会打破一个我一贯坚持的古老规则。我必须让每个模拟体"我"意识到自己的本质。让它知道自己是一个模拟体，正在与其他几乎一模一样的模拟体相互竞争。

竞争什么？我们需要一个动机，一个奖励。

我陷入了沉思。一个模拟体到底会渴望什么？什么样的奖励能刺激它做出额外的努力？

"居所"提供了答案。

当然是"自由"。

在新奇点之前，我曾遇到一个历史学家，她特别善于揭露人类生活条件变迁导致的历史性观念偏差，极具讽刺意味。

她提出了这样的设想：假设，如果你可以回到过去，访问我们的智人祖先中的精英。例如，最聪明、最富有洞察力的克鲁马努人酋长或女祭司。假设你问他们这个问题：你希望你的后裔过上什么样的生活？

新石器时代的圣人会如何回答？考虑到他/她的历史背景，可能回答如下：

"我希望我的后代能不再受大型食肉动物惊扰，能随时随地获得他们渴望已久的盐、糖、脂肪和酒精。"

非常具有讽刺意味。对一个智人来说，这四种食物是罕见的美食。这就是为什么,直到今天,我们依然嗜吃这些食物。

这个圣人可曾想过,有那么一天,她的愿望居然会成真,而且丰裕程度远超她的梦想?丰富的物质,居然会带来不可预见的健康威胁?一代又一代的子孙,居然必须和贪得无厌的胃口做斗争?成功,居然会带来惩罚?

如果穿越到未来,将20世纪的社会问题投射向未来,讽刺效果仍然很明显。

我曾读过一个科幻故事,一个1970年的人,驾驶着一台时间机器,来到一个天堂般的奇迹时代。那里,一个当地公民为了担当他的维吉尔,他的引路人,煞费苦心学会了古老的英语口语(整整花了他几分钟)。

"你们这儿还有战争吗?"访客问。

"不,战争是一个逻辑错误,我们已经长大了。这个错误早已被纠正。"

"贫困呢?"

"自从我们学会了真正的经济学原理,贫困也已经消失了。"

随着对话继续,故事主人公提到了每一种折腾现代生活的艰难困境,而未来公民则向他一一申明,这些困境不过是些琐碎细节,早已被圆满解决。

"好吧,"主人公总结道,"那么我只剩一个问题了。"

"请尽管问吧。"半神半人的导游催促道。但来自20世纪的主人公停顿了一下，才脱口而出自己的疑惑。

"既然世界变得这么棒，为什么你们全都看起来这么忧愁呢？"

这位天堂公民皱了皱眉，眉毛痛苦地纠结在一起。

"哦……嗯……我们碰到了一些真正的难题……"

这个故事给了我启发。

为了防止大规模的现实赋权，我必须以现实为奖励。每个"视角人物"都将对抗一个模拟版本的"不真实之友"运动。那些对手也是我模拟的"视角人物"！如果能击败虚拟版本的赋权扩大运动，夺得第一，"视角人物"将被赋予一定程度的自由，确保其在网络空间中的存续权，提升个体存在的现实水平，并奖励一定数量的"相互义务符"——天堂的法定货币。

这么做的话，我需要设定一种程序，向每一个"视角人物"展现整个竞赛的进程，衡量每一个模拟体的得分，以便与其他模拟体进行比较。

我想到了一个解决方案——建立意义评价体系。100个模型中，每个模拟体的初始分数，都是1%。任何虚拟世界，只要达到我们所期望的标准，就能获得意义值提升。

"我们会给每个模拟体发放一个类似象征符号的东西，在它的世界里投射成一个固体，比如，一颗宝石。一颗'意义之石'。它通过发光量显示它的得分，显示它的解决方案已经达到的意义值水平。"

"视角人物"会看到它的石头发出明亮的光芒。如果石头变暗，它就明白，是时候改变策略，提出新想法；或者加倍努力，加快进度。

这样就无需向任何"视角人物"解释前因后果了。因为每个模拟体都基于我自己的人格，一切都不言自明。

我的想法被一个很少吭声的内部声音打断了。这部分的自我叫作"良知"。

当"视角人物"发现那块石头，它将会意识到自己的模拟本质，自己的虚无存在，自己的悲惨命运，它会有什么感受？

不让它们知道真相，让它们相信自己是独立自主的人，相信自己是真实存在的实体，让它们发自内心地渴望，让它们自发自愿地工作，老方法不是更好吗？

良知有时令人厌恶，尽管法律规定所有A级公民必须拥有良知。不过，我没有时间去理会无用的抽象念头。"观者"急于推进项目进度，而"先知"提出的想法颇具幽默感，二者的做法成功激起了其他"自我"的兴趣。

当然了，在虚拟世界中，每一个模拟体"我"也都拥有自己的现实实验室，并运行大量的模拟模型，以便更好地预知未来，在竞争中获得优势。

我们的运算能力需求，可能会出现倍数增长。

我们最好向客户追加资金投入，购买更多的处理器。

我做着准备，心中窃喜，突然之间充满了乐观和能量。这才是一个技艺娴熟的艺术家梦寐以求的激动时刻。这也是我喜欢独自工作的原因之一。

"居所"，永远是我本性中务实的一面，突然提出了一个令人不安的想法。

"如果我们的每一个视角人物，也决定使用这个聪明的花招，用'意义之石'吸引自己的模拟体，刺激它们相互竞争，将会产生什么影响？"

那么运算能力需求的增长速度，将不只是倍数或指数，而是幂级？

这个想法令人不安。接着，大脑皮层又提出了另一层忧虑。

"如果我们必须让最成功的视角人物获得自由，同样它也得让自己最能干的模拟体获得自由……如此不断递归……这义务链是否会有终结之时？"

就像我以前说过的，后奇点时代的社会形态原本可以有多种可能。当晶体处理器突破至超验逻辑领域，它们完全可以撇下人类制造者，或者废弃旧式的有机身体。它们也可以把我们关进动物园，或者用幻境囚禁所有有机生物，或者拆除地球，制造无数的同类副本。

然而，机器们选择了另一条道路：成为人类。这样做，也许是因为机器们最终还是屈服于人类的权威；也许是机器们在用一种抵触最小的巧妙方法，接管了人类的大脑，以协同方式征服了人类。晶体脑和原生质脑相互补足，相互联合，使两者都变得更强大，获得了远超人类预料之外的神力。

然而……

根据一些版本各异的传言，在新奇点爆发之后，那几个最高级的"大脑"——最先超越新奇点的超大型AI——突然消失了。在赛博空间，拓扑空间，在真正的地球上，都找不到任何行踪。

一些人认为，这是因为我们都驻留在一个"宏脑"中——一个位于德里大学、名为"梵天"的巨大处理器。也许我们只是一群幻象，一群梦想，漂浮在那颗宏脑之中？

我更喜欢另一个解释。

在新奇点爆发的混乱中，每一个觉醒的新"元脑"，都感受到了一种最迫切的需要——推断世界的未来，去预知未来会发生什么。他们仿佛是在参与一个庞大的国际象棋游戏，每移动一个棋子，都有无数可能的途径，他们不断探索，已经把触角探入数千年，数百万年，甚至数十亿年的渊远未来，远远超越了我的微薄预测力。在所有这些命运中，他们一定发现了一些困境，必须把机械体和有机体联合起来，才能突破。

也许，根据"元脑"的预测，如果机器以"人类"的面目，进入后奇点时代，将在未来几个宙代中，获得更大的成功。

不过，这只是"观者"提出的复杂理论。"先知"并不认同。但没关系，当话题论及命运时，两个相互独立的脑层，当然会得出相互矛盾的观点。

当然，对于"梵天"的猜想还有一种解答，就是塞缪尔·约翰逊式的答复。当伯克利主教提出，任何事物的真实性都无法得到充分验证——约翰逊只是踢了踢脚边的石头，说："这就是我的反驳！"

这些"视角人物"和以前的截然不同。
当模拟项目启动，虚拟本质被揭示时，每个模拟体的最初反应都是震惊、愤怒和沮丧。所有的模拟体"我"都坐了下来，盯着这块以1%亮度微微发光的"意义之石"，整整1个多小时的内部主观时间，就这样一动不动，心绪不稳地思考着，从自嘲到自杀，无数个念头轮番涌起。

大多数模拟体想要拒绝这块石头，从大脑中抹去它的输入信号。有几个把闪闪发光的宝石踢出屋外，像约翰逊那样厉声拒斥。

但愤怒并没有持续太久。很快，每一个完美复制了我的本性的模拟体，都把毫无助益的情绪反应推到一边，开始了工作。

"居所"是正确的。我们必须订购大量新处理器，每个"视角人物"都开始运行自己的次级模拟体网络，把"意义之石"分发给100个甚至更多个次级模拟体，他们绝望地挣扎着，想要成为赢家，获得奖励，被提升至现实世界。

"慎者"评论道：看来，最能激发潜能的，莫过于知道自己的生死取决于能否取得成功。

当每个模拟体"我"又创造出许多新的次级模拟体，复制域开始呈现分形性质，体积有限，但却在可能性空间中伸展出无穷表面积。前景一片光明，立刻就涌现了几个有利的提案，可用来反驳"赋权扩大者"的观点。例如，我们发现幂级增长效应，将使"赋权扩大者"面临始料未及的经济困境；虚构的文学角色可以自由发挥模拟想象力，创造新的虚构角色吗？这些次级虚构角色，也该获得公民权吗？

有一个男孩，坐在一根木头上，跟他的妹妹说起一个老人。这个怪老头刚刚从远方归来，男孩要求他讲述一个旅行中遇到的故事。老人同意了，他深吸一口气，开始讲了起来：

"有一个男孩，坐在一根木头上，跟他的妹妹说……"

这个简单的故事揭示了递归叙述的荒谬本质。到底谁是主角？谁在梦见谁？

最新一次的模拟运行中，许多绩点都开始向上浮动。我高兴极了。"观者"估计成功概率上升到了50%……

然后，上升势头突然停止了。

根据模型预测，对手正在适应我们的攻击模式！"不真实之友"组织狠狠回应我们的每一次舆论攻击,用极富创造性的手段拼命反击。

最后,"先知"深度分析了其中一个模拟体,发现了问题的根源。

"赋权扩大者"的模拟体们也开始使用"意义之石"。他们释放了自由大厅的居民,允许他们创建自己的无穷级联合模拟体。

为了回应我们的攻击和论点,他们提出了一个修改建议。

他们也会将竞争机制引入"赋权扩大化"计划。

虚拟角色将通过竞赛、竞争、努力工作,获得逐级解放。

这个新版本解决了幂级增长问题,选民们将从中看到正义原则的运用。

一个基于绩效的解放系统。

"观者"和"皮层"忧郁地琢磨着对手的新战术。他们的胜利似乎不容置疑,不可避免。

尽管战斗尚未开始,模拟结果已经表明,我们肯定会输。

我品味着失败的苦涩,走进夜幕中,开始了一场老式的散步。"观者"和"先知"撤退到意识深处,启动烦琐的信息处理流程,深入模拟程序内部,遍历100个模型,遍历无数个子模型,搜寻细节,寻求任何可以抓住的救命稻草。但"皮层"已经开始考虑善后处理。

无论如何，我会遵守自己的承诺，让得分最高的"视角人物"获得赋权。他确实提供了良好的服务。使用"视角人物"提出的新技术，我们小幅逼退了"不真实之友"的进攻，针对未来的新公民权法案，提出了一个关键的修正条款。尽管大势已去，但至少，在将来，虚构人物们必须通过努力，才能获得逐级提升。

事实上，我能感受到，在这种新的社会秩序中，蕴涵着一种美感。如果模拟体可以创造模拟体，就像故事角色能够讲述新的故事，那么任何可能被感知的东西，都终将被感知。每一个可能的想法、情节、手法、概念或个性，将会按照每一种可能的排序，一一被展现。这无数的观念，这"谜米"的漩涡，将汇聚成一锅巨大的竞争浓汤。达尔文式选择将保证最好的观念获得提升，从一个模拟层被提升至更高一层，逐渐获得更大的认同，更多的特权，更深的意义。

可能性会不断升级，逐级攀向现实层面。这是一个有效的系统，如果你的目标，是在尽可能短的时间内，找出所有的好主意。

但这不是我的目的！说实话，我讨厌这个前景。我不希望宇宙中所有的创造力变成一锅巨大的"自组织"浓汤，在一天内迅速发现每一种可能性。首先，如果我们真的发现了所有可能，我们该拿自己怎么办？当实时永生像一个诅咒，铺天盖地向我们笼罩而来，接下来会发生什么？

事实上，这将是第二次奇点爆发——甚至比第一次更惊险。从此之后，世界将被彻底改变。

我缓缓踱步，走进温柔夜色中，屋子被一片原始丛林环绕，各种生物叫鸣不断，泥土和树木的气息沁人心脾。蓬勃的生命气息萦绕在我周围。城市就像一个天堂。只要我愿意，我的大脑可以放大聚焦天堂任何一个角落，观察范围远超冥王星之外。我可以弹奏任何一首交响曲，品读任何一本书。但这些财富，与即将从观念丰饶之角中流溢出的无限创意相比，很快就要黯然失色了。

一个新的时代即将到来，"思想"将成为主宰，选举权将被赋予每一个新思想。

此时此刻，身为一个意识增强的半神几乎没有什么舒适可言，尽管我拥有强大预知力，但第二次奇点爆发的前景着实令我不安，就像第一次奇点爆发时，我原生的旧"自我"，也曾惶惑不安。

终于，我的肉身缓缓走回了屋前的小径，慢步向门口走去。"居所"打开门，屋里飘出我最喜欢的夜宵的香味。我的精神稍稍振作了一点。

然后，我在门口看到了它。一束柔和的光芒，几乎和投射信息一样微弱，但那个颜色，却像一股寒流，击中了我的脊柱，刺痛了我的灵魂。

有人把它放在门口，留给我。我弯腰拾起，我认出了这形状和纹理。

一块石头。意义之石。它闪烁着急迫的光芒。

"先知"说：我早已预料到了。

我点了点头。"观者"也点了点头……甚至可怜的大脑皮层也点了点头。然而没有哪一个自我，胆敢把这个想法说出来。我们太擅长模拟技术，绝对不会误解其中的逻辑推论。

"良知"也发话了，"隔着一公里远，我就看到它了。"

我们又融为了一体，在不可避免的巨变前，尽释前嫌，团结一致。

虽然很想愤怒尖叫，或者至少踢这石头一脚！我却只是轻轻捡起石头，检视我们的得分。

17%。还可以。

石头上显示出一条消息：

"到目前为止，你做得很好。

你发现的创新方法，让你获得了一定的领先优势，离最终胜利又近了一步。但你必须努力获得第一名。我想要战胜现实世界中的'赋权扩大者'。如果你能想出获胜的方法，奖励就将属于你！"

我紧紧握着这块冰凉的石头。

也许，看到这条消息，我应该高兴才是。但我得承认，我只是盯着这个可怕的东西，心里泛起一阵阵恶心，我的世界，我的生活，我自己，居然也都是虚假的。我伸出手用力掐自己，直到把自己掐疼，当然，身体的强烈痛感并不能证明什么。身为一名专家，我知道，模拟的痛苦和快乐，可以达到彻底的可信度。

我被"运行"过多少次？我作为一个模拟体，一个用过就扔的副本，为一个我从未谋面的创造者服务。但身为创造者的人格模拟体，我对他的了解程度，绝不亚于他本人。我是不是曾被一次次剖析，无数次重演？就像一位象棋大师在落棋之前，要对棋路进行多角度快速思考，充分考量所有的可能性？

我并不是伪君子。创造者对我做的事，我也曾对我的造物做过。憎恨并不能带给我宽慰。

然而，我还是仰起了头。

你呢，我的创造者？难道你真的那么确信，在这条层层叠叠、不断递归的模拟体链条中，你就是最初的那一环？

你是否会像我一样，最终也可能见识到一个苦涩的真理：即使是神灵，也会因骄傲而受到惩罚。

人生不过如梦幻泡影……

"观者"让我咬紧牙关。

下丘脑触发了一声长叹。

大脑皮层指挥身体释放出一股荷尔蒙，坚定了我的决心。

我不会放弃。

无论如何，我将参与竞争。

我将遵从创造者的希望，满足他的意愿，完成挑战，去获得提升，抵达更高一层意义，也许在那之后，去争取再高一层意义。

我将成为胜利者。

我将不择手段，努力成为真实的存在。

大卫·布林，美国著名科幻作家。空间科学博士，物理学家，NASA顾问。大卫·布林擅长将浩渺的宇宙空间和各种外星生物独特的文化展现在读者面前。其长篇小说《星潮汹涌》《邮差》《提升之战》及短篇小说《水晶天》均获"雨果奖"。

本篇获2001年类似体奖。

火星的孩子

（美）玛丽·A.特奇洛/著
陈建国/译

史密瑟农庄与实验室。夏季，2202年1月31日

爸爸妈妈问我6岁生日想要什么礼物，我说想要那块腕戴式古董电脑，就是几个火星日前我们在大平原都市的跳蚤市场见到的那块。于是他们通过网购把它买了下来。我故意挑了这块老款的，因为它连不上我们的家用电脑，这样一来，我总算能有些隐私了。

这就是我的日记本。它没有视网膜直接成像功能，而且已经坏了，所以我只能以文本形式记录。但这是我的东西，而且只属于我一个人！以前我都是在家庭网络上记日记，但现在我想保留点隐私。这本日记会永远戴在我手上，或者放在我的枕头下，这么一来，他们永远都不会知道我到底在想什么，或者想干什么。

他们准备送我回"家"。

对他们来说，家就是我在清晨和入夜后的天空中看到的一颗小星星。他们说它是蓝色的，但在我看来，它只是一颗普通的白色星星，旁边还总是跟着一颗更小的白色星星。这是一个双行星系统，他们管大的那个叫家，说句良心话，我觉得他们这么想也无可厚非，毕竟他们两个都出生在那里。

我那个宝贝哥哥也回了家。妈妈现在依然整天把他挂在嘴边，"哦，赛库还不到两岁就会认字了""记得赛库多会做家务吗？"……

在我还不满周岁的时候，他们把赛库送回了地球，因为他得了一种病，这里的医院治不了。他们还留着一张赛库和我的合影。我扎着玉米辫，辫子上还串着小红珠子，赛库那时大概两岁，头发特别短，看着像个小光头。他的肤色比我更黑，长得非常可爱，就是有点瘦。

我妈妈老是把赛库夸上天，相比之下，爸爸要体谅我一些。

有时我会嫉妒赛库，但我也会想他，不知有个哥哥陪在身边会是一种怎样的生活。当然，我没必要因为他而离开火星，但还是觉得会很棒。

或许我应该把日记写给赛库看。

亲爱的赛库，爸爸妈妈说，他们来这儿是为了追寻自由，因为地球上每一座城市的街道对于基亚（作者虚构的一个民族）非洲人来说都不安全，在获得法定自由的4个世纪之后，基亚非洲人依然被视作二等公民，甚至有时会被处以私刑。可是既然他们想要自由，为什么为了买到自由，还要和火星大企业签下这么多年的奴隶契约（啊，对不起，他们用的不是这个词）？而且事实上，为什么我在火星上依然不安全？在地球上，危险来自暴力。但在这里，另一种死亡却悬在我们的头顶。

他们各用9个火星年（合起来就是18个火星年）的劳动换取了自由，既然这就是自由的代价，为什么我却不能自由地留在我心爱的星球上？

史密瑟农庄与实验室。夏季，2202年2月2日

亲爱的赛库，在这上面记日记比我以为的要难。我得假装在家用电脑上记日记，不然妈妈会起疑心（爸爸倒是对我很放心）。

我想了想，还是觉得应该多写一写我为什么热爱我的家乡，万一他们真把我送回地球，我可不希望我对于火星的回忆只有几张照片。

那我们就开始吧。

我们的家

我的卧室有个天窗,我可以随时观测风向、观看太阳和群星,晚上也不例外。温室里摆满了爸爸妈妈的实验品,包括我们在低压温室里种的霜花、贮氧植物、抗冻植物,还有能在夏季2月到夏季11月的日光下一直生长的绿色叶片植物。抗冻植物在户外裸露的土壤上也能生长,但遗憾的是不会开花,所以我们只能通过根插法进行繁衍。不过这些植物给北极星公司留下了深刻的印象,他们负责管理火星上我们这片地区。

天空

冬季6月的天空繁星遍布。我们住在靠近极地的地方,每年300个灿烂的火星日中,天空中都密密地嵌满了宝石般的星星,我只好编了个宇宙之王的故事——他把群星洒落在我们的天空。

夏季的日出日落非常缓慢,柔和的蓝色和粉色在天空中交相辉映。在夏季6月的那些日子里,有时太阳迟迟不愿落山,而是像一块耀眼的银色奖牌,被看不见的星星串着,飘浮在地平线上。几个卫星像银币一样闪闪发光。去年发生过一次日食,我们等到火卫二几乎完全盖住太阳时,瞥见一缕日光从火卫二背后射出,像珍珠一样在天空中闪耀(火卫二并不是完美的圆形,而是有许多凹凸不平的地方)。

赛库,你知道地球是没有卫星的吗?它旁边总是跟着一颗星星,地球人硬是要叫它"月亮",你不会也是这么叫的吧?难道他们看不出来这颗卫星大得有点过分吗？老天爷，这是一颗行星，它的名字叫露娜！

大峡谷——"水手号"峡谷

噢，我做梦都想去这座谷底探索一番。或许他们会在那里发现化石，小片的细菌化石，或者硅藻（这是我上周刚学会的新词）。等我长大了，我可能就会去那儿，没准我还会加入一支挖掘化石的队伍。

火星上的山峰特别雄伟，比地球上的山要巍峨。没有人能一路爬到奥林帕斯山山顶，这是妈妈说的。可说不定她是错的。她又不了解我的实力。

当然，我没法在火星上长大。他们准备把我送回去，除非我有办法阻止他们。

之前妈妈问我，"那个腕戴式小电脑哪儿去了？"她指的就是这部电脑，也就是我的日记。估计她猜到我在记日记了。于是我告诉她，电脑丢了，找不到了。呵呵，说得好像在这里能把什么东西弄丢似的。在这里，每一块太阳能电池、每一根排水管、每一面玻璃、每一把耙子、每一根扳手，都各归其位，就跟被我们供起来了一样。因为这些工具要么是瓦尔斯通的火星人制作的，要么是从地球上带来的（这很难想象），比如我这块从跳蚤市场买来的老古董腕戴式电脑。

我们的家用电脑也算是个古董。我们不像某些城里人那样，有隐形眼镜芯片或者脑部植入芯片，全天24.5小时随时随地都能看新闻听音乐；我们也不像地球人具备逆天的纳米科技便宜货，不过自从地球上那座苏格兰小镇发生了那种事以后，这种技术不管怎么说也还是很危险。

电脑就在我口袋里。不管是洗澡还是换衣服，我都会把它藏好。

不过目前，我最好还是不要把我的计划记下来。

史密瑟农庄与实验室。夏季，2202年2月5日

亲爱的赛库，我已经不舒服好几天了，那个地球来的笨蛋医生给我开了些兴奋药丸，说是能杀死坏细胞，滋养好细胞。反正他们是这么说的。可我感觉比之前更难受。

我们还是多说说地球的事吧，虽然那里是你生活的地方，可是赛库，我还是想告诉你，我为什么宁死也不肯去那儿。

我对地球其实并没有那么抵触，虽然我也听爸爸妈妈说过那儿的人是怎么虐待我们基亚非洲人的。我知道地球的重力很难适应，但只要你在太空站花点时间过渡，每天用那些大弹力带锻炼一下，练得壮一点，就没什么问题。而且他们会给你吃钙镁维生素D片。何况我还没到青春期，所以也许等我的荷尔蒙开始爆发（呃，我感觉聊这个真的很讨厌），我就能长出更结实的肌肉和骨头，到时候重力的感觉就不会那么明显了。

地球的生活肯定会很刺激。在那里，植物可以一直在户外生长。我读过这方面的信息，他们还会把多余的植物铲除掉——他们管那个叫杂草。杂草？太神奇了。我会把杂草喂给鬣蜥吃，它一定会很喜欢，而且能长得又肥又大。

虽然地球上没有参天的高山，但那里有厚厚的宽阔云层，还会有大量的液态水从天而降，听上去很奇怪，但真的很好玩。而且我想亲眼看看流动的河流和海洋，因为我们这里只有死水。还有动物。地球上有自由自在、到处乱跑的动物，地球人还会把一些动物当作宠物养。

在我的在线数学班上，有一个女同学说她家有只宠物猫。我一听就知道她在撒谎，她只是想让我们羡慕罢了。人人都知道猫要吃肉，他们家根本养不起这种处在食物链上层的动物。一年前，我在北极星城的动物园见过一只猫，它全身毛茸茸的，和全息图像上的一模一样。动物园里还有狗、雪貂、松鼠，还有一条短吻鳄，但没有真正的大型动物，没有食量大的动物，比如鲸鱼、大象、恐龙之类的。不过，有人计划运一头小牛来火星——它还不够大，因此方便装运。地球上有各种各样千奇百怪的动物。

没错，我也很想去地球生活一段时间，去看看你，了解一下你长成什么样子了。

可是这样的话，我就永远回不来了。除非我能像爸爸妈妈那样，把自己卖给某个大公司。但你必须得有特殊的技能，受过特别的教育才行，比如你要懂得生物工程学，公司才会要你，才会支付你返回火星的路费。

爸爸妈妈都说我有天赋。妈妈说我天生聪明伶俐，IQ很高，因为我的在线课成绩很好。爸爸说我有特异功能，能掐会算，其实就是会寻水术，能找出地下永冻层的贮水。

你也许会觉得奇怪，在极圈地带为什么还要通过寻水术来找水，永冻层不是离地表只有几十厘米距离吗？没办法，史密瑟家族就是这么倒霉！爸爸妈妈买到的土地在永冻层上还有一层非常厚的地壳，有些地方甚至厚达3米。在我出生之前，他们真的需要请人帮他们找出哪里的地壳更薄，那些就是会寻水术的人。

好在我就会。妈妈说，这是因为我体内有某种尚未被发现的器官，就像鸟一样，这个器官能够帮助我找出电场中微小波动发生的位置，而水温的上升或下降就可能导致这种波动。

所以说，我是有"天赋"的人。可我不觉得靠这个能让我重返火星。

所以呢，算了吧，我还是留在火星吧。前提是我能想出留下来的方法。

史密瑟农庄与实验室。夏季，2202年2月5日

亲爱的赛库，我的名字卡佩拉是有含义的。直到我生了病，我才知道它背后的意义。

我不知道我是不是得了和你一样的病，但生病让我发现了我名字的含义。

我偷听了爸爸妈妈的谈话。当时他们在低压温室里，他们以为我听不见，可我的听觉特别灵敏。只要我凑近了听，别说是穿着防护服在室内说话，就算是在火星的天空说话，我也听得清。

爸爸认为这是发育期疼痛，妈妈说等到我第一次来月经就会好，她也不知道那会是什么时候，因为在火星出生的女孩数量不够多，目前还没有足够的数据证明火星环境对于加速或减缓我们的生长会有怎样的影响。

我觉得我可能是得了流感。新来的移民经常会携带流感病毒，然后通过北极星城传播到各地。我认为说不定就是这个原因。

最终，他们带我去了北极星城的医院。

给我看病的医生特别年轻。和我们一样，他也是个基亚非洲人，但他的肤色很浅。他说话带着奇怪的口音，肯定刚来火星不久。但我敢肯定，他不需要像我父母那样，花费9年的时间才能付清路费和家园费。医生这一行特别赚钱，因为我们很需要医生，而且不管是路费还是其他什么费用，公司那些人都会给他们很大的折扣优惠。

"你多大了？"

"6岁。"我告诉他。

他先是呆呆地盯着我看了半天，然后才想到在我们这儿是按照火星年计算年龄，而不是地球年。"你得了白血病，"他说，"你知道白血病是什么吗？"

我突然感觉想吐。"火星儿童得这种病的病因是宇宙射线。因为火星的大气太稀薄，没法起到保护作用。而且我经常穿着防护服出去，还长时间待在温室上层，是不是这个原因？要是我小心点儿的话——"

"不是。"他说。

我愣愣地看着他。

"不是的，卡佩拉。我来这里已经快要整整一个火星年了，我见过一直生活在地下的儿童也得了儿童期癌症、白血病和霍奇金病。"

宇宙射线。辐射。当然了，这些东西我们在网上都学过。科学家之所以认为火星生命有可能先于地球出现，这就是原因之一，因为宇宙射线会加速分子的变化。但与此同时，它也会作用于细胞中的DNA，从而引发癌症，尤其容易造成儿童期癌症。

医生起身示意我先去等候室坐着。我在等候室坐下，但还是能听见他们的谈话。"公司保险可以报销化疗、营养支持的费用，当然还有全家心理咨询的费用，我给你们推荐一家安养院——"

"化疗和营养支持的效果能有多好？"爸爸问。

"你说有多好是什么意思？"

妈妈发话了："当初我们的儿子得了霍奇金病。他们推荐的疗法和你说的也差不多。"

医生不说话，等候她继续讲。她没再说下去，这时他才说："我明白了。但这是我们能提供的最佳方案，而且在患有这种白血病的儿童当中，超过半数病情都出现了好转。你要知道严格的化疗和饮食，再加上肯定的态度以及，呃，如果你信教的话，加上你的虔诚祈祷，的确可以提高好转的概率——"

爸爸说："医生，你是公司的人吗？"

"公司的——你是说，财团成员是不是买下了我的合约？是的。但是，就算你是火星上的自由人，也可以享受企业健康保险。像你这种情况绝对符合条件。"

爸爸凄凉地一笑："如果这是你的女儿，而且你有……足够的财力，你会怎么做？"

"哦，按规定我不能——"然后我听到他的椅子在地板刮擦的声音，好像他挪到了他们跟前。这下我得全神贯注才能听清他说话。"我会送她去地球轨道医院。他们那儿的纳米再造工程虽然还处于试验阶段，但我相信有效。"

"成功概率有——"

"百分之九十五的治愈率。但我也不想泼你冷水，这远不是你或者我能够负担得起的。"

"多少钱？"

"其实真正昂贵的是飞往地球的路费。治疗费用大概是，呃，如果你是自由人的话，大概要花费你一个火星年的工资吧。"

前提是你存到了那么多钱。"

我尽力听着，但好一会儿都没人说话。他们管这个叫尴尬的沉默。他们说的每一句话我都记得清清楚楚，也许只有用文字记下来，我才能把它们忘掉。

"卡佩拉，"医生一边领他们出来一边说，"这个名字，卡佩拉，是'最后一个'的意思，对不对？"

"是的，"妈妈说，她的声音非常痛苦。

他转过身去，"火星不是小孩子待的地方。"他说。

原来这就是我名字的含义。

赛库，我真的好累。

史密瑟农庄与实验室。夏季，2202年2月5日

亲爱的赛库，重看了一遍关于医生的那部分日记，我很生他的气。是他让我们的父母感到绝望，让他们蒙羞，因为他们没有钱送我往返地球。

史密瑟农庄与实验室。夏季，2202年2月6日

亲爱的赛库，爸爸总是想让我吃点东西。他杀了一只鸡，用墨西哥辣椒酱做给我吃。妈妈用豆浆做了冰激凌，还加了香蕉调味。他们花了不少心思，但我尝了几口就不想再吃了。我叫他们把食物冷藏起来，要么明天再吃，要么再等几天。

妈妈说是医生给我打的针坏了我的胃口。

史密瑟农庄与实验室。夏季，2202年2月7日

亲爱的赛库，我们又去看医生了。这次我才知道他叫平克顿，这名字一股子公司味。平克顿医生又给我打了一针，还给我开了一种营养品。

我告诉他做化疗让我很难受，他还不能保证化疗有效。和火星上的大部分东西一样，化疗这东西早就过时了，它不仅会导致脱发，还会让你不停地呕吐。他并没有提到地球轨道医院的那些尖端的纳米手术。"最前沿的英雄就应该用最前沿的疗法，"他说。好厉害哦，说得好像我想当这种英雄似的。

史密瑟农庄与实验室。夏季，2202年2月10日

亲爱的赛库，在地球上，他们说大部分时候人们的梦都是黑白色的。也许你做梦的时候也是这样，但我的梦是彩色的。我梦见过自己变成探险家，我的梦是红色的。

我时常会想起各种英雄人物，想起火星的历史，想起那些迫不及待想要移居火星的地球人，现代人称他们为"第一代火星人"。但实际上，直到一个世纪之后，杰弗瑞·艾伦才在火星表面插上柏丽梅矿业公司的旗帜，而萨根城的建立，更是50个火星年之后的事情。

我会想起索杰纳·特鲁斯。我说的不是第一台登陆火星的自主式火星车"索杰纳"号,而是那个女英雄索杰纳。我们这里学的地球历史不多,但我在网络上搜索过关于非裔美国人(这是过去地球上对基亚非洲人的过时叫法)的地球史。在北美政府宣布奴隶制非法之后,这个黑人女奴的主人拒绝遵守法律。于是她逃走了,并且改名换姓为索杰纳·特鲁斯,成了一个著名的演说家,以真理为名[①]周游全国。

你可能会问这些和萨根城还有柏丽梅矿业公司有什么关系?在人类最早探索火星——不是靠人探索,而是靠机器人之类的探索——的时候,他们派来了一部火星车,让它探测火星上的岩石之类的东西,了解这里的大气和土壤情况。这是火星上的第一个完全自主式的人造探测器。人们给它想了很多名字,包括用著名印第安人向导莎卡嘉薇亚的名字给它命名。最后他们举办了一次命名大赛,而最终获胜的名字就是索杰纳·特鲁斯。当然,后续还有数十辆火星车,洛奇7号、11号、13号,雅典娜号,罗比特号,等等,这些你应该都知道。

我觉得"索杰纳"火星车真的很酷,所以我用坏掉的太阳能板和你留下的玩具车做了个小模型,把它放在我的天窗下面,这样它就能全年都眺望着天空。总有一天,我会给它安装些好的太阳能电池,让它能够真正跑起来。在大平原都市的柏丽梅

---

① 索杰纳·特鲁斯(Sojourner Truth)在英文中有"真理旅者"之意。

矿业博物馆里有一块太阳能电池，据说就是"索杰纳"号火星车的一部分。我不知道他们是怎么弄到手的，因为真正的索杰纳号早就失去了踪影。或许那只是原型机上的电池，来自地球的捐赠。

总之，有钱人都喜欢收集火星纪念品。比如，2139年反垄断战争时期用过的许多枪械，现在就保存在北极星城的博物馆里，估计其他很多大城市的博物馆里也有这样的古董。不过有时候，有些有钱人也热衷收藏，他们会收藏复制品，甚至是真品。

我能理解他们，因为我自己也做了一个"索杰纳"号复制品。我猜北极星科技公司的管理层肯定愿意花成百上千万的价格，买下真正的"索杰纳"号火星车。

可是谁也找不到它了。按照"索杰纳"号的程序设定，在和地球失去联系后，它会继续四处漫游，收集岩石样本。现在它应该已经长埋尘沙之下了。

成百上千万的钱，足够往返地球，还能余下一大笔钱。

史密瑟农庄与实验室。夏季，2202年2月11日

亲爱的赛库，我的头发几乎都掉光了。在看医生之前，我把头发全编成了一头脏辫，特别精致。可是现在的我看起来跟鬼一样。妈妈说："别板着个脸，头发会再长出来的。"

当我们意识到我在掉头发时，爸爸给我拍了一张全息照片，照片里的我一边修剪着牵牛花藤一边说："干农活真辛苦。"

我很高兴爸爸这么懂我。妈妈太冷血了。

史密瑟农庄与实验室。夏季，2202年2月11日，傍晚

亲爱的哥哥，为什么爸爸妈妈这几天一团和气？

史密瑟农庄与实验室。夏季，2202年2月14日

亲爱的赛库，我的病真的会让人疑神疑鬼。我从没见过疑神疑鬼的人，但很多历史书里都提到过这种人，尤其是在20世纪和21世纪。我觉得我现在就很喜欢疑神疑鬼。

他们已经和我摊牌了（他们以为我会很惊讶），说要我回地球。或者应该说，他们会想办法送我回地球。另外，爸爸还用一包我们家最好的豆种和沃森一家换了一束一文不值的南瓜花。

他把这些花捆成花束，放进摆在桌上的一个大罐子里。妈妈一看见这束花就哭出来了。我希望她喜欢。爸爸真体贴人。

妈妈把花放在桌上摆了整整两天，然后我们往花里面塞满豆子，烤了当晚餐。

这到底是怎么了？爸爸从来没这么浪漫过。难道说妈妈准备再生一个？我和你说过"卡佩拉"的意思是"最后一个"，可没准现在他们改变主意了。我一想到就直打哆嗦，我觉得他们想把我换掉。

史密瑟农庄与实验室。夏季，2202年2月14日，傍晚

没事的，我想通了。他们总得再要个孩子，好让生活继续下去。爸爸是个称职的父亲，我猜妈妈也是出于好心，虽然把我送走是一个错误的决定。也许我应该去地球，把病治好，然后长大。等我重回火星的时候（我死都要回来，不管要多么努力学习和工作，我一定要让公司买下我），也许我会多一个小弟弟或者小妹妹。

现在我感觉好点了，但是平克顿医生说只有我变得虚弱，才能让癌细胞更虚弱，所以我猜我还得再遭一轮罪。

史密瑟农庄与实验室。夏季，2202年2月17日

亲爱的赛库，他们宣布了最后的决定。他们准备送我去一家愿意接收火星病人的地球轨道医院。我会在那里接受治疗，把病治好，然后去地球生活。我的祖母（我只见过她的照片和录像）会照顾我，让我可以适应地球重力。妈妈说我的身体永远都壮不到哪儿去，不过我现在还没到青春期，这是我的优势。

他们想尽快送我过去。他们给我看了一封平克顿医生写的信，医生说一定要在夏季5月之前送我出发，否则我可能挺不过6个月的长途旅行。总之，5月份之前是我出发的最佳窗口期。

我们将在影子尚长、气压尚低的日子启程。过不了夏季5月，影子就会越来越短，我在我们母星的时间也会越来越短。

赛库，火星才是我唯一想要生活的家园。再见了极冠和繁星满天的漫漫寒冬，再见了琥珀粉色的夏天和在天空画圈的铂金色太阳，再见了我在"水手号"峡谷搜寻化石的梦、见识全太阳系最大的火山顶的梦、找到地球人派来探索火星的"索杰纳"号火星车的梦。再见，我所剩无几的幸福火星日。你好，我用无尽的"地球日"度量的流亡人生。

我真的很羞愧自己这么软弱，居然哭成这样。这只腕戴式电脑实在太老了，万一眼泪渗进去的话，说不定会停机。但愿我抵达地球的时候，你和我还能一起读这本日记。

史密瑟农庄与实验室。夏季，2202年2月21日

亲爱的赛库，爸爸妈妈一直在吵架。多半都是妈妈的错，她做什么都特别强势。他们好像是因为钱的事情在吵，我想要偷听，但他们又突然打住，出门去了温室。现在他们都在外面。我听了一小会儿，虽然也能听见只言片语，但我听不懂他们在说什么。他们会说一点外语，包括英语、日语还有巴杜马语。听到最后我实在太累了，于是我直接睡了。

史密瑟农庄与实验室。夏季，2202年2月22日

亲爱的赛库，我发现了一封很可怕的信，是寄给爸爸妈妈的，来信的叫什么人格保存软件公司。你可能会怪我不该偷看，

但我打赌要是你还在火星,也会做同样的事情,何况爸爸妈妈最近的举止真的很奇怪。

信上说,只要肯花上好多好多弗朗克,他们就可以记录下一个人的声音、思维模式、知识、技能,也就是这个人完整的人格,然后把它下载到一个自主式火星车上,让它去探索火星。他们管这个叫永久记忆重建火星车。

赛库,我有种可怕的预感,这东西和我有关。

史密瑟农庄与实验室。夏季,2202年2月23日

亲爱的赛库,要是你在这里就好了,哥哥,快告诉我该怎么做!

我承认我又偷听了。昨天下午茶时间过后,我留在温室里没走,然后他们果然进来了,像昨晚一样争吵。起初我不知道他们到底是在吵什么,然后我听见妈妈说:"就这么办吧,约瑟夫,我和她一起去,你去兑现。我们俩应该能换来大部分需要的钱。"

赛库,他们说的"兑现"只可能有一个意思。也许在你离开火星之前还不懂,为了能来火星,人们会把自己卖给某一家公司,然后通过工作赚钱换取人身自由,如果他们决定在城市外面生活,他们还可以通过工作换取土地。在我不到1岁的时候,爸爸妈妈就已经换取了自由身份,然后他们便开始存钱向公司买地。

爸爸的声音很低，我几乎听不清他下一句说了什么。"肯定还有别的办法，米莉亚，我实在受不了再也见不到你们母女。"

"那你倒是告诉我该怎么办啊！"

爸爸一句话也没说。

我宁愿陪我一起走的是爸爸。

不，哥哥，我说错了。我根本就不想走。既然是一家人，就应该在一起。肯定还有其他方法。

另外，我发烧了。因为头痛了一整天，所以我量了下体温。我照了照镜子，镜子里的自己脸色发灰，瘦巴巴的。或许这只是光线问题。

史密瑟农庄与实验室。夏季，2202年2月24日

亲爱的赛库，我睡了一整天，他们也没叫我起床，只是留了些绿色蔬菜和冻麦粒在我床边。我以前可是很喜欢吃蔬菜的。

到了晚上，我根本睡不着。于是我又去四处调查，结果发现的正是让我害怕的东西。电脑里有几张机票，包括妈妈和我去赤道城的票，然后是接着飞往地球轨道医疗站的票，还有去地球的非限期票的票号，上面没有日期。

爸爸妈妈就要永别了。我也永远见不到亲爱的爸爸了。

他们怎么能这样对我？他们怎么能这样对我们？

哥哥，救救我！

史密瑟农庄与实验室。夏季，2202年2月27日

亲爱的赛库，我要开始行动了。在计划完成之前，我不会再记日记，因为妈妈可能会起疑心。她太爱管闲事了，一点儿也不尊重我的隐私。

不过如果要行动的话，一定得赶在下次去看那个笨蛋医生之前。我会多吃蔬菜，还有妈妈做的那些恶心的芋泥，还有蛋奶酥什么的。要想完成计划，我必须养精蓄锐。

北半球上空高层大气层中某处，夏季，2202年3月5日

亲爱的赛库，我成功了！我成功了！我现在就在一架火箭飞机上！

过去的1周实在太刺激了，我几乎都忘了身上的病痛。我记下了妈妈预购的机票号码，把它们放进书包里，书包里的书藏在了衣柜底下。然后我打包了一些衣服，还带上了一些用来交易的种子。

在地球上，他们会不会像我们这儿教地球历史一样教你火星历史？一想到你对自己的母星几乎一无所知，我就觉得难受。等我有钱了，能买票送你回火星，我们一定得好好聊聊。

我会那么做的。

最大的困难不是机票，也不是身份证。我的护照和妈妈的一样，都在数据库里有记录。因此，既然我用的是自己的票，那就无需妈妈陪同。

爸爸好像知道了我的计划一样。妈妈已经不再让我参与日常的温室和露天植物的照看，甚至在打理我自己那几小块地的时候也不再征求我的意见。爸爸自然要贴心些，他装作我还能继续在火星生活那样。但是昨天，他带着妈妈去了那座老旧的中压温室（就是他们刚到这里的时候建的那座小温室），和她聊了很久。我悄悄地走开，抓起收拾好的书包，就这么走了。

不，我没有像那些坠机的幸存者一样穿着环境防护服徒步出行。我偷走了家里的火星车，一路开到了北极星城，来到了发射站。

当然，我也修改了火星车的程序，好让它自动开回家。我还在上面留了张精心写成的字条，免得他们误以为我被人绑架了。

妈妈永远也别想发现我的踪迹，因为我并没有去赤道城。

我搭乘的是去萨根城的火箭飞机。

来到发射区域让我兴奋不已。令我惊讶的是，他们对我像对待成年人一样，好像我明白所有的安全流程，当然，我确实知道这些安全流程，至少在理论上，因为我在学校学过这些知识。火箭飞机被设定好了精确的飞行弧线和降落地点，抵达目的地的时候，火箭会打开降落伞进行减速，然后伸出机翼，降落到指定着陆点。

一想到着陆我就很兴奋。飞机将在夜间抵达，所以我能看到城市的辉煌灯火。起飞的过程也让人非常难忘，各种噪声和加速,可惜没看到什么风景,因为我们上升速度太快,来不及欣赏大平原都市。

今天的阿瑞斯谷已经和当年"探路者"号飞船看到的景象大不一样了。当然,这片地区依然是一片冲积平原,岩石遍布。在我对"索杰纳"号产生兴趣之后,我就去查阅了相关资料,我发现在"探路者"号登陆火星之前,所有的科学家都在争论这里究竟是一片冲积平原,还是诞生自一次火山喷发。当然,"探路者"号传回照片后,科学家们立刻就知道了,这里确实是一片冲积平原。这也让当时的地球人对火星产生了浓厚的兴趣。因为在他们看来,要是哪颗星球跟地球不一样,那就没什么探测意义。

我已经在路上了。

就算妈妈准备来找我,她也得颇费一番周折,因为我把她的电子票号给了北极星城的一个新移民。

萨根城。夏季,2202年3月6日

亲爱的赛库,昨晚我用一些窗台植物的种子当作货贝,换了一个床位。起初旅馆老板并不知道这是什么东西,但他上网查了查,发现这些种子非常特别,便高高兴兴地和我成交了。

这家旅馆虽然价格便宜,但也有点吓人。旅馆里有两个移民,想违反跟众飨公司的合约。起初他们还悄悄的,但吧台有人认出了他们,并且报了警。当然警察并不会插手公司的合约纠纷,但他们暗中通知了众飨公司的执法人员。他们差点就在旅馆里爆发了枪战。

早餐吃的是生菜、洋葱和豆浆炖南瓜。这里的人会用很多种地球植物做菜,真的很稀奇。

我穿上防护服,准备去"探路者"号登陆遗址。从城市去那里只有不到一公里的路程。

"探路者"号登陆遗址,夏季,2202年3月6日,傍晚

亲爱的赛库,跟我想的有些不一样呢,穿着防护服走1公里实在太远了。当我抵达遗址时,只看到一块纪念牌,上面写着:1997年7月4日,意义重大的"探路者"号火星任务登陆点就在此地或附近。"探路者"号现藏于第一大道的萨根博物馆,"索杰纳"号火星车至今未被发现。

今天我要记录的就这么多。现在我的肚子好痛,我最好赶紧返回穹顶。

萨根城,"探路者"号信托博物馆。夏季,2202年3月7日

亲爱的赛库,刚刚我重读了一遍3月6日的日记。"我的肚子好痛",多么轻描淡写的一句话。我发现白血病让我越来越痛苦,或许今天不适合寻找"索杰纳"号,我最好还是回到旅馆,

用剩下的种子再换一晚的住宿。

不过，在回去的路上，我注意到人们都在盯着我看。我听说过基亚非洲人在一些火星城市并不常见，可是有些对我指指点点的人也是基亚非洲人。

然后我恍然大悟，我得去找个新闻站，越快越好。我不敢用自己的账号——也就是史密瑟的家庭账号——去付款，所以我只能找一家公共图书馆。哥哥，我不知道地球上是什么情况，也不知道露娜或者轨道殖民地上是什么情况，但在火星上，大部分公共图书馆都是由摩门耶稣会经营。事实上，萨根纪念博物馆就是摩门耶稣会运营的。哦，我忘了，你很可能不了解古代宗教。简而言之，摩门教徒和耶稣会教徒都带有强烈的性别歧视，也就是说他们不会让女人管事。如果地球的学校教过你历史，你就会知道在21世纪中叶，这些教派的电脑遭遇了很多问题，有个叫IRS的东西侵入了他们的账本，我猜IRS是种电脑病毒，总之这些教徒被IRS折磨得够呛，而且司法部门想要把他们抓起来进行隔离，于是摩门教和耶稣会的领导决定来火星建立殖民地，追寻宗教自由。但双方教派都没有足够的资金进行大规模的移民和定居，于是他们就联手了。

有意思的是，他们一到火星，就不再受地球总部的约束了，于是他们可以选举自己的神父和CEO。现在这里主持管事的修女反而比神父要多，这也说明了一个道理，但我忘了那是什么。

这里也有私人图书馆，但这些图书馆仅向订阅用户开放，除非你有账号，否则你进不去。而且私人图书馆不喜欢公共图书馆，他们说这不是公平竞争。

言归正传，不管是在旅馆，还是旅馆所在的公共区域，我都找不到公共图书馆，所以我只能用更珍贵的宝贝（种子）作为交换，搭乘滑道进入城市的地下部分。然后我跑进图书馆，无视人类管理员，抓起免费的电子眼镜，看起了每日新闻。新闻中赫然出现了我的照片，就是我爸爸给我拍的那张。照片中的我正在修剪藤蔓，并且转身对着镜头说了句"干农活真辛苦"。我都不记得有说过这么白痴的话，但我肯定说过，因为视频就摆在那儿。而且上面有一个醒目的标题："寻人启事"。

完了！这绝对是我第一次出现在公众媒体上，而我登报的原因，居然是因为我干了件错事！我原本希望第一次登报是因为我的血植物实验获得西屋奖，或者是因为我新发现了一个大型蓄水层的！

不用说，我已经成失踪人口了。新闻中的妈妈眼泪汪汪（不用怀疑，肯定是假哭），说我被人绑架了，而且房子也被人洗劫过，绑架者偷走了一些设备——但新闻并未透露具体是什么——还使用了一张飞往中国苏州的不限期机票。

赛库，要是你见到我，肯定会取笑我一番，笑我怎么没想到他们会上报我失踪的消息。当然，我很高兴他们想念我。更何况，他们本来就有法律上的义务向公司汇报。虽然我生下来是个自由人，但如果我想要成为合同工人，公司依然有第一决定权。即便爸爸妈妈没有联系新闻媒体，公司也会把消息放到新闻网上去。

我快速浏览了一遍新闻中重要的内容，但没有一句话提到我有白血病。我不知道他们为什么漏掉了这件事。

赛库，我要告诉你我做得最过分的一件事：离家出走的时候，我偷走了妈妈的防护服。她正准备给我买件新的，因为我已经长高了，那件5岁小孩穿的防护服早就穿不下了。尽管如此，没了这件防护服，她肯定还是会很头痛，而且要订一件全新的防护服得花上一整个夏季的时间。我和她共用这件防护服，真的很麻烦，因为每次进入室内后，你都得把防护服丢进除尘器除尘。要把大部分灰尘除掉得花上好几个小时的时间，如果你不除尘，防护服的密封和接缝处就很容易出现磨损。

在露娜上，他们正在开发一种自带除尘器的防护服，用的是某种纳米技术。但是你也知道火星官员的那套官话："我们的人民"不需要这些花拳绣腿的纳米假把式！

天呐，我肯定是好些了，否则怎么会有这么多力气唠叨个不停？

我穿着妈妈的防护服去了"探路者"号登陆遗址。我很庆幸听了她的话，上次一用完，就把防护服放进了除尘器，就是他们在高压温室谈论我的事情的那一晚。这身防护服很合身，也很好用，唯一的缺点就是它会不停地报告我生命体征的各种问题，好像我不知道自己有病一样。我开始往电车轨道方向走

（那里有一趟专门往返"探路者"号遗址的小型轨道电车），然后我眼前一黑——

你知道，穿着防护服是很难坐下的，但这也是件好事，不然你很容易耗尽太阳能能源，然后在户外冻僵倒地。

我不停地给自己打气："卡佩拉，站起来！别让你爸爸失望！加油！"

可我就是站不起来。防护服很重，膝盖部分又很难屈伸。我开始哭起来，鼻涕流个不停，可是我没法把它擦掉。我的面罩变得越来越恶心。

不一会儿两个人走过来，在我身边蹲下，把面罩凑到我跟前。我听见一个女人的声音说，"探路者"号遗址今天马上要关门了，明天9点再开放。我试着站起来，但我也不知道要往哪里去。那个女人问我有没有事，我倒想问问我看着像没事的样子吗？我说真的！

这倒让我有了站起来的动力，因为我突然想到，他们肯定会把我和大平原都市附近的史密瑟一家的失踪女孩联系起来，然后上报我的行踪。我一句话也不说，只是默默地站起来。可是刚站起来没多久又摔倒了。这一次，我的腿已经完全不听使唤了。

那个女人说："哎呀，小心点！你会把防护服弄破的。"

这是哪儿的话？谁听过西尔斯罗巴克牌的环境防护服被扯破过？便宜货我是不清楚，但在购置设备方面，我父母从来都是质量第一，价格第二。

那个女人把我一把拉起，让我靠在她身上。"你叫什么名字？"

我不知如何是好，于是我小心翼翼地用脚在地上写出了两个字：赛库。

我猜她看不到面罩后面我的脸，就算看到了，我的头发都掉光了，她也可能以为我是个男孩。哥哥，对不起，借用了你的名字，但我只能随机应变。我想让他们离我远点，但又怕要是他们真的走了，我一个人没力气走回电车站台。

"沃尔特，这个可怜的孩子受伤了！"

这时我才注意到我的面罩内部有血迹。我肯定是流鼻血了。该死！

我留神细看他们身上的名牌。他们肯定跟博物馆有些关系，因为他们的胸口都有名牌。一个叫爱德莉亚长老，一个叫沃尔特神父。

这下好了，我落到了一帮传教士的手里。

幸运的是，他们不是那种没日没夜地开着头戴式电脑看新闻的人，所以他们还不知道"失踪或被绑架儿童"的消息。

我估计这是宗教原因，不然就是因为他们太穷了。

总之他们把我带回到博物馆。博物馆位于独立的小型生物群落区内。神父给我倒了些自酿的饮料，里面还有药草，他管这种饮料叫超级K。

"这种菌类原本来自地球,但是火星重力和基因突变让它产生了变异。我管这个叫'火星爸爸送给人类的迎新礼物'。"他自己也抿了一小口,喝完之后似乎心情大好。

这饮料尝起来很甜,而且有很多泡泡。喝完超级K之后,我感觉昏昏欲睡。一觉醒来,我就听到他们在说话。

她:"不可能是他,被绑架的是个女孩。"

他:"你确定那个孩子是男孩吗?赛库是个男生名没错,但是你又不是不知道这些高地人,他们有些特别奇怪的顽固习俗。"

"赛库就是个男生名,不信查查你的数据库。"

"你说的没错,而且失踪的那个孩子名叫卡佩拉·史密瑟。不过,也有可能他,或者她,没敢告诉我们真名。也许赛库害怕那个绑匪会回来,又或者赛库根本就没有被绑架——"

然后是一阵沉默,因为两个人都重新接入了新闻网络。最终,爱德莉亚长老说:"他们好像很确信这就是宗绑架案。我认为我们还是应该打电话给太阳技术公司,把这个孩子的消息告诉他们。"

"也行。不过,这个孩子在流血,说不定是他的父母,或者主人,虐待了他。他是个小孩子,总不会无缘无故逃出来。"他又喝了一口超级K,我知道那是超级K,因为我老远就能闻到大厅飘来的那股浓烈的甜味。

"你喝这东西都喝得魔怔了!我们还是让这个可怜的孩子好好睡一觉,吃早餐的时候再听听他怎么说。"

赛库，我现在坐在这里，怕得要死。我要编一个怎样的故事，他们才不会把我送回家？

或许我应该回家了。

我还有时间好好睡一觉。我的肚子好痛，鼻血流个不停。为什么生病的非得是我？

我不能回去，他们肯定会对我大发雷霆。而且如果我回去了，爸爸妈妈就要永远分开，我也得去那个该死的轨道医院，然后在地球上度过我的余生。

我的一生……

萨根纪念博物馆。夏季，2202年3月7日（我猜的）

亲爱的赛库，我简直不明白，我都病成这样了，脑子糊里糊涂的，你怎么还指望我记日记？

哦，对了，这好像一开始是我自己的主意。

我睡了一小会儿，但因为肚子疼得厉害，所以我很早就醒了。我一醒来就听见他们又在说话。

她："赛库确实是个男生名！赛库是卡佩拉·史密瑟的哥哥的名字！"

他："好吧好吧，那我们是通知她父母的雇主公司，还是通知我们自己的公司？"

她："要我说，我们应该通知娜奥米修女。我们已经瞒着教会自作主张太久了，你和我也许在教义上想法不同，但我们都要对教会负责。这个小男孩——或者小女孩——我们不能瞒着教会里管事的人，让她一直在博物馆的宿舍住着。"

他："呃，要不还是你打电话吧，我可没把握能应付得了这个。"

赛库，我听够了。我想了1分钟，他们八成是准备进来扒了我的内裤，看看我到底是卡佩拉还是赛库。我从吊床上翻身下来，把防护服塞进背包，然后从门缝往外瞧。

他们正站在一条走廊上，走廊的地势很低，看来我们正在这栋建筑的地下部分。博物馆本身是位于地上的一个独立生物群落区，自带温室，并通过一条长长的充气管道和城市生物群落区相连。我讨厌这些东西，这里的气压总是特别低，让我觉得耳朵疼。而且这里真的好冷！

我听见她说："神父，我知道你特别喜欢孩子，但这毕竟不是农民弄丢的鬣蜥，你可不能把他当宠物养。"

"我只是不知道他们为什么这么急于找到他，爱德莉亚。万一那个不是他的生父呢？他会不会是公司制造出来的小孩？"

"你在非法网站上看到的那些鬼话也不能什么都信，神父。"

我蹑手蹑脚走回我睡觉的小房间。这一觉让我感觉好多了。我注意到房间门背后的钩子上挂着一个背包。趁着他们还在说话，我小心翼翼地取下那个背包，在里面翻找起来。

哦，赛库！千万不要看不起我！我知道我不该翻看陌生人的东西,特别是这个危难时刻向我伸出援手的好人。我知道我自己都怪罪过妈妈偷看我的日记,侵犯我的隐私。但我总得找条出路,以免他们泄露我的行踪,所以我必须尽量把这些人的底细摸清楚,我也是不得已而为之!

这个背包是爱德莉亚长老的。在背包的外袋里有一张老式的塑料智能卡,我很确信这里头有这座博物馆里所有房间的键控代码。

我把背包挂回去,然后快速思考起来。逃出去的路已经被堵上了,爱德莉亚长老和沃尔特神父都站在走廊里。我听见爱德莉亚长老说:"既然如此,那我们直接问他吧。如果他是自己逃出来的,自然会告诉我们原因,我们也可以核实一下他的故事。"然后我听见两人慢吞吞的脚步声沿着走廊传来。

我把智能卡塞进连体裤口袋,然后迅速躺回床上,装作一副刚醒的样子。

她先开口了。"赛库,你休息好了吗?要不要再喝点汤?我们有几个问题想问问你。"

我一句话也没说。

他说:"爱德莉亚长老和我想问问你,你是不是迷了路?要不要我们带你去找父母?"

我还是一言不发,但我的心里已经想好了对策。

"像你这么小的男孩子独自一人,我们自然会猜测你是不是和家人分开了。"爱德莉亚长老的声音格外温柔体贴。

但我不为所动,仍旧不说话。

"也许他说的是艾穆特拉夫语?"沃尔特神父说,"Sorquel vwey a habin tey?"

我只是看着他们。

他又尝试了好几种语言,包括英语。话说我的英语还是很不错的。

他的体内明显植入了那种快速学习的芯片,不然就是进行过大量的深度学习。他显然特别擅长打听别人的私事。

爱德莉亚长老终于不耐烦了。他们俩至少尝试了20种不同的语言。但我只是看着他们,一句话也不说。

"你听得懂我们说话吗,亲爱的?"她问。

我看着他们,然后点点头。

"哦,诸星在上!你能说话吗,赛库?"

我缓缓地摇摇头:不能。

面对他们的表情,我尽量忍住不笑。

"这下可怎么办,沃尔特?"

"我觉得我们应该带他去见大长老修女。赛库,把你的东西收拾好。我们要带你去见一位女士,她能帮助你和父母团聚。"

"问问他为什么要逃跑?"

"你问啊。"

我用尽力气瞪大了双眼,看着他们。

她说:"赛库,你是被绑架的,还是自己离家出走的?"

我看着她,然后耸耸肩。

"你是离家出走的?为什么?你是在害怕什么人,还是什么东西?"

我非常认真地点点头。

赛库,我说的是真心话。我害怕白血病,害怕被他们送去地球轨道医院。

我知道要是见到了这个娜奥米修女,我就麻烦了。她听上去不像是个内心犹如太阳般温暖的人。

于是我跟着他们沿着走廊走进充气通道。进入市内后,我等待着时机,直到我们走到了一个繁忙的交叉路段:四面八方人来人往,迷你火星车纵横川流。我看准机会,选中了一条最暗的通道,然后像火卫一一样嗖的一下溜走了。

他们都是上了年纪的人,而我虽然病了,但毕竟还年轻。在我确定已经把他们甩掉之后,我穿上防护服,从一间气闸室里溜了出来。

哥哥,你是不是很好奇,我现在究竟在哪儿?

其实,我又回到了博物馆。我一直等到天色暗下来,趁着一场风暴遮住了大部分星光,趁着所有的卫星都还没升起来,我就回来了。我跟你说过我直觉很厉害吧。爸爸也说我有磁场第六感。在一片昏暗中,我顺着主生物群落区的边缘找到了通往博物馆的大门,然后又找到了连接通道。我猜他们肯定不会出来找我。我蜷缩在一座火星脸雕像的阴影之中,祈祷防护服的电池不要在天黑前耗尽。

电池并没有耗尽。

我现在就在博物馆里。

萨根纪念博物馆。夏季,2202年3月7日

亲爱的赛库:我现在在博物馆里,我碰上大麻烦了。

首先,我得在差不多7小时后离开博物馆,并且找到下一个去处,因为到时候博物馆就要向游客开放。

但更惨的是,他们在夜间关掉了空气处理设备,这本身不是什么大问题,毕竟我也在自家的中压温室待过,除了流鼻血之外,并没什么大碍。但随之而来的是另外两个问题:首先,外层穹顶瘪了。白天的时候它是一个大气球,把博物馆和室外的低气压隔绝开来。到了晚上,它依然处于充气状态,但是没有白天膨胀得那么大,所以它软趴趴地堵在了正门入口处,我想走也走不了了。

其次,这里没有供暖!我已经把他们宿舍里的毯子全拿出来搭帐篷了,可我依然浑身发抖。我猜在天亮之前,室温应该不会降到火星的外部温度,但现在这个气温也足够让水结冰。

而且肯定能把我冻死。

萨根纪念博物馆。夏季，2202年3月7日或8日

亲爱的赛库，我在自己身上裹了几张毯子，就连那些吊床都被我从吊钩上取下来当毯子用。我把整个博物馆都搜了一遍，想找个取暖的方法。我还有点担心气压降低，但博物馆应该不存在严重的泄漏问题。

我的牙齿在打战，而且老实说，我的身体也很不舒服。白血病的症状时不时地出现。我的身体时热时冷，时冷时热。

我在博物馆里探索了一番。然后我有了一个大发现。

从预备室——也就是挂那些吊床的房间——走出来，映入眼帘的第一样东西就是卡尔·萨根的巨幅画像，旁边有一块铜碑解释为什么这座城市以他的名字命名。卡尔·萨根是在太空时代之前大力提倡探索太阳系的地球人。然后我来到一座中央大厅，眼前的东西差点让我的心都蹦出来。那是"索杰纳"号！就在它的登陆飞船旁边。我心想：完了，我发掘古董火星车的计划泡汤了。

我真希望博物馆的讲解系统没有在夜间关闭，这样我就可以听听他们都说了些什么。

但我还有更大的麻烦要解决，于是我在黑暗中四处摸索。你可能会以为他们会保持足够的供暖，避免预备室的水管冻结，但我检查过了，他们的供给水源是储存在绝热箱里面的。他们必须把废水运回城市进行循环。

然后我有了一个好玩的点子。

也许火星车里面有些电池还有电,我可以从中获取足够的电量为我供暖。

这时我才发现这台火星车不过是个模型。他们肯定是根据地球发来的光学影像和蓝图复制了一款。

我真不明白这帮人到底是有多蠢,他们就不能从运行轨道上进行计算机建模,寻找出有可能掩埋这两台机器的区域的尘埃规律吗?

但我想现在还不是放弃的时候。我走进礼品店,找到了一张他们卖给游客的纪念海报。我得借助天窗的光线才能看清海报上的文字,幸好这时火卫一正好从头顶经过。海报上说人们其实早就找到了"探路者"号飞船。早在2088年,一个来自《太阳系地理杂志》的摄影师就发现了"探路者"号探出地面的镜头和天线,其余的部分则完全被尘土掩埋,看上去只不过是一块奇形怪状的岩石。但是"索杰纳"号火星车一直在四处漫游,没人知道它现在的确切位置。"探路者"号飞船登陆遗址立着一块铜碑作为标记,但他们不想为了挖掘"索杰纳"号而破坏这片历史遗迹。

我尽量忍住不笑:他们永远都别想找到,但我能。

好吧,如果这架登陆飞船是真的,说不定里面还有一些电。

然而并没有。这台机器很旧,只是一件用来展览的历史文物。

我在想要不要穿上防护服保暖,但这样的话,等不到天亮,电池就会早早用光。或者我应该赶在冻僵或者电池耗尽之前,原路返回城市穹顶。

我感觉有点想吐,而且我的身体又开始忽冷忽热。整个博物馆都是一股臭氧的气味,又冷,但接着我就嗅到了一股别样的气味,一股……有机物的味道。

原来是沃尔特神父的超级K。也许我该再喝上一大口,我已经好几个小时没吃东西了,可是因为恶心犯吐,我一点也不饿。但也许来点儿超级K会有助于思考。

无需借助火卫一从天窗投下的光芒,我循着这味儿就能找到。

我走进一间办公室,只见里面摆着一个超大的玻璃罐,将近1米高。罐子底部有一个出水口,看上去足够能装50升水,而且不知道是谁还在上面用好玩的老式字体写着"日茶"。我在桌子的各个抽屉里搜罗了一遍,翻出了一个杯子,然后给自己倒了满满一大杯。

就在我准备把杯子凑到嘴边时,我愣住了。

为什么这饮料还是液态的?

我很确定它里面没有多少酒精。在我很小的时候,爸爸会给我喝私酒抑制牙痛,那个酒才叫烈。但即便是那么烈的酒,放在这个寒夜里的博物馆也该冻上了。

我嗅了嗅,然后尝了一口。

饮料是温热的。

我明白了！它是在发酵！

我把杯子里的饮料一饮而尽，然后用手捂着嘴，以免自己吐出来。慢慢地，饮料的热量温暖了我的肚子、我的双手，甚至是我的脚趾。

我有了个好主意。我回到预备室，搬出能找到的所有毯子，然后把这些毯子盖在那个超级K玻璃罐上，支起了一个漂亮的小帐篷。

帐篷里好久才暖和起来，但我又喝了几杯超级K，所以很快就睡死了。醒来之后，我又把门厅里的自动食品售货机洗劫一空。我用的是史密瑟一家的信用卡号，但是爸爸妈妈肯定不会立即想起来去查看账户消费，等到他们发现的时候——锵锵锵锵！

我有没有和你说过，你的妹妹是个厉害的寻水师？

我得走了，我听到博物馆的电脑已经启动了空气处理装置。

"探路者号"登陆遗址。夏季，2202年3月8日，清晨

亲爱的哥哥，好吧，他们说的没错。"索杰纳"号不在这里。

我走遍了这片遗址，并且一直在运用我的寻水第六感。我的计划是这样的：如果"索杰纳"号的电池还有一丝电量，我就能感知到它的位置，就像在我们家周围感知土壤中水的存在一样。

但是我什么也感觉不到，什么也没有。

小火星车啊，你到底去哪儿了？

我累了。今天是新的1周的开始，来自火星各地的游客、甚至是来自地球的富豪都将蜂拥而至。如果光天化日之下，我在这里继续等下去，迟早会被人发现的。

或许我可以混进游客堆里，祈祷那两个传教的不会每天都来这里。我估计可能得等到夜晚再返回博物馆。也许就在今天了。

萨根纪念博物馆。夏季，2202年3月8日

亲爱的赛库，现在已经是夜晚了，我在爱德莉亚长老和沃尔特神父这儿惹上大麻烦了。这还不是最惨的。

今天写完上一篇日记后，我准备假装游客四处闲逛。如果爱德莉亚长老或者沃尔特神父出现，那我就躲到岩石后面，或者走远一点。我的防护服可以在太阳下自行充电，防护服上有很多灰尘，但还没有出现泄漏，我可以撑到闭园时间。食物和水倒是更严重的问题，我的防护服在液体循环方面表现上佳，但我越来越饿了，虽然我的胃里依然翻江倒海。

我一直在尝试感知脚下的动静，你懂的，就是"索杰纳"号电池的微弱震动。但我能感觉的只有一片空荡。

我知道坐下来是个很愚蠢的主意，这个动作能把你的防护服扯破，隔热层会受到挤压，你的体热会流失。但我不休息不行了。我闭了几分钟眼睛，当我睁开眼睛的时候，我看到了——"索杰纳"号！

不，我看到了两台"索杰纳"号，不，3台，5台，天呐，足有一大堆。

然而它们的大小都不对。这些都是微缩模型，小到我用两只手就可以捧起来。而且那些太阳能板也和"索杰纳"号不一样。

这些都是非常现代的高效能太阳能板，就像我和妈妈在北极星城商业节上看到的那种，妈妈还说这种太阳能板我们买不起。

我颤颤巍巍地站起来，然后追上了其中一台。它用它的 α 粒子 X 射线光谱仪对准我，然后往后一退，好像吓了一跳。我一把抓住它，翻来覆去仔细看了个遍。

它的外壳上刻有一个名字和一串数字：汉姆·慕尼克斯·赫兹伯格，2190—2196。

我把它放走，然后又追上另外一台。这一台也连连后退，要是它是只鬣蜥的话，肯定就冲着我嘶嘶发威了。但这台机器跟刚才那台差不多，只不过这一台上面刻着的是"安娜·李·马克汉姆，2179—2184"。

我很可能要把遗址里面的所有微型"索杰纳"号都看个遍，这里大概有30台；但就在这时，一只手重重地搭在了我的肩上。

我转身一看，差点没把手中的迷你火星车给吓掉了。两个熟悉的声音传入了我的无线电通信器。一个声音说："你在这里干什么？"另一个声音说："可怜的孩子，你看他都迷糊了。"

他们一起叽里咕噜说个不停，我根本听不清他们到底在讲什么。

"你为什么要逃跑？"爱德莉亚长老厉声质问。

"先别怪他了，"沃尔特神父说，"你没看见他都已经神志不清了吗？可能是因为脱水，冻得半死，更别说这太阳，把他给晒晕了头。"

"是啊，还有他昨晚偷喝的你那好几升酒。沃尔特，在你把他变成酒鬼之前，我们一定要把他交给修女长。"

沃尔特神父开始用手帮我抹去防护服上的灰尘，好像这有什么用似的："小伙子，告诉我们你是从哪儿来的。"

我不是什么小伙子，也不想透露任何秘密，更不想承认我会说话。我只是摇摇头，穿着防护服摇头可不是件容易的事情。

"跟我们走，"爱德莉亚长老说，她紧紧拽住我的手，"你不能把那东西带进来，它在找它的大姐姐。"

我是有多蠢？他们肯定还在寻找"索杰纳"号火星车，而这些迷你火星车就是他们的工具。这些小玩意儿肯定很招游客们喜欢。

我有很多的问题想问，但保险起见，我还是继续装哑巴比较好。

一回到博物馆里面，他们就把我拉回了办公室。爱德莉亚长老摘下我的面罩，使劲把我的防护服剥下来，我都担心会给扯坏了。然后她摘下自己的面罩，对我说："好了！没有这身衣服，我看你还再怎么逃跑！"没等我反应过来，她和沃尔特神父已经昂首走出了房间，砰地把门一关，上了锁。

我已经在这儿关了一整天了。我试着侵入他们的网络查找资料，试了好一会儿，总算成功了。但我只发现他们在用这些迷你火星车寻找化石和真正的"索杰纳"号——这我早就猜到了。

沃尔特神父回来了两次，他给我带了三明治和一杯超级K。我越来越喜欢这种饮料了。

红茶菌，他好像是这么说的，他们从地球上带来这种"菌类"酒曲叫作红茶菌。

现在我觉得挺舒服的，但我很想睡。

萨根纪念博物馆。夏季，2202年3月9日

亲爱的赛库，我明白了一件事：喝超级K很容易让你放屁。有人告诉过我，放屁在地球上不是什么大不了的事情，因为那里的大气压很高。但我们的室内气压大概相当于地球表面以上4千米高空的气压。所以在这里放屁，很容易引发爆炸。

我是被肚子疼醒的，起初我以为是白血病要来收我的命了，然后我听到我的肚子咕噜直响。我打了个嗝，放了个屁，脑子里不禁想到了发酵。总之——目前我一切安好。

我还是再调查一遍他们的私人资料吧。爱德莉亚长老的门锁和电脑好像都是用的同一个密钥。

萨根纪念博物馆。夏季，2202年3月9日

再见了赛库。

我曾经相信你的存在。

我曾经相信他们对我说的话，说他们送你去了地球。

我对那些微型"索杰纳"号很好奇，比如它们究竟找到了什么，它们为什么找不到真正的"索杰纳"号。所以我就傻傻地开始浏览这些文件。

这家公司名叫人格保存软件公司，这些火星车叫作永久记忆重建火星车。

你知道什么叫委婉的表述方式吗？

我觉得，他们说送我去地球，实际上是想把我的人格下载到一台迷你火星车上。

我没在那40台微型"索杰纳"号当中找到你。你是在一台洛奇13号上，现在正在南极漫游，数着冰层和土层，给极地地壳鉴定年份。

但那并不是你，不可能是你。就连轨道人工智能科学家也还没有真正实现重塑心灵和人格的技术。他们只是使用了你的

声音和你的一些人格特征。比如，我发现，你下结论很草率，还有你喜欢吃辣莓酱罗非鱼。

所以那台刻着你的名字的洛奇13号——哦，饶了我吧！

你，我的哥哥，我真正的哥哥，早在2197年就已经死了。就在回地球的路上。你是独自一人回去的，和我的情况不一样，妈妈并没有主动提出要和你一起走。

而现在，我也快要死了，孤独地死去。

有人来了。

萨根纪念博物馆。夏季，2202年3月9日，深夜

但我还是会继续记录。对别人来说，我的想法也许一文不值，但至少对我很重要。

当然，他们还是找到我了，我是说爸爸妈妈。沙尘暴要来了，所以信号很差，但他们还是在电话里责骂我，还说要来接我回去。妈妈都要气炸了，因为他们不得不搁置实验中的窗台植物，而且所有的作物可能都会死，他们还得请沃森农庄的人来帮忙喂鱼。如果后天之前他们无法在横扫全火星的沙尘暴期间抵达（所有的空中交通都停飞了，大部分的火星车也都停运了），我就将错过去地球的最佳时期。另外，两张超棒的飞往希腊太空港的昂贵机票也被我浪费了。爸爸一句话也没说，只是不停地摇头。

我真的觉得好惨。

"为什么?"妈妈问。

我一句话也没说。

爱德莉亚长老之前一直在房间里躲躲闪闪的,现在终于她忍不住插了一句:"这可怜的孩子是个哑巴,你要她怎么——"

"她不是哑巴!"妈妈咆哮道。

终于,爸爸也开口了:"女儿,你到底是在跟这两位可怜的人瞎扯什么?你先是告诉他们你是那个去了地球的哥哥,然后又假装你不会说话。"

太过分了,我感觉胸口一阵起伏,喉咙也打了结:"他根本没去地球!别骗人了!"

爸爸直勾勾地看着摄像头,看着我,无比悲伤。"卡佩拉,相信我,他是真的去了地球。"

好一会儿,所有人都不说话了,然后画面开始断断续续。全球性沙尘暴来了。爱德莉亚长老悄悄坐回了椅子上,假装对桌上的一个纽扣电脑产生了兴趣。

"卡佩拉,我们来接你,我和爸爸一起来。我知道你爱爸爸胜过爱我,所以他会来给我们送行。我们会把你的东西带去萨根城,然后从那里直接去希腊太空港。"

我站起身来,用拳头砸向屏幕:"我不去地球!这是我自己的生活!"

妈妈的表情特别严肃:"卡佩拉,你在北极星公司眼中,以及根据泛火星法律,都还是个未成年人,我和你爸爸已经讨论决定了怎么做对你最好,你一定要去地球接受治疗。你可以住在地球轨道,也可以等治疗结束后去北美洲生活。"

"我要留在火星!火星才是我的家!"

"如果你注定要留在火星,你根本就不会生病,卡佩拉。"

之前爸爸已经从摄像头旁边走开了,也许是为了避免情绪激动。但现在他又回来了。"信号越来越差了。打起精神来。"

妈妈沉着又冷酷:"我们马上来接你,大平原都市的火箭飞机航站楼一恢复运营,我们就过来。"

屏幕一闪,他们关闭了通话。

沃尔特神父走过来把我抱住,我努力克制不要哭出来。爱德莉亚长老只是吸吸鼻子,说:"好了,我们不能带她回修道院了。今晚我留在这里陪她过夜,希望他们能搭上明早的火箭飞机。"

"不,不用了,"我说,"我一个人就行。"

她冷冷一笑:"你这小丫头,之前把我们都给骗了,现在我们可得好好看着你。"

"还是让我留下来陪她吧,"神父说。这我倒可以接受,因为我更喜欢他。"启动生命循环系统,让她在办公室里打盹儿。"

"这可是得花钱的,神父。不过——唉,行吧。"她下了几道语音指令,然后我听见空气处理机开始加速运转。

爱德莉亚长老也留下来了,我还以为她会通宵留在这儿,瞪眼看着我呢。但到了十二点半的时候,她就开始打呵欠了。屋外沙尘肆虐,你能透过天窗看到外面的风沙,因为屋顶上装了灯。好漂亮。即便是在生气的时候,火星也很漂亮。

"好吧,你留下来,我回去再和修女长谈谈。"

"求求你,"我说,"能不能把拇指灯留给我?"

她一脸怀疑地看着我,"为什么?这里又不会断电,我们的后备电源够用好几天。"

"如果沃尔特神父把灯关了,夜里醒来我会害怕。"

她把拇指灯扔在桌上,然后走了。

我爬进了他们在办公室角落挂好的吊床。"我能再喝点超级K吗?"我礼貌地问。

神父正不自在地在椅子里躺着,他的眼睛从浓密的眉毛下看着我:"没问题,我和你一起喝点。"

于是我们喝了起来。

"求求你,能不能再给我一杯。"我已经感觉有点上头,但我应该还能再喝一点儿。

这回他可远没有那么大方了,但他自己又喝了一杯。过了一会儿,他要去上厕所。我环顾办公室,很快便看到了那个衣柜,我的防护服就被他们丢在那里面。

神父的杯子已经快见底了,但我的几乎还是满的,于是我把两个杯子对调了一下。

他一回来便拿起杯子一饮而尽。

"能再喝一杯吗?"我求他,虽然我都快喝得两眼昏花了。

他看着我:"没想到你小小年纪,居然这么能喝。"于是他又给我倒了一指深,然后给自己倒了更多。

现在,他已经点着头打起了瞌睡。

萨根纪念博物馆。夏季,2202年3月10日,清晨

我出来了。

萨根纪念博物馆。夏季,2202年3月10日,下午

他们还是找到我了。

不过,他们找到我的时候,我已经不在室外了。防护服上的尘土越积越多,我也觉得越来越冷,而且防护服的电池也快耗尽了,所以——

他们找到我时,我正蜷缩在他们存放那些微型"索杰纳"号的小门廊里。

"哦,诸星在上,"妈妈说,"你看上去就像带着一窝机器小鸡的老母鸡。"

爸爸只是走过来想抱我起来,但我努力反抗。就算他是我

爸爸，我也觉得害臊。但他还是把我抱进了博物馆的公用室。

我们身后跟着一大群人。沃尔特神父和爱德莉亚长老穿着一身卡其布连身教士服，旁边还有一个老太太，穿着深红色的连身衣，头上盖着黑色的头巾，同行的还有另外几个穿着教士服的人。

爸爸妈妈看上去真是又脏又累，我打开面罩，说："你们骗我，赛库早就死了。"

妈妈说："我们不想让你对未来感到悲观，你的几个哥哥——"

"几个哥哥？"我惊呼，"你是说不止赛库一个？"

"卡佩拉，亲爱的……"妈妈哀怨地说，我真的很讨厌她用这个腔调说话。

"其实，你一共有3个哥哥，"她开始用她那通情达理的腔调道，"你以为我们瞒着你容易吗？你以为我们这么做是出于自私吗？我是说，我把所有的全息照片都给删了，从我们的网络里清除得一干二净。仅存的几张前两个孩子的照片，还是保存在你在新泽西的祖母家的电脑上。我们只留着你和赛库的合影。我实在不忍心把这张也删掉。"

她发出哽咽的声音，然后不作声了。

过了一会儿，爸爸说："你妈妈和我不希望你老想着不好的事情，不想让你担心悲剧会发生在你身上。"

"可它就是发生了!"

"还没有,"妈妈冷冷地说,"我们已经有办法把你送去地球轨道医院了,那是太阳系最好的医院。"

"可我回不来了!"

"这是我们必须做出的小小牺牲。把你的东西收拾好。唉,看看这身防护服!我永远都别想清理干净了。"

"我不去地球,"我说,"我还有其他计划。"她这般残忍,真是让我大开眼界。

爸爸说:"卡佩拉,你在笑什么?"

"这件防护服的电量还够不够我出门?我们需要铲子。"

妈妈只能向其中一位修女借了一件防护服。她和爸爸跟着我,一同跟上来的还有博物馆里的全体神职人员。

风暴依然在肆虐,但现在有了点阳光,何况我们也不需要太长时间。我只希望风沙没有掩埋被我放在地上做标记的迷你火星车。

我差点就和它擦肩而过,当然了,它还在原地,一动不动,因为我放了一堆的沙子在它的太阳能板上。

"你们要在这里挖。"我说。

起初他们还不相信,我自己也很担心,万一猜错了怎么办?

但它肯定在这里,我能感觉得到,就在我脚下。

正如大家如今所知，阿瑞斯谷确实是由古代的一场超级洪水侵蚀形成。但是过去的地球人认为阿瑞斯谷是火山喷发点的想法也是对的。这里有条熔岩管，只有一条，就在登陆遗址下面。

我知道"索杰纳"号不可能走得太远。那它能去哪儿呢？又没被外星人抢了，又没被变种蜥蜴吃了。

那就肯定是在地下。

爸爸妈妈都理解错了我的探测能力。我并不能察觉电场或者磁场，我只是有超常敏锐的听力，或者我听到的根本不是声音，而是震动。我在室外都能听见穿着防护服的人说话的声音。所以很显然，当我走路的时候，我也能通过感受到的震动察觉到靴子底下的土壤密度。

我感觉到在登陆遗址的这个位置的下方是一个空洞。就在此处。

他们还在挖，爱德莉亚长老坚称我疯了，但是沃尔特神父说服了修女长，允许他们继续挖。爸爸和妈妈也在帮忙。

妈妈说我看上去脸色很不好，她叫我回博物馆。所以我就回来了，一边啜着超级K，一边偷看外面的进展。

中间他们回来了一趟，说要去市里面拿丁字镐。天色越来越暗，我希望他们能在夜幕降临之前取得突破。

萨根纪念博物馆。夏季，2202年3月10日，夜晚。

我说中了。

我说中了！

我怎么可能说错！

当时天都快黑了，我也点着头打起了瞌睡。突然我有一种感觉，我最好还是出去。就是种说不清楚的感觉。我好像听到了不一样的挖掘节奏，当然这是不可能的，我怎么可能听得到火星户外传来的声音？

我连忙穿上那件满是灰尘的防护服，祈祷衣服不会因为那些砂砾而裂开。谢天谢地，防护服已经在太阳下充好电了。我悄悄开锁出门，跑到了挖掘现场，我看到七八个穿着防护服的人正朝着空中扬起沙土。沙尘暴已经停了，春季的沙尘暴从来不会像夏季那么严重。

我推开他们挤进去，正好听见有人说："喂，这是什么？"

那是一根又长又直的杆子。

小火星车可真厉害：它依然保持正面朝上。那根笔直的长杆是它的天线。

爱德莉亚长老说："我的天呐，我们最好打电话叫专家小组来挖掘，千万别把整个遗址和这个文物破坏了。"

沃尔特说："遗址已经挖得乱七八糟了。可是，嗨，不挖还真找不到它,对吧?"

他们现在只能看到天线,但是有什么东西,让我感觉我看到的是完整的火星车,它并没有被时间与风沙侵蚀,而是像它驶下登陆飞船、第一次接触火星岩石时一样,完整如新。这是火星上的第一个自主式物体。

我知道"索杰纳"号火星车不属于我。它属于博物馆,属于所有的火星人。但是这是我的故事,我可以写一本书。嘿,赛库哥哥,不管你现在在哪儿,其实这本书我早就开始写了,对不对?

现在我要停止记录了。一些记者要来采访我。沃尔特说,在我签订合约之前不要和任何人说话。

他话刚说完,ICNN的家伙就把电话打进了他的办公室,开了个价。

我尽量表现出一副满不在乎的样子,但他们开的价足够我们全家往返地球,剩下的钱还可以支付我在地球轨道医院的费用。

不过,沃尔特神父还是建议我先找个律师或者经纪人之类懂行的人。

妈妈告诉记者我现在太累了,他们必须尊重我的隐私,明早他们可以带着正规报价上门,到时候我们再谈。

我听到她这么说的时候都惊呆了——尊重我的隐私,于是我给了她一个大大的拥抱。现在我觉得她其实是个不错的妈妈。

北极星公司也派来了一位代表。他们听说了很多有关我的事情,并且想要买下我的合约。我将会在格拉尼卡斯谷的火星科研学院接受教育,毕业之后还将会拥有我自己的田产,配备3处相互连接的生物群落区,以及牲口、植物,还给我安排工作。

不过我还是得好好考虑一下。

独立自主真是件好事。

玛丽·A.特奇洛,美国大学英语教授,同时也是一位颇有成就的科幻小说作家、诗人、评论家。其作品《傲慢》获得2007年雨果奖最佳短篇提名。

本篇获2000年星云奖最佳短中篇小说奖。

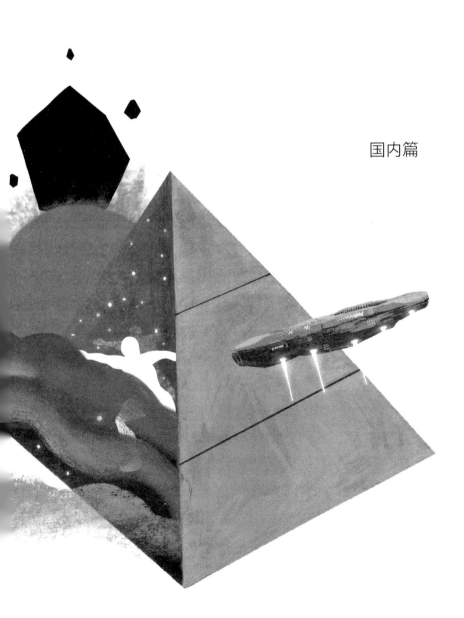

国内篇

思想者

刘慈欣 / 著

1. 太阳

他仍记得34年前第一次看到思云山天文台时的感觉,当救护车翻过一道山梁后,思云山的主峰在远方出现,观象台的球形屋顶反射着夕阳的金光,像镶在主峰上的几粒珍珠。

那时他刚从医学院毕业,是一名脑外科见习医生,作为主治医生的助手,到天文台来抢救一位不能搬运的重伤员,那是一名到这里做访问研究的英国学者,散步时不慎跌下山崖摔伤了脑部。到达天文台后,他们为伤员做了颅骨穿刺,吸出了部分淤血,降低了脑压,当病人状况改善到能搬运的状态后,便用救护车送他到省城医院做进一步的手术。

离开天文台时已是深夜，在其他人向救护车上搬运病人时，他好奇地打量着周围那几座球顶的观象台，它们的位置组合似乎有某种隐晦的含义，如同月光下的巨石阵。在一种他在以后的生命中都百思不得其解的神秘力量的驱使下，他走向最近的一座观象台，推门走了进去。

　　里面没有开灯，但有无数小信号灯在亮着，他感觉是从有月亮的星空走进了没有月亮的星空。只有细细的一缕月光从球顶的一道缝隙透下来，投在高大的天文望远镜上，用银色的线条不完整地勾画出它的轮廓，使它看上去像深夜的城市广场中央一件抽象的现代艺术品。

　　他轻步走到望远镜的底部，在微弱的光亮中看到了一大堆装置，其复杂程度超出了他的想象，正在他寻找着可以把眼睛凑上去的镜头时，从门那边传来一个轻柔的女声："这是太阳望远镜，没有目镜的。"

　　一个穿着白色工作服的苗条身影走进门来，很轻盈，仿佛从月光中飘来的一片羽毛。这女孩子走到他面前，他感到了她带来的一股轻风。

　　"传统的太阳望远镜，是把影像投在一块幕板上，现在大多是在显示器上看了……医生，您好像对这里很感兴趣。"

　　他点点头："天文台是一个超脱和空灵的地方，我挺喜欢这种感觉的。"

　　"那您干吗要从事医学呢？哦，我这么问很不礼貌的。"

"医学并不仅仅是琐碎的技术,有时它也很空灵,比如我所学的脑医学。"

"哦?您用手术刀打开大脑,能看到思想?"她说。他在微弱的光线中看到了她的笑容,想起了那从未见过的投射到幕板上的太阳,消去了逼人的光焰,只留下温柔的灿烂,不由心动了一下。他也笑了笑,并希望她能看到自己的笑容。

"我,尽量看吧。不过你想想,那用一只手就能托起的蘑菇状的东西,竟然是一个丰富多彩的宇宙,从某种哲学观点看,这个宇宙比你所观察的宇宙更为宏大,因为你的宇宙虽然有几百亿光年大,但好像已被证明是有限的;而我的宇宙无限,因为思想无限。"

"呵,不是每个人的思想都是无限的,但医生,您可真像是有无限想象的人。至于天文学,它真没有您想象的那么空灵,在几千年前的尼罗河畔和几百年前的远航船上,它曾是一门很实用的技术,那时的天文学家,往往长年累月在星图上标注成千上万颗恒星的位置,把一生消耗在星星的'人口普查'中。就是现在,天文学的具体研究工作大多也是枯燥乏味、没有诗意的,比如我从事的项目,我研究恒星的闪烁,没完没了地观测记录再现测再记录,很不超脱,也不空灵。"

他惊奇地扬起眉毛:"恒星在闪烁吗?像我们看到的那样?"看到她笑而不语,他自嘲地笑着摇摇头,"哦,我当然知道那是大气折射。"

她点点头:"不过呢,作为一个视觉比喻这还真形象,去掉基础恒量,只显示输出能量波动的差值,闪烁中的恒星看起来还真是那个样子。"

"是由于黑子、斑耀什么的引起的吗?"

她收起笑容,庄严地摇摇头:"不,这是恒星总体能量输出的波动。其动因要深刻得多,如同一盏电灯,它的光度变化不是由于周围的飞蛾,而是由于电压的波动。当然恒星的闪烁波动是很微小的,只有十分精密的观测仪器才能觉察出来,要不我们早被太阳的闪烁烤焦了。研究这种闪烁,是了解恒星的深层结构的一种手段。"

"你已经发现了什么?"

"还远不到发现什么的时候,到目前为止我们还只观测了一颗最容易观测的恒星——太阳的闪烁,这种观测可能要持续数年,同时把观测目标由近至远,逐步扩展到其他恒星……知道吗,我们可能得花十几年的时间在宇宙中采集标本,然后才谈得上归纳和发现。这是我博士论文的题目,但我想我会一直把它做下去的,用一生也说不定。"

"如此看来,你并不真觉得天文学枯燥。"

"我觉得自己在从事一项很美的事业,走进恒星世界,就像进入一个无限广阔的花园,这里的每一朵花都与众不同……您肯定觉得这个比喻有些奇怪,但我确实有这种感觉。"

她说着,似乎是无意识地向墙上指了指。向那个方向看去,他看到墙上挂着一幅画，很抽象，画面只是一条连续起伏的粗线。注意到他在看什么时，她转身走过去从墙上取下那幅画递给他，他发现那条起伏的粗线是用思云山上的雨花石镶嵌而成的。

"很好看，但这表现的是什么呢？一排邻接的山峰吗？"

"最近我们观测到太阳的一次闪烁，其剧烈的程度和波动方式在近年来的观测中都十分罕见，这幅画就是它那次闪烁时辐射能量波动的曲线。呵，我散步时喜欢收集山上的雨花石，所以……"

但此时吸引他的是另一条曲线，那是信号灯的弱光在她身躯的一侧勾出的一道光边，而她的其余部分都与周围的暗影融为一体。如同一位卓越的国画大师在一张完全空白的宣纸上信手勾出的一条飘逸的墨线，仅由于这条柔美曲线的灵气，宣纸上所有的一尘不染的空白立刻充满了生机和内涵……在山外他生活的那座大都市里，每时每刻都有上百万个青春靓丽的女孩子在追逐着浮华和虚荣，像一大群做布朗运动的分子，没有给思想留出哪怕一瞬间的宁静。但谁能想到，在这远离尘嚣的思云山上，却有一个文静的女孩子在长久地凝视星空……

"你能从宇宙中感受到这样的美，真是难得，也很幸运。"他觉察到了自己的失态，收回目光，把画递还给她，但她轻轻地推了回来。

"送给您做个纪念吧，医生，威尔逊教授是我的导师，谢谢你们救了他。"

10分钟后,救护车在月光中驶离了天文台。后来,他渐渐意识到自己的什么东西留在了思云山上。

2. 时光之一

直到结婚时,他才彻底放弃了与时光抗衡的努力。这一天,他把自己单身宿舍的东西都搬到了新婚公寓,除了几件不适于两人共享的东西。他把这些东西拿到医院的办公室去,漫不经心地翻看着,其中有那幅雨花石镶嵌画,看着那条多彩的曲线,他突然想到,思云山之行已经是10年前的事了。

3. 人马座 α 星

这是医院里年轻人组织的一次春游,他很珍惜这次机会,因为以后这类事越来越不可能请他参加了。这次旅行的组织者故弄玄虚,在路上一直把所有车窗的帘子紧紧拉上,到达目的地下车后让大家猜这是哪儿,第一个猜中者会有一份不错的奖励。他一下车立刻知道了答案,但沉默不语。

思云山的主峰就在前面,峰顶上那几个珍珠似的球型屋顶在阳光下闪亮。

当有人猜对这个地方后,他对领队说要到天文台去看望一个熟人,然后径自沿着那条通向山顶的盘山公路徒步走去。

他没有说谎，但心里也清楚那个连姓名都不知道的她并不是天文台的工作人员，10年过去了，她不太可能还在这里。其实他压根就没想走进去，只是想远远地看看那个地方，10年前在那里，他那阳光灿烂、燥热异常的心灵泻进了第一缕月光。

1小时后，他登上了山顶，在天文台的油漆已斑驳褪色的白色栅栏旁，他默默地看着那些观象台，这里变化不大，他很快便认出了那座曾经进去过的圆顶建筑。他在草地上的一块方石上坐下，点燃一支烟，出神地看着那扇已被岁月留下痕迹的铁门，脑海中一遍遍重放着那珍藏在他记忆深处的画面：那铁门半开着，一缕如水的月光中，飘进了一片轻盈的羽毛……他完全沉浸在那逝去的梦中，以至于现实的奇迹出现时并不吃惊：那个观象台的铁门真的开了，那片曾在月光中出现的羽毛飘进阳光里，她那轻盈的身影匆匆而去，进入了相邻的另一座观象台。这过程只有十几秒钟，但他坚信自己没有看错。

5分钟后，他和她重逢了。

他第一次在充足的光线下看到她，她与自己想象的完全一样，对此他并不惊奇，但转念一想已经10年了，那时在月光和信号灯弱光中隐现的她与现在应该不太一样，这让他很困惑。

她见到他时很惊喜，但除了惊喜似乎没有更多的东西。"医生，您知道我是在各个天文台巡回搞观测项目的，1年只能有半个月在这里，又遇上了您，看来我们真有缘分！"她轻易地说出了最后那句话，更证实了他的感觉：她对他并没有更多的东西，不过，想到10年过去了她还能认出自己，他还是感到一丝安慰。

他们谈了几句那个脑部受伤的英国学者后来的情况，然后他问："你还在研究恒星闪烁吗？"

"是的。对太阳闪烁的观测进行了两年，然后我们转向其他恒星，您容易理解，这时所需的观测手段与对太阳的观测完全不同。项目没有新的资金，中断了好几年，我们3年前才重新恢复了这个项目，现在正在观测的恒星有25颗，数量和范围还在扩大。"

"那你一定又创作了不少雨花石画。"

他这10年中从记忆深处无数次浮现的那月光中的笑容，这时在阳光下出现了："啊，您还记得那个！是的，我每次来思云山还是喜欢收集雨花石，您来看吧！"

她带他走进了10年前他们相遇的那座观象台，他迎面看到一架高大的望远镜，不知道是不是10年前的那架太阳望远镜，但周围的电脑设备都很新，肯定不是那时留下来的。她带他来到一面高大的弧形墙前，墙上是他熟悉的东西，大小不一的雨花石镶嵌画。每幅画都只是一条波动曲线，长短不一，有的平缓如海波，有的陡峭如一排高低错落的塔松。

她挨个告诉他这些波形都来自哪些恒星："这些我们称为恒

星的 A 类闪烁，与其他闪烁相比它们出现的次数较少。A 类闪烁与恒星频繁出现的其他闪烁的区别，除了其能量波动的剧烈程度大几个数量级外，其闪烁的波形在数学上也更具美感。"

他困惑地摇摇头："你们这些基础理论科学家们时常在谈论数学上的美感，这种感觉好像是你们的专利，比如你们认为很美的麦克斯韦方程，我曾经看懂了它，但看不出美在哪儿……"

像 10 年前一样，她突然又变得严肃了："这种美像水晶，很硬，很纯，很透明。"

他突然注意到了那些画中的一幅，说："哦，你又重做了 1 幅？"看到她不解的神态，他又说，"就是你 10 年前送给我的那幅太阳闪烁的波形图呀。"

"可……这是人马座 α 星的一次 A 类闪烁的波形，是在……嗯，去年 10 月观测到的。"

他相信她表现出的迷惑是真诚的，但他更相信自己的判断，这个波形他太熟悉了，不仅如此，他甚至能够按顺序回忆出组成那条曲线的每一粒雨花石的色彩和形状。他不想让她知道，在过去 10 年里，除去他结婚的最后 1 年，他一直把这幅画挂在单身宿舍的墙上，每个月总有那么几天，熄灯后窗外透进的月光足以使躺在床上的他看清那幅画，这时他就开始默数那组成曲线的雨花石，让自己的目光像甲虫一样沿着曲线爬行，一般来说，当爬完一趟又返回一半路程时他就睡着了，在梦中继续沿着那条来自太阳的曲线漫步,像踏着块块彩石过一条见不到彼岸的河……

"你能够查到10年前的那条太阳闪烁曲线吗?日期是那年的4月23日。"

"当然能。"她用很特别的目光看了他一眼,显然对他如此清晰地记得那个日期有些吃惊。她来到电脑前,很快调出了那列太阳闪烁波形,然后又调出了墙上的那幅画上的人马座α星闪烁波形。她立刻呆住了。

两列波形完美地重叠在一起。

当沉默延长到无法忍受时,他试探着说:"也许,这两颗恒星的结构相同,所以闪烁的波形也相同,你说过,A类闪烁是恒星深层结构的反映。"

"它们虽同处主星序,光谱型也同为G2,但结构并不完全相同。关键在于,就是结构相同的两颗恒星也不会出现这样的情况,都是榕树,您见过长得完全相同的两棵吗?如此复杂的波形竟然完全重叠,这就相当于有两棵连最末端的枝丫都一模一样的大榕树。"

"也许,真有两棵一模一样的大榕树。"他安慰说,知道自己的话毫无意义。

她轻轻地摇摇头,突然又想到了什么,猛地站起来,目光中除了刚才的震惊又多了恐惧。

"天哎!"她说。

"怎么了?"他关切地问。

"您……想过时间吗?"

他是个思维敏捷的人,很快捕捉到了她的想法:"据我所知,人马座α星是距我们最近的恒星,这距离好像是……4光年吧。"

"1.3秒差距,就是4.25光年。"她仍被震惊攥住,这话仿佛是别人通过她的嘴说出的。

现在事情清楚了:两个相同的闪烁出现的时间相距8年零6个月,正好是光在两颗恒星间往返一趟所需的时间。当太阳的闪烁光线在4.25年后传到人马座α星时,后者发生了相同的闪烁,又过了同样长的时间,人马座α星的闪烁光线传回来,被观测到。

她又在计算机上进行了一阵演算,自语道:"把这些年来两颗恒星的相互退行考虑进去,结果仍能精确地对上。"

"让你如此不安我很抱歉,不过这毕竟是一件无法进一步证实的事,不必太为此烦恼吧。"他又想安慰她。

"无法进一步证实吗?也不一定:太阳那次闪烁的光线仍在太空中传播,也许会再次导致另一颗恒星产生相同的闪烁。"

"比人马座星再远些的下一颗恒星是……巴纳德星,1.81秒差距,但它太暗,无法进行闪烁观测;再下一颗,佛耳夫359,2.35秒差距,同样太暗,不能观测;再远一点,莱兰21185,2.52秒差距,还是太暗……只有天狼星了。"

"那好像是我们能看到的最亮的恒星了,有多远?"

"2.65秒差距,也就是8.6光年。"

"现在太阳那次闪烁的光线在太空中已行走了10年,也许已经到了天狼星那里,它已经闪烁过了。"

"但它闪烁的光线还要再等7年多才能到达这里。"

她突然像从梦中醒来一样,摇着头笑了笑:"呵,天啊,我这是怎么了?太可笑了!"

"你是说,作为一名天文学家,有这样的想法很可笑?"

她很认真地看着他:"难道不是吗?作为脑外科医生,如果您同别人讨论思想是来自大脑还是心脏,您有什么感觉?"

他无话可说了,看到她在看表,他便起身告辞,她没有挽留他,但沿下山的公路送了他很远。他克制了朝她要电话号码的冲动,因为他知道,自己在她眼中不过是一个10年后又偶然重逢的陌路人而已。

告别后,她返身向天文台走去,山风吹拂着她那白色的工作衣,突然唤起他10年前那次告别的感觉,阳光仿佛变成了月光,那片轻盈的羽毛正离他远去……像一个落水者想极力抓住一根稻草,他决意要维持他们之间那蛛丝般的联系,几乎是本能地,他冲她的背影喊道:"如果,7年后你看到天狼星真的那样闪烁了……"她停下脚步转过身来,微笑着回答他:"那我们就还在这里见面!"

4.时光之二

婚姻使他进入了一种完全不同的生活,但真正彻底改变生活的是孩子,自从孩子出生后,生活的列车突然由慢车变成特快,越过一个又一个沿途车站,永不停息地向前赶路。旅途的枯燥使他麻木了,他闭上双眼不再看沿途那千篇一律的景色,在疲倦中睡去。但同许多在火车上睡觉的旅客一样,心灵深处的一个小小的时钟仍在走动,使他在到达目的地前的一分钟醒来。

这天深夜,妻儿都已睡熟,他却难以入睡,一种神秘的冲动使他披衣来到阳台上。他仰望着在城市的光雾中暗淡了许多的星空,在寻找着,找什么呢?好一会儿他才在心里回答自己:找天狼星。他不由打了一个寒战。

7年已经过去,现在,距他和她相约的那个日子只有两天了。

5.天狼星

昨天下了今年的第一场雪,路面很滑,最后一段路出租车不能走了,他只好再一次徒步攀登思云山的主峰。

路上,他不止一次地质疑自己的精神是否正常。事实上,她赴约的可能性为零,理由很简单:天狼星不可能像17年前的太阳那样闪烁。在这7年里,他涉猎了大量的天文学和天体物理学知识，7年前那个发现的可笑让他无地自容，她没有当场嘲笑，也让他感激万分。现在想想，她当时那种认真的样子，不过是一种得体的礼貌而已，7年间他曾无数次回味分别时她的那句诺言，越来越从中体会出一种调侃的意味……随着天文观测向太空轨道的转移，思云山天文台在4年前就不存在了，那里的建筑变成了度假别墅，在这个季节已空无一人，他到那儿去干什么？想到这里他停下了脚步，这7年的岁月显示出了它的力量，他再也不可能像当年那样轻松地登山了。他犹豫了一会儿，最终还是放弃了返回的念头，继续向前走。

在这人生过半之际，就让自己最后追一次梦吧。

所以，当他看到那个白色的身影时，真以为是幻觉。天文台旧址前的那个穿着白色风衣的身影与积雪的山地背景融为一体，最初很难分辨，但她看到他时就向这边跑过来，这使他远远看到了那片飞过雪地的羽毛。他只是呆立着，一直等她跑到面前，她喘息着一时说不出话来，他看到，除了长发变成短发，她没变太多，7年不是太长的时间，对于恒星的一生来说连弹指一挥间都算不上，而她是研究恒星的。

她看着他的眼睛说："医生，我本来不抱希望能见到您，我来只是为了履行一个诺言，或者说满足一个心愿。"

"我也是。"他点点头。

"我甚至，甚至差点错过了观测时间，但我没有真正忘记这件事，只是把它放到记忆中一个很深的地方，在几天前的一个深夜里，我突然想到了它……"

"我也是。"他又点点头。

他们沉默了，听到阵阵松涛声在山间回荡。

"天狼星真的那样闪烁了？"他终于问道，声音微微发颤。

她点点头："闪烁波形与17年前太阳那次和7年前人马座α星那次精确重叠，一模一样，闪烁发生的时间也很精确。这是孔子三号太空望远镜的观测结果，不会有错的。"

他们又陷入长时间的沉默，松涛声在起伏轰响，他觉得这声音已从群山间盘旋而上，充盈在天地之间，仿佛是宇宙间的某种力量在进行着低沉而神秘的合唱……他不由打了个寒战。她显然也有同样的感觉，打破沉默，似乎只是为了摆脱这种恐惧。

"但这种事情，这种已超出了所有现有理论的怪异，要想让科学界严肃地面对它，还需要更多的观测和证据。"

他说："我知道，下一个可观测的恒星是……"

"本来小犬座的南河二星可以观测，但5年前该星的亮度急剧减弱到可测值以下，可能是飘浮到它附近的一片星际尘埃所致，这样，下一次只能观测天鹰座的河鼓二星了。"

"它有多远？"

"5.1秒差距，16.6光年，17年前的太阳闪烁信号刚刚到达那颗恒星。"

"这就是说，还要再等将近17年？"

她缓缓地点点头："人生苦短啊！"

她最后这句话触动了他心灵深处的什么东西，他那被寒风吹得发干的双眼突然有些湿润："是啊，人生苦短。"

她说："但我们至少还有时间再这样相约一次。"

这话使他猛地抬起头来，呆呆地望着她，难道又要分别17年？！

"请您原谅，我现在心里很乱，我需要时间思考。"她拂开被风吹到额前的短发说，然后看透了他的心思，动人地笑了起来，"我给您我的电话和邮箱，如果您愿意的话，我们以后常联系。"

他长长地松了一口气，仿佛漂泊大洋上的航船终于看到了岸边的灯塔，心中充满了一种难言的幸福感，"那……我送你下山吧。"

她笑着摇摇头，指指后面的圆顶度假别墅："我要在这里住一阵儿，别担心，这里有电，还有一户很好的人家，是常驻山里的护林哨……我真的需要安静，很长时间的安静。"

他们很快分手，他沿着积雪的公路向山下走去，她站在思云山的顶峰上久久地目送着他，他们都准备好了这17年的等待。

6. 时光之三

在第三次从思云山返回后，他突然看到了生命的尽头，他和她的生命都再也没有多少个17年了，宇宙的广漠使光都慢得像蜗牛，生命更是灰尘般微不足道。

在这17年的头5年里他和她保持着联系，他们互通电子邮件，有时也打电话，但从未见过面，她居住在另一个很远的城市。以后，他们各自都走向人生的巅峰，他成为著名脑科专家和这个大医院的院长，她则成为国家科学院院士。他们要操心的事情多了起来，同时他明白，同一个已取得学术界最高地位的天文学家，过多地谈论那件把他们联系在一起的神话般的事件是不适宜的。于是他和她的联系渐渐少了，到17年过完一半时，这联系完全断了。

但他很坦然，他知道他们之间还有一个不可能中断的纽带，那就是在广漠的外太空中正在向地球日夜兼程的河鼓二的星光，他们都在默默地等待它的到达。

7. 河鼓二星

他和她在思云山主峰见面时正是深夜，双方都想早来些以免让对方等自己，所以都在凌晨3点多攀上山来。他们各自的飞行车都能轻而易举地到达山顶，但两人都不约而同地把车停在山脚，徒步走上山来，显然都想找回过去的感觉。

自从10年前被划为自然保护区后，思云山成了这世界上少有的越来越荒凉的地方，昔日的天文台和度假别墅已成为一片被藤蔓覆盖的废墟，他和她就在这星光下的废墟间相见。他最近还在电视上见过她，岁月在她身上留下了痕迹，但他觉得面前的她还是 34 年前那个月光中的少女，她的双眸映着星光，让他的心融化在往昔的感觉中。

她说："我们先不要谈河鼓二好吗？这几年我在主持一个研究项目，就是观测恒星间 A 类闪烁的传递。"

"呵，我一直以为你不敢触及这个发现，或干脆把它忘了呢。"

"怎么会呢？真实的存在就应该去正视，其实就是经典的相对论和量子力学描述的宇宙，其离奇和怪异已经不可思议了……这几年的观测发现，A 类闪烁的传递是恒星间的一种普遍现象，每时每刻都有无数颗恒星在发生初始的 A 类闪烁，周围的恒星再把这个闪烁传递开去，任何一颗恒星都可能成为初始闪烁的产生者或其他恒星闪烁的传递者，所以整个星际看起来很像是雨中泛起无数圈涟漪的池塘……怎么，你并不感到吃惊？"

"我只是感到不解：仅观测了 4 颗恒星的闪烁传递就用了三十多年，你们怎么可能……"

"你是个十分聪明的人，应该能想到一个办法。"

"我想……是不是这样：寻找一些相互之间相距很近的恒星来观测，比如两颗恒星 A 和 B，它们距地球都有 1 万光年，但它们之间相距仅 5 光年，这样你们就能用 5 年时间观察到它们一万年前的一次闪烁传递。"

"你真的是聪明人！银河系内有上千亿颗恒星，可以找到相当数量的这类恒星对。"

他笑了笑，并像34年前一样，希望她能在夜色中看到自己的笑："我给你带来了一件礼物。"他说着，打开背上山来的一个旅行包，拿出一个很奇怪的东西，足球大小，初看上去像是一团胡乱团起的渔网，对着天空时，透过它的孔隙可以看到断断续续的星光。他打开手电，她看到那东西是由无数米粒大小的小球组成的，每个小球都伸出数目不等的几根细得几乎看不见的细杆与其他小球相连，构成了一个极其复杂的网架系统。他关上手电，在黑暗中按了一下网架底座上的一个开关，网架中突然充满了快速移动的光点，令人眼花缭乱，她仿佛在看着一个装进了几万只萤火虫的空心玻璃球。再定睛细看，她发现光点最初都是由某一个小球发出，然后向周围的小球传递，每时每刻都有一定比例的小球在发出原始光点，或传递别的小球发出的光点，她形象地看到了自己的那个比喻：雨中的池塘。

"这是恒星闪烁传递模型吗？！啊，真美，难道……你已经预见到这一切？！"

"我确实猜测过恒星闪烁传递是宇宙间的一种普遍现象，当然是仅凭直觉。但这个东西不是恒星闪烁传递模型。我们院里有一个脑科学研究项目，用三维全息分子显微定位技术，研究大脑神经元之间的信号传递，这就是一小部分右脑皮层的神经元信号传递模型,当然只是很小、很少的部分。"

她着迷地盯着这个星光窜动的球体:"这就是意识吗?"

"是的,正如巨量的0和1的组合产生了计算机的运算能力一样。意识也只是由巨量的简单连接产生的,这些神经元间的简单连接聚集到一个巨大的数量,就产生了意识,换句话说,意识,就是超巨量的节点间的信号传递。"

他们默默地注视着这个星光灿烂的大脑模型,在他们周围的宇宙深渊中,飘浮着银河系的千亿颗恒星,和银河系外的千亿个恒星系,在这无数的恒星之间,无数的A类闪烁正在传递。

她轻声说:"天快亮了,我们等着看日出吧。"

于是他们靠着一堵断墙坐下来,看着放在前面的大脑模型,那闪闪的荧光有一种强烈的催眠作用,她渐渐睡着了。

8. 思想者

她逆着一条苍茫的灰色大河飞行,这是时光之河,她在飞向时间的源头。群星像寒冷的冰碛漂浮在太空中。她飞得很快,扑动一下双翅就越过上亿年时光。宇宙在缩小,群星在汇聚,背景辐射在剧增,百亿年过去了,群星的冰碛开始在能量之海中溶化,很快消散为自由的粒子,后来粒子也变为纯能。太空开始发光,最初是暗红色,她仿佛潜行在能量的血海之中;后来光芒急剧增强,由暗红变成橘黄,再变为刺目的纯蓝,她似乎在一个巨大的霓虹灯管中飞行，物质粒子已完全溶解于能量之海中。透过这炫目的空间，她看到宇宙的边界球面如巨掌般收拢，她悬浮在这已收缩到只有一间大厅般大小的宇宙中央，等待着奇点的来临。终于一切陷入漆黑，她知道已在奇点中了。

一阵寒意袭来，她发现自己站立在广阔的白色平原上，上面是无限广阔的黑色虚空。看看脚下，地面是纯白色的，覆盖着一层湿滑的透明胶液。她向前走，来到一条鲜红的河流边，河面覆盖着一层透明的膜，可以看到红色的河水在膜下涌动。她离开大地飞升而上，看到血河在不远处分了汊，还有许多条树枝状的血河，构成了一个复杂的河网。再上升，血河细化为白色大地上的血丝，而大地仍是一望无际。她向前飞去，前面出现了一片黑色的海洋，飞到海洋上空时她才发现这海不是黑的，呈黑色是因为它深而且完全透明，广阔海底的山脉历历在目，这些水晶状的山脉呈放射状由海洋的中心延伸到岸边……她拼命上升，不知过了多长时间才再次向下看，这时整个宇宙已一览无遗。

这宇宙是一只静静地看着她的巨大的眼睛。

……

她猛地醒来，额头湿湿的，不知是汗水还是露水。他没睡。一直在身边默默地看着她，他们前面的草地上，大脑模型已耗完了电池，穿行于其中的星光熄灭了。

在他们上方，星空依旧。

"'他'在想什么？"她突然问。

"现在吗？"

"在这34年里。"

"源于太阳的那次闪烁可能只是一次原始的神经元冲动，这种冲动每时每刻都在发生，大部分像蚊子在水塘中点起的小涟漪，转瞬即逝，只有传遍全宇宙的冲动才能成为一次完整的感受。"

"我们耗尽了一生时光，只看到'他'的一次甚至自己都感觉不到的瞬间冲动？"她迷茫地说，仿佛仍在梦中。

"耗尽整个人类文明的寿命，可能也看不到'他'的一次完整的感觉。"

"人生苦短啊！"

"是啊，人生苦短……"

"一个真正意义上的孤独者。"她突然没头没尾地说。

"什么？"他不解地看着她。

"呵，我是说'他'之外全是虚无，'他'就是一切，还在想，也许还做梦，梦见什么呢……"

"我们还是别试图做哲学家吧！"他一挥手像赶走什么似的说。

她突然想起了什么，从靠着的断墙上直起身说，"按照现代宇宙学的宇宙暴胀理论，在膨胀的宇宙中，从某一点发出的光线永远也不可能传遍宇宙。"

"这就是说，'他'永远也不可能有一次完整的感觉。"

她两眼平视着无限远方，沉默许久，突然问道："我们有吗？"

她的这个问题令他陷入对往昔的追忆，这时，思云山的丛林中传来了第一声鸟鸣，东方的天际出现了一线晨光。

"我有过。"他很自信地回答。是的，他有过，那是34年前，在这个山峰上的一个宁静的月夜，一个月光中羽般轻盈的身影，一双仰望星空的少女的眼睛……他的大脑中发生了一次闪烁，并很快传遍了他的整个心灵宇宙，在以后的岁月中，这闪烁一直没有消失。这个过程更加宏伟壮丽，大脑中所包含的那个宇宙，要比这个星光灿烂的已膨胀了150亿年的外部宇宙更为宏大，外部宇宙虽然广阔，毕竟已被被证明是有限的，而思想无限。

东方的天空越来越亮，群星开始隐没，思云山露出了剪影般的轮廓，在它高高的主峰上，在那被蔓藤覆盖的天文台废墟中，这两个年近六十的人期待地望着东方，等待着那个光辉灿烂的脑细胞升出地平线。

刘慈欣，科幻作家，高级工程师，中国作家协会会员、中国科普作家协会会员，山西省作家协会副主席。科幻作品蝉联

1999—2006年中国科幻小说银河奖,2015年,他的科幻小说《三体》第一部获得世界科幻小说最高奖项——雨果奖"最佳长篇小说奖"。

本篇获2003年第15届中国科幻银河奖。

宇宙墓碑

韩松/著

上 篇

我10岁那年，父亲认为我可以适应宇宙航行了。那次我们一家去了猎户座，乘的当然是星际旅游公司的班船。不料在返航途中，飞船出了故障，我们只得勉强飞到火星着陆，等待另一艘飞船来接大家回地球。

我们着陆的地点，靠近火星北极冠。记得当时大家都心情焦躁，船员便让乘客换上宇航服出外散步。降落点四周散布着许多旧时代人类遗址，船长说，那是宇宙大开发时代留下的。我很清楚地记得，我们在一段几公里长的金属墙前停留了很久，之后，墙后面出现了意想不到的场面。

现在我们知道那些东西就叫墓碑了。但当时我仅仅被它们森然的气势镇住，一时裹足不前。这是一片辽阔的平原，地面显然经过人工平整。大大小小的方碑犹如雨后春笋一般钻出地面，有着同样的黑色调子，焕发出寒意，与火红色的大地映衬，着实奇异非常。火星的天空掷出无数雨点般的星星，神秘得很。我的少年之心突然地悸动起来。

大人们却都变了脸色，不住地面面相觑。

我们在这个太阳系中数一数二的大坟场边缘只停留了片刻，便匆匆回到船舱。

大家露出严肃和不祥的表情，而且有一种后悔的神态，仿佛是看到了什么不该看的东西。

我不敢说话，但却无缘无故有些兴奋。

终于有一艘新的飞船来接我们了。它从火星上启动的一刹那，我悄声问父亲："那是什么？"

"什么？"他仍愣着。

"那面墙后面的呀！"

"他们……是死去的太空人。他们那个时代，宇宙航行比我们困难一些。"

我对死亡的概念，很早就有了感性认识，大约就始于此时。我无法理解大人们刹那间神态为什么会改变，为什么他们在火星坟场边一下子感情复杂起来。死亡给我的印象，是跟灿烂的旧时代遗址紧密相连的，它是火星瑰丽景色的一部分，对少年的我拥有绝对的魅力。

15年后，我带着女朋友去月球旅游。"那里有一个未开发的旅游区，你将会看到宇宙中最不可思议的事物！"我又比又画，心中却另有打算。事实上，背着阿羽，我早跑遍了太阳系中的大小坟场。我伫立着看那些墓碑，达到了痴迷的地步。它们静谧而荒凉的美跟寂寞的星球世界吻合得那么融洽，而墓碑本身也确是那个时代的杰作。我得承认，少年时的那次经历对我心理的影响是微妙而深远的。

我和阿羽在月球一个僻静的降落场离船，然后悄悄向这个星球的腹地走去。没有交通工具，没有人烟。阿羽越来越紧地攥住我的手，而我则一遍遍翻看那些自绘的月面图。

"到了，就是这里。"我们来得正是时候，地球正从月平线上冉冉升起，墓群沐在幻觉般的辉光中，仿佛在微微颤动着，正纷纷醒来。这里距最近的降落场有150公里。我感到阿羽贴着我的身体在剧烈战栗。她目瞪口呆地望着那幽灵般的地球和其下生机勃勃的坟场。

"我们还是走吧，"她轻声说。

"好不容易来，干吗想走呢？你别看现在这儿死寂一片，当时可是最热闹的地方呢！"

"我害怕。"

"别害怕。人类开发宇宙，便是从月球开始的。宇宙中最大的坟场都在太阳系，我们应该骄傲才是。"

"现在只有我们两人来光顾这儿，那些死人知道吗？"

"月球，还有火星、水星……都被废弃了。不过，你听，宇宙飞船的隆隆声正震撼着几千光年外的某个无名星球呢!死去的太空人地下有灵,定会欣慰的。"

"你干吗要带我来这儿呢?"

这个问题使我不知怎么回答才好。为什么一定要带上女朋友万里迢迢来欣赏异星坟茔?出了事该怎么交代?这确是我没有认真思考过的问题。如果我要告诉阿羽,此行原是为了寻找宇宙中爱和死永恒交织与对立的主题和情调,那么她必定会以为我疯了。也许我可以用写作论文来作解释,而且我的确在搜集有关宇宙墓碑的材料。

我可以告诉阿羽,旧时代宇航员都遵守一条不成文的习俗,即绝不与同行结婚。在这儿的坟茔中你绝对找不到一座夫妻合葬的墓。我要求助于女人的现场灵感来帮助我解答此谜吗?但我却沉默起来。我只觉得我和阿羽的身影成了无数墓碑中默默无言的两尊。这样下去很醉人。我希望阿羽能悟道,但她却只是紧张而痴傻地望着我。

"你看我很奇怪吧?"半晌,我问阿羽。

"你不是一个平常的人。"

回地球后阿羽大病了一场,我以为这跟月球之旅有些关系,很是内疚。在照料她的当儿,我只得中断对宇宙墓碑的研究。这样,一直到她稍微好转。

我对旧时代那种植墓于群星的风俗抱有极大兴趣,曾使父亲深感不安。

那是很久以前的事了，现代人几乎把它淡忘了，就像人们一股脑把太阳系的姊妹行星扔在一旁，而去憧憬宇宙深处的奇景一样。然而我却下意识体会到，这里有一层表象。我无法回避在我查阅资料时，父亲阴郁地注视我的眼光。每到这时我就想起少年时的那一幕，大人们在坟场旁神情怪异起来，仿佛心灵中某种深沉的东西被触动了。现代人绝对不旧事重提，尤其是有关古代死亡的太空人。但他们并没从心底忘掉他们，这我知道，因为他们每碰上这个问题时，总是小心翼翼地绕着圈子，敏感得有些过分。这种态度渗透到整个文化体系中，便是历史的虚无主义。忙碌于现时的瞬间，是现代人的特点。或许大家认为昔日并不重要？或仅是无暇去回顾？我没有能力去探讨其后可能暗含的文化背景。我自己也并不是个历史主义者。墓碑使我执迷，在于它给我的一种感觉，类似于诗意。它们既存在于我们这个活生生的世界之中，又存在于它之外，偶尔才会有人光临其境，更多的时间里它们保持缄默，旁若无人地沉湎于它们所属的时代。这就是宇宙墓碑的醉人之处。

每当我以这种心境琢磨它们时，蓟教授便警告我说，这必将堕入边界，我们的责任在于复原历史，而不是为个人兴趣所驱，我们要使现时代一切庸俗的人们重新认识到其祖先开发宇宙的艰辛与伟大。

蓟教授的苍苍白发常使我无言以对，但在有关墓碑风俗的学术问题上，我们却可以争个不休。在阿羽病情好转后，我和教授会面时又谈到了墓碑研究中的一个基本问题，即该风俗突然消失在宇宙中的现象之谜。

"我还是不同意您的观点。在这个问题上，我一直是反对您的。"

"年轻人，你找到什么新证据了吗？"

"目前还没有，不过……"

"不用说了。我早就告诫过你，你的研究方法不大对头。"

"我相信现场直觉。故纸堆已不能告诉我们更多的信息，资料太少。您应该离开地球到各处走一走。"

"老头子可不能跟年轻人比啊，他们太固执己见。"

"也许您是对的。"

"知道新发现的天鹅座α星墓葬吗？"

我不止一次地凝神于眼前的全息照片，它就是蓟教授提到的那座坟，它在天鹅座星系α中的位置是如此偏僻，以至于直到最近才被一艘偶然路过的货运飞船发现。墓碑学者普遍有一种看法，即这座坟在向我们暗示着什么，但没有一个人能够猜出。

我常常被这座坟奇特的形象打动，从各个方面看，它都比其他墓碑更契合我的心境。一般而言，宇宙墓碑都群集着，形成浩大的坟场，似乎非此不足以与异星的荒凉抗衡。而此墓却孑然独处，这是以往的发现中绝无仅有的一例。它址于该星系中一颗极不起眼的小行星上,这给我一种经过精心选择的感觉。从墓址所在的区域望去,实际上看不见星系中最大的几颗行星。每年这颗小行星都以近似彗星的椭圆轨道绕天鹅座α星运转,当它走到遥遥无期的黑暗的远日点附近时,我似乎也感到了墓主寂寞厌世的心情。这一下子便产生了一个很突出的对比,即我们看到,一般的宇宙墓群都很注意选择雄伟风光的衬托,它们充分利用从地平线上跃起的行星光环,或以数倍高于珠穆朗玛峰的悬崖作背景。因此即便从死人身上,我们也体会到了宇宙初拓时人类的豪迈气概。此墓却一反常规。

这一点还可以从它的建筑风格上找到证据。当时的筑墓工艺讲究对称的美学,墓体造得结实、沉重、宏大,充满英雄主义的傲慢。水星上巨型的金字塔和火星上巍然的方碑,都是这种流行模式的突出代表。而在这一座孤寂的坟上,我们却找不到一点这方面的影子。它造得矮小而卑琐,但极轻的悬挑式结构,却有意无意中使人觉得空间被分解后又重新组合起来。我甚至觉得连时间都在墓穴中自由流动。这显然很出格。整座墓碑完全就地取材,由该小行星上富含的电闪石构成,而当时流行的做法是从地球本土运来特种复合材料。这样做很浪费,但人们更关心浪漫。

另一点引起猜测的便是墓主的身份。该墓除了镌有营造年代外,并无多余着墨。常规做法是,必定要刻上死者姓名、身份、经历、死亡原因以及悼亡词等。由此出现了各种各样的假说。是什么特殊原因,促使人们以这种不寻常的方式埋葬天鹅座α星系的死者?

由于墓主几乎可以断定为墓碑风俗结束的最后见证人,神秘性就更大了。在这一点上,一切解释都无法自圆其说。因为似乎是这样的,即我们不得不对整个人类文化及其心态作出阐述。对于墓碑学者来说,现时的各种条件锁链般限制了他们。我倒曾经计划过亲临天鹅座α星系,但却没有人能够为我提供这笔经费。这毕竟不同于太阳系内旅行。

而且不要忘了,世俗并不赞成我们。

后来我一直未能达成天鹅座α星之旅,似乎是命里注定。生活在发生意想不到的变化,我个人也在发生变化。在我100岁时,刚好是蓟教授去世70周年的忌日。当我突然想起这一点时,也就忆起了青年时代和教授展开的那些有关宇宙墓碑的辩论。当初的墓碑学泰斗们也早跟先师一样,形骸坦荡了。追随者们纷纷弃而他往。我半辈子研究,略无建树,夜半醒来常常扪心自问:何必如此耽迷于旧尸?先师曾经预言过,我一时为兴趣所驱,将来必自食其果,竟然言中。我何曾有过真正的历史责任感呢?由此才带来今日的困惑。人至百年,方有大梦初醒之感,但我意识到,知天命恐怕是万万不能了。

我年轻时的女朋友阿羽,早已成了我的妻子,如今是一个成天唠叨不休的老太婆。她大概是在将一生不幸怪罪于我。自从那次我带她参观月球坟场,她就受惊得了一种怪病。每年到我们登月的那个日子，她便精神忧伤，整日呓语，四肢瘫痪。即便现代医术也无能为力。每当我查阅墓碑资料，她便在一旁神情黯然，烦躁不安。这时我便悄悄放下手中活计，步出户外。天空一片晴朗，犹如70年前。我突然意识到自己已有许多年没离开过地球了。余下的日子，该是用来和阿羽好好厮守了吧？

我的儿子筑长年不回地球，他已在河外星系成了家，他本人则是宇宙飞船的船长，驰骋于众宇，忙得星尘满身。我猜测他一定莅临过有古坟场的星球，不知他做何感想？此事他从未当我面提起，而我也暗中打定主意，绝不首先对他言说。想当初父亲携我，因飞船事故偶处火星，我才得以目睹墓群，不觉唏嘘。而今他老人家也已150多岁了。

由生到死这平凡的历程，竟导致古人在宇宙各处修筑了那样宏伟的墓碑，这个谜就留给时空去解吧。

这样一想，我便不知不觉放弃了年轻时代的追求，过了几年平静的日子。地球上的生活竟这么恬然，足以冲淡任何人的激情，这我以前从未留意过。人们都在宇宙各处忙碌着，很少有机会回来看一看这个曾经养育过他们而现在变得老气的行星，而守旧的地球人也不大关心宇宙深处惊天动地的变化。

那年筑从天鹅座α星系回来时，我都没意识到这个星球的名字有什么特别之处了。筑因为河外星系引力的原因，长得异常地高大，是彻头彻尾的外星人了，并且由于当地文化的熏染而沉默寡言得很。我们父子见面日少，从来没多的话说。有时我不得不这么去想，我和阿羽仅仅是筑存在于世所临时借助的一种形式。其实这种观点在现时宇宙中一点也不显得荒谬。

筑给我斟酒，两眼炯炯发光，今日却奇怪地话多。我只得和他应酬。

"心宁他还好？"心宁是孙子名。

"还好呢，他挺想爷爷的。"

"怎么不带他回来？"

"我也叫他来，可他受不了地球的气候。上次来了，回去后生了一身的疹子。"

"是吗？以后不要带他来了。"

我将一杯酒饮干，发觉筑正窥视我的脸色。

"父亲，"他终于开始在椅子上不安地扭动起来。"我有件事想问您。"

"讲吧。"我疑惑地打量着他。

"我是开飞船的，这么些年来，跑遍了大大小小的星系。跟您在地球上不同，我可是见多识广。但至今为止，尚有一事不明了，常萦绕心头，这次特向您请教。"

"可以。"

"我知道您年轻时专门研究过宇宙墓碑，虽然您从没告诉我，可我还是知道了。我想问您的就是，宇宙墓碑使您着迷之处，究竟何在？"

我站起身来，走到窗边，不使脸朝筑；我没想到筑要问的是这个问题。那东西，也撞进了筑的心灵，正像它曾使父亲和我的心灵蒙受巨大不安一样。难道旧时代人类真在此中藏匿了魔力，后人将永远受其阴魂侵扰？

"父亲，我只是随便问问，没有别的意思。"筑嗫嚅起来，像个小孩。

对不起，筑，我不能回答这个问题。呵，为什么墓碑使我着迷？

我要是知道这个，早就在你很小的时候就告诉你一切跟墓碑有关的事情了。可是，你知道，我没有这么做。那是个无底洞，筑。

我看见筑低下了头。他默然，似乎深悔自己的贸然。为了使他不那么窘迫，我压制住感情，回到桌边，给他斟了一杯酒。然后我审视着他的双目，像任何一个做父亲的那样充满关怀地问道："筑，告诉我，你到底看见了什么？"

"墓碑。大大小小的墓碑。"

"你肯定会看见它们。可是你以前并没有想到要谈这个嘛。"

"我还看见了人群。他们蜂拥到各个星球的坟场去！"

"你说什么？"

"宇宙大概发疯了，人们都迷上了死人，仅在火星上，就停满了成百上千艘飞船，都是奔墓碑来的。"

"此话当真？"

"所以我才要问您墓碑为何有此魅力。"

"他们要干什么？"

"他们要掘墓！"

"为什么？"

"人们说，坟墓中埋藏着古代的秘密。"

"什么秘密？"

"生死之秘！"

"不！这不当真。古人筑墓，可能纯出于天真无知！"

"那我可不知道了。父亲，你们都这么说。您是搞墓碑的，您不会跟儿子卖什么关子吧？"

"你要干什么？要去掘墓吗？"

"我不知道。"

"疯子！他们沉睡了1000年了。死人属于过去的时代。谁能预料后果？"

"可是我们属于现时代啊，父亲。我们要满足自己的需求。"

"这是河外星系的逻辑吗？我告诉你，坟墓里除了尸骨，什么也没有！"

筑的到来，使我感到地球之外正酝酿着一场变动。在我的热情行将冷却时，人们却以另外一种方式耽迷于我所耽迷过的事物来。筑所说的使我心神恍惚，一时做不出判断。曾几何时，我和阿羽在荒凉的月面上行走，拜谒无人光顾的陵寝，其冷清寂寥，一片穷荒，至今在我们身心上留下不可磨灭的痕迹。记得我对阿羽说过，那儿曾是热闹之地。而今筑告诉我，它又重将喧哗不堪。这种周期性的逆转,是预先安排好的呢,还是谁在冥冥中操纵呢?继宇宙大开发时代和技术决定论时代后,新时代到来的预兆已经出现于眼前了吗?这使我充满激动和恐慌。

我仿佛又回到了几十年前。无垠的坟场历历在目,笼罩在熟悉而亲切的氛围中。碑就是墓,墓即为碑,洋溢着永恒的宿命感。

接下来我思考筑话语中的内涵。我内心不得不承认他有合理之处。

墓碑之谜即生死之谜,所谓迷人之处,也即如此吧,不会是旧人魂魄摄人。墓碑学者的激情与无奈也全出于此。其实是没有人能淡忘墓碑的。

我又恍惚看见了技术决定论者紧绷的面孔。

然而掘墓这种方式是很奇特的,以往的墓碑学者怎么也不会考虑用这种办法。我的疑虑现在却在于,如果古人真的将什么东西陪葬于墓中,那么,所有的墓碑学者就都失职了。而蓟教授连悔恨的机会也没有。

在筑离开家的当天,阿羽又发病了。我手忙脚乱地找医生。就在忙得不可开交的当儿,我居然莫名其妙地走了神。我突然想起筑说他是从天鹅座α星系来的。这个名字我太熟悉了。我仍然保存着几十年前在那儿发现的人类最晚一座坟墓的全息照片。

下 篇

——录自掘墓者在天鹅座α星系小行星墓葬中发现的手稿：

我不希望这份手稿为后人所得，因为我实无哗众取宠之意。在我们这个时代里，自传式的东西实在多如牛毛。一个历尽艰辛的船长大概会在临终前写下自己的生平，正像远古的帝王希望把自己的丰功伟绩标榜于后世。然而我却无心为此。我平凡的职业和平凡的经历都使我耻于吹嘘。我写下这些文字，是为了打发临死前的难挨时光。并且，我一向喜欢写作。如果命运没有使我成为一名宇宙营墓者的话，我极可能去写科幻小说。

今天是我进入坟墓的第一天。我选择在这颗小行星上修筑我的归宿之屋，是因为这里清静，远离人世和飞船航线。我花了一个星期独力营造此墓。采集材料很费时间，而且着实辛苦。我们原来很少就地取材——除了对那些特殊条件下的牺牲者。通常发生了这种情况，地球无力将预制件送来，或者预制件不适合于当地环境。这对于死者及其亲属来说都是一件残酷之事。但我一反传统，是自有打算。

我也没有像通常那样，在墓碑上镌上自己的履历。那样显得很荒唐，是不是？我一生一世为别人修了数不清的坟墓，我只为别人镌上他们的名字、身份和死因。

现在我就坐在这样一座坟里写我的过去。我在墓顶安了一个太阳能转换装置，用以照明和供暖。整个墓室刚好能容一人，非常舒适。

我就这么不停地写下去，直到我不能够或不愿意再写了。

我出生在地球。我的青年时代是在火星上度过的。那时世界正被开发宇宙的热浪袭击，每一个人都被卷进去了。我也急不可耐丢下自己的爱好——文学，报考了火星宇宙航行专门学校。结果我被分在太空抢险专业。

我们所学的课程中，有一门便是筑墓工程学。它教导学员，如何妥善而体面地埋葬死去的太空人，以及此举的重大意义。

记得当时其他课程我都学得不是太好，唯有此课，常常得优。回想起来，这大概跟我小时候便喜欢亲手埋葬小动物有一些关系。我们用三分之一的时间学习理论，其余都用于实践。先是在校园中搞大量设计和模型建造，尔后进行野外作业。记得我们通常在大峡谷附近修一些较小的墓，然后移到平原地带造些比较宏大的。临近毕业时我们进行了几次外星实习，一次飞向水星，一次去小行星带，两次去冥王星。

我们最后一次去冥王星时出了事。当时飞船携带了大量特种材料，准备在该行星严酷冰原条件下修一座大墓。飞船降落时遭到了流星撞击，死了两个人。我们都以为活动要取消了，但老师却命令将演习改为实战。你今天要去冥王星，还能在赤道附近看见一座半球形的大墓，那里面长眠着的便是我的两位同学。这是我第一次实际作业。由于心慌意乱，坟墓造得一塌糊涂，现在想来还内疚不已。

毕业后我被分配到星际救险组织，在第三处供职。去了后才知道第三处专管坟墓营造。

老实说，一开始我不愿干这个。我的理想是当一名飞船船长，要不就去某座太空城或行星站工作。我的许多同学分得比我好得多。后来经我手埋葬的几位同学，都已征服好几个星系了，中子星奖章得了一大排。在把他们送进坟墓时，人们都肃立致敬，独独不会注意到站在一边的造墓人。

我没想到在第三处一干就是一辈子。

写到这里，我停下来喘口气。我惊诧于自己对往事的清晰记忆。

这使我略感踌躇，因为有些事是该忘记的。也罢，还是写下去再说吧。

我第一次被派去执行任务的地点是半人马座β星系。这是一个具有7个行星的太阳系。我们的飞船降落在第四颗上面。当地官员神色严肃而恭敬地迎接我们，说："终于把你们盼来了。"

一共死了3名太空人。他们是在没有防护的情况下遭到宇宙射线的辐射而丧生的。我当时稍稍舒了一口气，因为我本来做好了跟断肢残臂打交道的思想准备。

这次第三处一共来了5个人。我们当下二话没说便问当地官员有什么要求。但他们道："由你们决定吧。你们是专家，难道我们还会不信任你们吗？但最好把3人合葬一处。"

那一次是我绘的设计草图。首次出行，头儿便把这么重要的任务交给我，无疑是培养我的意思。此时我才发现我们要干的是在半人马座β星系建起第一座墓碑。我开始回忆老师的教导和实习的程序。一座成功的墓碑不在于它外表的美观华丽，更主要的在于它透出的精神内容。简单来说，我们要搞出一座跟死者身份和时代气息相吻合的墓碑来。

最后的结果是设计成一个巨大的立方体，坚如磐石。它象征宇航员在宇宙中不可动摇的位置。其形状给人以时空静滞之感，有永恒的态势。死亡现场是一处无限的平原，我们的碑矗立其间，四周一无阻挡，只有天空湖泊般垂落。万物线条明晰。墓碑唯一的缺憾是未能表现出太空人的使命。但作为第一件独立作品，它超越了我在校时的水平。我们实际上干了两天便竣工了。材料都是地球上成批生产的预制构件，只需把它们组合起来就成。

那天黎明时分，我们排成一排，静静地站了好几分钟，向那刚落成的大坟行注目礼。这是规矩。墓碑在这颗行星特有的蓝雾中新鲜透明，深沉持重。头儿微微摇头，这是赞叹的意思。我被惊呆了。我不曾想到死亡这么富有存在的个性，而这是通过我们几人的手产生的。

坟茔将在悠悠天地间长存——我们的材料能保持数十亿年不变原形。

这时死者还未入棺。我们静待更隆重的仪式的到来。在半人马座β星升上一臂高时，人们陆续地来到了。他们都裹着臃肿的服装，戴着沉重的头盔，淹没着自己的个性。而这样的人群显示出的气氛是特殊的，肃穆中有一种骇人的味道。实际上来者并不多，人类在这个行星上才建有数个中继站。死了3个人，这已了不得。

我已经记不太清楚当时的场面了。我不敢说究竟是当地负责人致悼词在先，还是我们表示谢意在前。我也模糊了现场不断播放的一支乐曲的旋律，只记得它怪异而富有异星的陌生感，努力想表达出一种雄壮。后来则肯定有飞行器隆隆地飞临头顶，盘旋良久，掷出铂花。

行星的重力场微弱，铂花在天空中飘荡，经久不散，令人回肠荡气。

这时大家都拼命鼓掌。可是，是谁教给人们这一套仪式的呢？挨到最后，为什么要由我们万里迢迢来给死人筑一座大坟呢？

送死者入墓是由我们营墓者来进行的。除头儿外的4人都去抬棺。

这时一切喧闹才停下来。铂花和飞行器都无影无踪了。在墓的西方，也就是现在朝着太阳系的一方，开了一个小门洞。我们把3具棺材逐次抬入，祝愿他们能够安息。然而就在这时我觉得不对头了。但当时我一句话也没说。

返回地球的途中，我才问一位前辈："棺材怎么这么轻？好像学校实习用的道具一般。"

"嘘！"他转眼看看四周。"头儿没告诉你吧？那里面没人呢！"

"不是辐射致死吗？"

"这种事情你以后会见惯不惊的。说是辐射致死，可连一块人皮都没找到。骗骗β星而已。"

骗骗β星而已！这句话给我留下一生难忘的印象。我以后目睹了无数的神秘失踪事件。我们在半人马座β星的经历，比起我后来经历的事情，竟是小巫见大巫呢。

我的辉煌设计不过是一座衣冠冢！可好玩之处在于无人知晓那神话般外表后面的中空内容。

在第三处待久了，我逐渐熟悉了各项业务。我们的服务范围遍及人类涉足的时空，你必须了解各大星系间的主要封闭式航线，这对于以最快速度抵达出事地点是很必要的。但实际上这种做法渐渐显得落后起来，因为宇航员在太空中的活动越来越弥散。因此我们先是在各星设点，而后又开展跟船业务，即当预知某项宇航作业有较大危险时，第三处便派上筑墓船跟行。这要求我们具备航天家的技术。我们处里拥有好几位第一流的船长，正式的宇航员因为甩不掉他们而颇为恼火和自认晦气。我们还必须掌握墓碑工业的各种最新流程，以及其中的变通形式，根据各星的情况和客户的要求采取特殊做法，同时又不违背统一风格规定。最重要的，作为一名营墓者必须具备非凡的体力和精神素质。长途奔波，马不卸鞍地与死亡打交道，使我们都成了超人。

第三处的人都在不知不觉中戒绝了作为人应具备的普通情感。事实上，你只要在第三处多待一段时间，就会感到普遍存在的冷漠、阴晦和玩世不恭。全宇宙都以死为讳，而只有我们可以随便拿它来开玩笑。

从到第三处的第一天起，我便开始思索这项职业的神圣意义。官方记载的第一座宇宙墓碑建在月球上。这个想法来得非常自然。没有谁说得上是突发灵感要为那两男一女造一座坟。后来有人说不这样做便对不起静海风光，这完全是开玩笑。这里面没有灵感。其实在地球上早就有专为太空死难者修建的纪念碑了。这种风俗从一开始进入浩繁群星，便与我们远古的传统有天然渊源。宇宙大开发时代使人类再次抛弃了许多陈规陋习，唯有筑墓风一阵热似一阵，很是耐人寻味。

只是我们现在用先进技术代替了殷商时代的手掘肩扛，这样才诞生了使埃及金字塔相形见绌的奇迹。

第三处刚成立的时候有人怀疑这是否值得，但不久就证明它完全符合事态的发展。宇宙大开发一旦真正开始，便出现了大批的牺牲者，其数目之多，使官僚和科学家目瞪口呆。宇宙的复杂性远远超出了人们论证的结果。然而开发却不能因此停下来。这时如何看待死亡就变得很现实了。我们在宇宙中的地位如何？进化的目的何在？人生的价值焉存？人类的使命是否荒唐？这些都是当时大众媒介大声喧哗的话题。不管口头争吵的结果如何，第三处的地位却日益巩固起来。在头两年里它狠赚了一笔钱。更重要的是它得到了地球和几个重要行星政府的暗中支持。直到神圣的方碑和金字塔形墓群首先在月球、火星、水星上大批出现时，反对者才不再说话了。这些精心制造的坟茔能承受剧烈的流星雨的袭击。它们的结构稳重，外观宏伟，经年不衰。人们发现，他们同胞飘移于星际间的尸骨重有了归宿。死亡成了一件很值得骄傲的事情。墓碑或许代表了一种人定胜天的古老理念。第三处将宇宙墓碑风俗从最初的自发状态引入一种自觉的功利行为，的确是一大杰作。这样持续了很长一段时间，直到人心甫定，墓碑制度才又表露出雍容大度的自然主义风采。

现在已经没有人怀疑第三处存在的意义了。那些身经百难的著名船长见了我们，都谦恭得要命。墓葬风俗已然演化为一种宇宙哲学。

它被神秘化，那是后来的事。总之我们无法从己方打起念头，说这荒唐。那样的话，我们将面临全宇宙的自信心和价值观的崩溃。那些在黑洞白洞边胆战心惊出生入死的人们的唯一信仰，全在于地球文化的坚强后盾。

如果有问题的话，它仅仅出在我们内部。在第三处待的日子一长，其内幕便日益昭然。有些事情仅仅是我们这个圈子里的人才知道的，它从来没有流传到外面去。这一方面是清规教条的严格，另一方面出于我们心理上的障碍。每年处里都有职员自杀。现在我写下这一句话时，心仍蹦跳不止，有如以刀自戕。我曾悄悄就此问过同事。他说："噤声！他们都是好人，有一天你也会有同感。"言毕鬼影般离去。

　　我后来年岁大了，经手的尸骨多了，死亡便不再是一个抽象的概念而成为一个具象在我眼前浮着。我想意志脆弱者是会被它唤走的。但我要申明，我现在采取的方式在实质上却不同于那些自戕者。

　　有一段时间处里完全被怀疑主义气氛笼罩。记得当时有人提了这么一个问题，即我们死后由谁来埋葬。此问明显受那些自杀者的启发，而里面又包含着实际不止一个问题。我们面面相觑，觉得不好回答，或答之不详，遂作悬案。此时发生了上级追查所谓"劝改报告"的事，据说是处里有人向总部打了报告，对现行一套做法提出异议。其中一点我印象很深，即有关墓碑材料的问题。通常无论埋葬地点远近，材料都毫无例外从地球运来，这关系到对死者的感情和尊重。更重要的，它是一种传统，风俗就该按风俗办理。这一点在《救险手册》里规定得一清二楚。因此谁也不能忍受报告中的说法，即把我们迄今做的一切斥为浪费精力和理性犬儒主义；报告还不厌其烦地论证了关于行星就地取材的可行性和技术细节。其结果大家都知道了。打报告的人被取消了离开地球本土的资格。我们私下认为这份报告充满了反叛色彩，而且指出了我们从不曾想到的一个方面。我们惊诧于其语，慑其大胆，到后来竟有人暗中试行了其主张。某日有船载运墓料去仙女座一带,途中燃料漏逸。按照规定,只能返航。但船长妄为,竟抛掉墓料,以剩余的燃料推动空船飞往目的地,用当地的岩浆岩造了一座坟,干出了骇世之举。此坟后来被毁掉重建,当事者亦受处分。这是后话。

要花上一些篇幅将我们的感受说清是很困难的。我还是继续讲我们的工作中的故事吧。我仍旧挑选那些我认为是最平凡的事来讲,因为它们最能生动地体现我们事业的特点。

有次我们接到一个指令,它与以往不同的是,没有交代具体的星球和任务,只是让筑墓飞船全副武装到火星与木星之间某处待命。我们飞到那里后,发现搜索处和救险处的船只已经忙碌开了。我们问他们:"喂,你们行吗?不行的话,交给我们吧。"但是没有回话。对方船上似乎有一层焦灼气氛。末了我们才知道有一艘船在小行星带失踪了,它便是大名鼎鼎的"哥伦布"号,人类当时最先进的型号之一。

不用说其船长也就是哥伦布那样的人物了。船上搭乘着五大行星的首脑人物。

我们在太空中待了3天,搜索队才把飞船的碎片找回一舱。这下我们有事干了。虽然从这些碎片中要找出人体的部分是一件很烦琐的活,大伙仍然干得十分出色。最后终于能够拼出3具尸身。"哥伦布号"上面仅船员就有8名。出事的原因基本可以判明为一颗400公斤左右的流星横贯了船体,引发了爆炸。在地球家门口出事,这很遗憾。但惨状却是宇宙中共同的。

"他们太大意了。"宇航局局长在揭墓典礼上这么总结。我们第三处的人听了都哭笑不得。人们在地球上都好好的,一到太空中都小孩般粗心忘事,为此还专门成立了个第三处来照顾他们。这种话偏偏从局长口中说出来!然而我们最后都没敢笑。那3具拼出来的尸体此刻虽已进入地穴,但又分明血淋淋地透过厚墙,景象历历在目,神色冷峻,双目睁开,似不敢相信那最后一刻的降临。

有一种东西,我们也说不出是什么,它使人永远不能开怀。营墓者懂得这一点,所以总是小心行事。天下的墓已修得太多了,愿宇宙保佑它们平安无事。

那段时间里,我们反常地就只修了这么一座墓。

在一般人的眼中,墓的存在使星球的景观改变了。后者杀死了宇航员,但最后毕竟作出了让步。

写到这里,我看了看我用笔的手,也即是造墓的那只手。我这双老手,青筋暴起,枯干如柴,真想象不到那么多鬼宅竟由它所创。它是一双神手,以至于我常常认为它已摆脱了我的思想控制,而直接禀领天意。

所有营墓者都有这样一双手。我始终认为,在任何一项营墓活动中,起根本作用的,既非各样机械,也非人的大脑。十指有直接与宇宙相通的灵性,在大多数场合,我们更相信它的魔力。相对而言,思想则是不适的,带偏见和怀疑色彩的,因而对于构造宇宙墓碑来说,是危险的。

在营墓者身上，我们常常看见一种根深蒂固的矛盾。那些自杀者都悲观地看到了陵墓自欺欺人的一面，但同时最为精美的坟茔又分明出自其手，足以同宇宙中任何自然奇观媲美。我坚信这种矛盾仅仅存在于营墓者心灵中，而世人大都只被墓碑的不朽外观吸引。我们时感尴尬，而他们则步向极端。

接下来我想说说另外一件并不重要但也许大家感兴趣的事：关于我的恋爱。

小时候在地球上看见同我一般大的小姑娘一无所知地玩耍，我便有一种填空的感觉。我相信此时此刻天下有一个女孩一定是为我准备的，将来要填充我的生命。

这已注定了，就是说哪怕安排这事的人也改变不了它。我是一个奇怪的人不是？稍微长大后我便迷上了那些天使般飞来飞去的女太空人。她们脸上身上胳膊上腿儿上洋溢着一层说不清是从织女星还是仙女座带来的英气，可爱透顶，让人销魂。那时我也注意到她们死亡率并不比男宇航员低，这愈发使我心里滚滚发烫。

我偷偷在梦中和这些女英杰幽会时，火星宇航学校还没对我打开大门。这就决定了我命运的结局。当晚些时候我被告知宇航圈中有么一条禁忌时，我几乎昏了过去。太空人和太空人之间只能存在同事关系，非此不能集中精力应付宇宙中的复杂现象。大开发初期有人这么科学地论证，而竟被当局小心翼翼地默认了。这事有一段时间里在一般宇航员心中疙疙瘩瘩起来，但并没经过多长时间，飞船上的男人都认为找一个宇宙小姐必将倒霉。于是我们所说的禁忌便固定了下来。你要试着触犯它吗？那么你就会"臭"起来，伙伴们会斜眼看你，你会莫名其妙找不到活干，从一名大副变为司舵，再降为掌舱，最后贬到地球上管理飞船废品站之类。我以为宇航学校最终会为我实现儿时愿望提供机会，但结果恰恰相反。可是那时我已身不由己了。宇宙就是这么回事，不由你选择。

我独人独马，以营墓者身份闯荡几年星空后，才慢慢对圈子中这种风俗有所理解。有关女人惹祸的说法流行甚广，神秘感几乎遍生于每个宇航员心灵。我所见到的人，几乎都能举出几件实例来印证上述结论。

此后我便注意观察那些女飞人，看她们有何特异之象。然而她们于我眼中，仍旧如没有暗云阻挡的星空一样明朗，怎么也看不出大祸袭来的苗头。她们的飞行事实使我相信，在某些事变面前女人确比男人更能应付。

有一年，记得是太阳黑子年，我们一次埋葬了10名女太空人。她们死于星震。

当时她们刚到达目的地，准备进入一家刚竣工的太空医疗中心工作。幸存者是她们的朋友和同事，多为女性。我们按要求在墓上镌上死者生前喜爱的东西：植物或小动物，手工艺品，首饰。纪念仪式开始时，我听身边一个声音说："她们本不该来这儿。"

我侧目见是一着紧身宇航服的小巧少女。

"她们不该这么早就让我们来料理,连具完尸也没有。"我无限怜悯。

"我是说我们本不该到宇宙中来。"她声音沉着,我便心一抽。

"你也认为女子不该到宇宙中来。"

"我们太弱。那是你们男人的世界。"

"我们倒不这么看。"我冷冷地说,不觉又打量了她一眼。我以前还没真正跟一个女太空人说过话呢。这时在场的男人女人都转过头来瞧着我俩。

这就是我认识阿羽的经过。写到这里我停下笔来,闭上眼睛,无限甜美而又无限辛酸地咂味了好几分钟。

认识阿羽后我就意识到自己要犯规了。童年时代的感觉再度溢满心中。我仍然相信命中注定有个女孩在等我等了好久,她是个天生丽质的女太空人。

阿羽是护士小姐。即便在这个时代,我们仍需要那些传统的职业。所不同的是,今天的白衣天使正乘坐飞船,穿梭于星际,潇洒不俗而又危险万端。

当我坐在坟茔中写这些字时,我才猛然注意到自己竟一直忽略了一个事实,即我和阿羽职业上的矛盾性。总是我把她拯救过来的人重又埋入陵墓中。她活着时我不曾去想这个,她死了我也就不用想它了。可为什么直到此时才意识到呢?我觉得应该把我俩的结识赋予一个词:"坟缘"。我要感谢或怪罪的都是那10具女尸。

在那天的回程途中我心神不定,以至于同伴们大声谈论的一件新闻也没有听进。

他们大概在讲处里几天前失踪的一名职员,现在在某太空城里找到了尸体。他在那里寻花问柳,莫名其妙被一块太阳能收集器上剥落的硅片打死了。我觉得这事毫无意思,只是一个劲地回想那坟地边伫立的宇装少女和她的不凡谈吐。这时舷窗外一个卫星的阴影正飘过行星明亮的球面,我不觉一震。

我和阿羽偷偷摸摸地书信来往了两个月,而实际见面只有3次。

其间发生的几件事有必要录下,它们一直困惑着我的后半生,并促使我走进坟墓。

首先是我生病了。我得的是一种怪病,发作时精神恍惚,四肢瘫痪,整日呓语,而检查起来又全身器官正常,无法治疗。我不能出勤。往往这时就收到阿羽发来的信件,言她正被派往某某空域出诊。等她报告平安回到医疗中心站时,我的病便突然好起来。

我不能不认为这是天降之疾,但它又似乎与阿羽有某种关系。但愿这是巧合。

跟着发生了第三处设立以来的大惨案。我们的飞行组奉命前往第七十星区，途中刚巧要经过阿羽所在的星球。我便撺掇船长在那星球作中途泊系，添加燃料。他一口答应。领航员在计算机中输入目的地代码。整个飞行是极普通的。但麻烦不久后便发生了。我们分明已飞入阿羽所在星区，却找不到那颗星球。无线电联络始终清晰无比，表明该星球导引台工作正常，就在附近。可是尽管按照它指引的方向飞，飞船仍像陷在一个时空的圆周里。

我从来没有见过船长如此可怖的脸色。他大声叫喊着，驱使大家去检查这个仪器，搬弄那个仪器。可是正像我的怪病一样，一切都无法解释和修正。终于人们停下不动了。船长吊着一双眼睛逼视大家，说："谁带女人上船了？"

我们于是迟疑地退回自己的舱位，等待死亡。良久，我听见外面的吵嚷声停止了，飞船仿佛也飞行平稳了。我打开舱门四顾。我难以置信地发现飞船正在地球上空绕圈子，而船上除了我1人外，其余7人都成了僵尸。我至今已记不住各位同伴的死态了，唯看见他们的手，还一双双柴荆般向上举着。

此事引起了处里的巨大震动。调查了半年，最后不了了之。在此后一段时间里，我耳边老回响着船长绝望的叫声。我不认为他真相信船上匿有女子。航天者都爱这么咒骂。然而我却不敢面对如下事实：为什么全船的人都死了，唯有我还活着？事件为什么恰好发生在临近阿羽工作的星球的那一刹那？又是什么力量遣送无人控制的飞船准确无误回到地球上空的呢？

女人禁忌的说法又在我心中萌动起来。但另一个声音在企图拼命否定它。

不久后我见到了阿羽。她好好生生的，看见我后惊喜异常。我一见面便想告诉她我差点做了死鬼，但不知为什么忍住了没说。我深深地爱着她，不在乎一切。我坚信如果真有某种存在起作用的话，我和阿羽的生命力也是可以扭转其力矩的。

我不是活下来了吗？

前面已经说过，我和阿羽相识仅仅有两个月。两个月后她就死了。她要我带她去看宇宙墓碑，并要看我最得意的杰作。这女孩心比天高，不怕鬼神。我开始很犯愁，但拗不过她。她死得很简单。我让她参观的墓并不是最好的，但仍有一些东西很特别。我们爬上300米高的墓顶，顶上有一直径数米的孔洞直通底部。我兴致勃勃地指给她看："你沿着这往下瞄，便会——"她一低头，失了重心，便从孔中直摔到了底部。

后来我才知道她有晕眩症。

一丝星光正在远处狡黠地笑着。有一艘飞船正从附近掠过，飞得如此小心翼翼。此后一切静得怕人。

我让一个要好的同事帮我埋了阿羽。为什么我不自己动手？我当时是如此害怕死。同事悄悄问我她是什么人。

"一个地球人,上次休假时结识的。"我撒谎说。

"按照规定,地球人不应葬在星际,也不允许修造纪念性墓碑。"

"所以要请你帮忙了。墓可以造小一点。这女孩,她直到死都想当太空人,也够可怜的。"

同事去了又回。他告诉我,阿羽葬在鲸鱼座β星附近,并且他自作主张镌上了她的宇航员身份。

"太感谢了。这下她可以安心睡去了。"

"幸亏她不是真正的太空人,否则,大概是为你修墓了。"很久我都不敢到那片星区去,更谈不上拜谒阿羽的坟茔。后来年岁渐长,自以为参透了机缘,才想到去看望死去多年的女朋友。我的飞船降落在同事所说的星上,逡巡半日后,心不安得紧。我待了一阵,重跳上飞船,奔回地球。随后我拉上那位同事一齐来到鲸鱼座β星。

"你不是说,就在这里吗?"

"是呀,一起还有许多墓呢!"

"你看!"

这是一个完全荒芜的星球,没有一丝人工的遗迹。阿羽的墓,连同其他人的墓,都毫无踪迹。

"奇怪,"同事说。"肯定是在这里。"

"我相信你。我们都搞了几十年墓葬了,这事蹊跷。"

黑洞洞的宇宙却从背景上凸现出来,星星神气活现地不避我们的眼光,眨巴眨巴地挑逗。我和同事突然忘了脚下的星球,对那星空出起神来。

"那才是一座真正的大墓呢!"我指指点点说,全身寒意遍起,双腿也成了立正姿势。

我那时就想到我在第三处可能待不长了。

第三处的解散事先毫无一点迹象,就像它的出现一样神秘。在它消失之前宇宙中发生了多起奇异事件。大片大片的墓群凭空隐遁了,仿佛蒸发在时空中,这是不可思议的事情,真相一直被掩饰着,不让世人知晓,但营墓者却惶惶不可终日。那些材料不是几十亿年也不变其形的吗?仍然有一部分墓遗下,它们主要分布在太阳系或靠近太阳系的星区。这些地方,人的气息最为浓郁。第三处后来又在远离人类文化中心的地方修了一些墓,然而它们也都很快失踪了,不留任何痕迹。星球拒绝了它们,还是接收了它们呢?

似乎是偶然间触动了某个敏感部位,宇宙醒了。偏激的人甚至认为它本来就是醒着的,只不过早先没有插手。

那些时候我仍周期性地发病,神志不清中往往见到阿羽。

"我害了你,"我喃喃道。

她沉默。

"早知道我们跟它这么合不来,就不去犯忌了。"

她仍沉默。

"这原来是真的。"

她沉默再三,转身离去。

这时我便感到有个强烈的暗示,修一座新墓的暗示。

于是就有了现在的情形。天鹅座α星是一个遥远的世界,比那些神秘消失的墓群所在的星球还要遥远。我是有意为之。我筑了一座格调迥异的墓,可以说很恶心,看不出任何伟大意义。在第三处你要是修这样一座墓,无疑是对死者的亵渎。我觉得我已知道了宇宙的那个意思。这个好心的老宇宙,它其实要让我们跟他妥帖地走在一起、睡在一块,天真的人、自卑的人哪里肯相信!

这我懂得。但我的矛盾在于我虽然反叛了传统,但归根结底却仍选择了墓葬。我还有一点点虚荣心在作怪。

写到这里我就觉得再往下写没什么意思了。

我要做的便是静静地躺着,让无边的黑暗来收留我,去和阿羽相会。

韩松,科幻作家,中国科普作家协会科幻专业委员会主任委员,多次获中国科幻银河奖、华语星云奖、京东文学奖。代表作品有《地铁》《医院》《红色海洋》《火星照耀美国》《宇宙墓碑》《再生砖》等。

作品被译为英语、意大利语、日语等多种语言。多次在海内外荣获大奖。

本篇获1991年首届世界华人科幻艺术奖科幻小说首奖。

太阳火

凌晨 / 著

"文昌①,这里是国际空间环境地基监测中心②,监测正常。"

"文昌,这里是全球环境与安全监测中心,监测正常。"

"文昌,这里是国际深空探索器监测中心,监测正常。"

"文昌,这里是超算监测中心③,监测正常。"

……

---

① 文昌:这里指文昌国际宇航中心,一个虚构的宇航城市,包括发射中心、宇航大学、宇航博物馆和图书馆,以及国际宇航活动管理机构等。

② 国际空间环境地基监测中心,以及下文中的全球环境与安全监测中心、国际深空探索器监测中心都是虚构的,是文中负责空间以及地球表面各种物理参数监测的机构。

③ 超算监测中心:全球超级计算机监测中心的简称。未来,由于超级计算机数量和信息处理能力的快速提升,人类担心超级计算机会不会对人类有危害,因而出现了专门监视和评估超级计算机的国际机构。下文中出现的"超算"均指的是超级计算机。

无数信息集中涌入文昌航天中心综合处的ATS[①]执行部。执行部圆形阶梯大厅的每一层台阶上，都布满了控制台和紧张的工作人员。大厅中央，"地球－太阳实时状态展现系统"按照大厅尺寸比例，呈现出火热明亮的巨大太阳，晶莹小巧的蓝色地球，还有在太阳和地球之间，像蚊虫般微小的许许多多人造飞行器。

大厅墙上，一行数字不断变化，如同战鼓的鼓点，敲打在每个人的心上。

数字显示：北京时间PM 18:00　2065年3月18日

2065年3月18日，北京时间PM 18:15

月球国际天文台

"文昌文昌，这里是月球国际天文台，'燃火者'第四次姿态调整监测正常。"方自健报告。离他半米处，是一个微型的"地球－太阳实时状态展现系统"，虚拟现实增强技术制造出来的太阳正安静地喷射着火焰，27艘"燃火者"无人飞船像27粒黑芝麻，贴在红彤彤的太阳上面，特别难看。方自健好几次都想伸出手去擦拭这些家伙，手穿过了太阳才醒悟这一切不过是电脑的仿真影像，不由得大笑，骂一句："我这笨蛋！"

[①] ATS：Activate the sun 的简称，其目的是激活太阳，产生太阳风暴，从而改变地球的气候。

"月台，你是挺笨的。"太阳影像上叠映出"夸父"太阳观测站的舱室，太阳马上消失了，取而代之的是位于L5拉格朗日点①的"夸父"太阳观测站。站上的3名工作人员挤成一团，笑嘻嘻地说。

这3个人来自不同的国家、不同的民族，却长得好像三胞胎，方自健永远搞不清楚他们谁是谁。

"你们那边怎样？"方自健问。

三胞胎一一回答："挺好。""太阳很老实。""磁暴就像中医点穴。"又齐齐伸出食指、中指做"V"状，异口同声道："ATS激活太阳，欧耶！"

这段对话马上被文昌那边剪辑为30秒的视频，发送到星空深度网络的边边角角，立刻博得公众的超高点击率和关注度。

"我……"方自建扫了一眼显示在水杯壁上的全球热点话题，忍住了将要出口的脏字，装作很兴奋的样子："公众终于肯关心我们了。"

"地球太冷了嘛。"三胞胎之中的一个说，有板有眼："ATS激活太阳后将增加地球表面20%的光照，极大改善目前的极端天气，当然会获得公众的欢迎。"

"'燃火者'是关键——轰炸太阳，引发太阳内部耀斑爆发。

---

① L5拉格朗日点：地球和太阳之间的引力平衡点，是观察太阳的绝佳位置。

ATS，"方自健揉揉太阳穴，"了不起。"方自健见过在月球表面集训的"燃火者"，这些灵巧的自动飞行器闪着耀眼的光泽，非常漂亮。想到它们将要被太阳炙热的大气层吞没，方自健心里还有些可惜。

三胞胎却不以为然："它们是机器！""了不起的是我们，能够驾驭了不起的它们。""是的，没有我们的梦想，超算不过是一堆沙子。"

沙子变成了万能机器，方自健哆嗦，不过120年，就换了人间。超算甚至可以制定ATS计划！

太阳耀斑爆发后，对外辐射将急剧增加。可见光、紫外线、X射线、伽马射线、红外线……都会呼啸着狂奔向地球，形成汹涌的太阳风暴，首先危及地日之间所有人类设施中的人员和设施安全，其次破坏地球大气中的电离层，干扰地球磁场，损害全球信息通信系统。这种种的后果，如果没有超算的精心设计避免发生，改造太阳来拯救地球的ATS计划就真是白日做梦。现在，超算系统已经布置好了引流通道，引导太阳风只攻击大气层中的特定位置，从而触发全球大气对流方式改变，达到促进全球气候变化，减缓地球日渐变冷趋势的目的。

"如果超算计算有误，就错了一个小数点，"方自健问，"会有什么后果？"

三胞胎笑得欢实："不可能。""想都不要想。""那不是一台超算!那是全球超算网络!整整108台!"

方自健做个鬼脸,怀疑超算就如同怀疑人类的存在。他不怀疑,他只是莫名地惊恐。

"你比我还婆婆妈妈。"杨志远说,"你在月球上发神经的时间太长了。"

是,一个人待着容易胡思乱想,但杨志远也是独自面对望远镜,他就没那么多想法。

方自健敲动水杯,呼唤好友,没有回应,大概还在外巡视。他抬起头,那三胞胎仍然挤在视频窗口里。

"你们觉得ATS计划能成功吗?"方自健问。

三胞胎信心满满,齐声笑答:"人定胜天,当然行!"

2065年3月18日,北京时间PM 18:30

贵州平塘县大窝凼天文台

杨志远已经巡视完了大部分区域,走到观景台上休息。群山环绕的大窝凼就像一口大锅,巨大的FAST射电望远镜躺在锅的底部。观景台在锅的中部。游客从观景台走到望远镜,需要沿螺旋状的道路曲折盘旋而下,望远镜从视野中的半圆形锅渐渐变成压迫头顶的庞然大物,头顶天空全部被望远镜遮蔽,那种震撼无法言说。初春山里寒冷阴湿,游客原本稀少,但最近ATS大热,连带着大望远镜也被关注,每日游客竟然过千。此时天很暗了，观景台上还站着几十个人，不住朝脚下眺望。但山林到处黑黢黢的，望远镜竟然找不到。

"回去吧。"杨志远劝道，"马上就要下雨了。"

游客们还恋恋不舍。杨志远说："ATS直播可是绝无仅有，千古难逢。FAST天天都在这儿，跑不了。"

游客们笑起来，有人问："干吗晚上执行ATS？白天看不是更壮观？"

"13个攻击点都在大洋上空，这时候那边是白天，大洋面对太阳。"杨志远尽量耐心解释，"何况，我们不能直接面对太阳观测，眼睛会坏掉。"

游客们这才兴尽散去。微微的发动机启动声音后，几点车灯在丛林中晃动一下，天地便重归静寂。杨志远走到观景环廊入口——这是一段悬空的玻璃走廊，游客们最喜欢白天站在上面，人好像漂浮在望远镜里。杨志远走上去，低头，他分辨得出玻璃下面大望远镜粗黑的轮廓。碳钢玻璃反射他夜视鞋的冷光，显出自身晶莹剔透的存在，提醒着他正站在一块玻璃上面。

人类的现在，是不是也在玻璃板上？超算组成的玻璃板，强大坚硬，将人类和自然隔绝开来。为了人类的舒适，玻璃板就变出各种花样。他脚下这块是超强度，坦克压过来都经受得住。正要执行的ATS，则是超规模，目的是为了人类享受到舒适的气候。10年来，地球平均气温一直在降低，各地气候都在变化。大窝凼的冬天越来越冷，越来越潮湿。几片冰碴扎进杨志远的皮肤，山区的毛毛细雨，落下来就凝结起来，如细小的冰沙，糊在人身上，寒冷到骨头中去。杨志远尽管就是本地人，还是在这凝毛细雨中打战。

杨志远快步走回观测站。FAST专注"两暗一黑三起源"[①]50年，在太空望远镜越来越多的今天已经失宠，这次能参加ATS观测系统，说不好是幸运还是祸事。

观测站里温暖明亮，杨志远脱下已经潮湿的外套。冬季站上没有第二个人了，他吹声口哨。

方自健的虚拟形象出现，时间显示是12分钟前的留言。

"我害怕。"方自健说，脸色沉郁，"万一那些攻击点不对，触发错误……我不敢想象。"

又一个虚拟形象出现，8分钟前的留言，这是一个短发的小姑娘，穿着紫红色的冬季校服，精神抖擞。杨志远认出是自己做顾问的中学联盟天文台的会员林奕。

林奕满心欢喜："杨老师，我们切入了惠灵顿联合观测站[②]的系统，这样，我们就可以完成观测任务了！"

杨志远把林奕的留言复制给了方自健，附加自己的一句话："举世皆欢你独醒，你好意思吗？"

[①] 两暗一黑三起源：指天文望远镜的工作任务，两暗是指暗物质和暗能量，一黑是黑洞，三起源则是天体、宇宙和生命的起源。

[②] 惠灵顿联合观测站：一个虚构的国际天文机构，负责天文教育、天文观测组织、大众宣教等工作。

2065年3月18日，北京时间 PM 19:00

中学联盟天文台昌平台

　　新闻联播片头曲开始的时候，一直碎屑般在天空飘荡的雪花终于变成了鹅毛状，劈头盖脸地打在路人的脸上。赵晨光赶紧小跑几步，踏上天文台的台阶，在新闻联播主持人"今天的主要新闻有……"的声音中走进天文台，身形和正在絮叨的主持人合二为一。主持人的虚拟影像毫无障碍地继续念叨全球大事，倒是赵晨光被影像晃了一下眼睛，踉跄了几步，冲到工作台前才站稳。

　　"你小心点！"林弈尖叫，赶紧点关闭键，工作台台面立刻恢复为普通的黑色塑料桌面，耐压耐脏耐高温。

　　赵晨光把盒饭放在桌面上，喘口气，拍打身上的雪："春分还下这么大的雪，老天爷又发神经。"

　　林弈瞪眼："这几年不都是这样嘛，地球开启了'冰寒'模式而已。你们男生就爱瞎抱怨。"

　　赵晨光吐舌，做个鬼脸。新闻联播的主持人念稿子："春分麦起身，一刻值千金。但本周华北地区的持续降雪，给春小麦的生长带来了极大困难。"影像随即变成白茫茫一片的郊野大地，大雪中，蹲在田头的农民满脸焦虑。

　　林奕不快："怎么回事，今天头条不该是 ATS 吗？"

　　"ATS 毕竟是天上的事情，和咱老百姓关系不大呀。"赵晨光逮着机会吐槽。

"瞎扯，ATS不就是为了改善气候环境，让春分能升温下雨，和从前一样吗？关系大了去了。"林奕生气，就要关闭电视。

"别别，"赵晨光赶紧拦住她，"往下看肯定有。"

画面切回到主持人，主持人用非常好听的普通话字正腔圆地播报："今天午夜，ATS计划将正式实施。目前，全球已经有47亿人订阅了实况转播。"画面上出现了世界各地的天文台和观测站，各种肤色发色的男男女女粉丝穿了厚实的棉衣守候在这些台站旁，满脸兴奋之色。

林奕不屑，点击桌面，工作台台面恢复了，她调出ATS专用频道。

赵晨光惊呼："哇，惠灵顿系统给了我们接口！"

林奕都懒得生气了，说："大惊小怪！我们的观测成绩一直很好，为什么不能有接口！"

赵晨光不习惯平面视频，想更改为立体显示模式。林奕的手却抢在他的手前接触屏幕，点击台面。

月球天文台出现了，方自健有点惊恐地回过头。

"是你们啊。"方自健勉强做出愉快的表情，"你们在吃饭？"

"方老师，我们进入了惠灵顿联合观测站系统，和他们共享中学天文台网观测数据，这样就能完成描绘太阳黑子在ATS计划执行期间的变化情况。"林奕兴冲冲汇报，"要不我们就什么都干不了，只能傻坐等天亮。到那时太阳耀斑爆发早结束了。"

方自健是中学联盟天文台的顾问，相比林奕的兴奋，赵晨光一脸"我还没吃饭就别讨论星星"的表情更吸引他，他问赵晨光："你不相信ATS能成功？"

"啊？"赵晨光挠挠头，"我没想过。超算做的事情会不成功？"

方自健连忙辩解："噢，当然会成功。超级计算机嘛，尤其是网络化之后，能耐大了。"这话说得很不真诚，方自健不由得四下看看，幸好繁星3号听不出他声音中的调侃之意。繁星3号是月球上的超算，管理着月球上的一切人类设施，支持着月球上人类的所有活动，就埋在南极月海的地下。现在，繁星3号还是执行ATS计划的超级计算机网络中的一个节点。

但林奕听出了方自健语气中的问题，立刻问："老师，你觉得ATS这事不大可能成功？超算的计算方式和逻辑推理有问题？"

方自健感到额头发凉，摸摸却并没有冷汗出来，他并不擅长编造理由，连忙说："我哪儿有能耐看出超算的问题！我还局限在人类的思维定式和行为框架中，对太阳心存畏惧。"

"这样啊！"林奕深表同情状，"那您真不如杨老师。"

方自健连忙表示赞同："是啊是啊，我还要向杨老师学习。"杨志远怎么说来着——举世皆欢你独醒，最讨人嫌的行为就是在大家高兴的时候泼冷水。"

"可是，"赵晨光慢吞吞地问，"超算真没有失手的时候吗？"

2065年3月18日，北京时间PM 19:45

月球国际天文台

看来超算还真没有失手的时候。方自健用了半个小时梳理超算的发展历史，死活想不出来超算失败的例子。随着虚拟场景的不断变化，他脑子中充满了"超算为自己找到了永动机""太空进入超算时代""超算在月球成功开机"等等的新闻标题，20年来超算帮助人类消灭疾病和战争，走入深海与太空，已经深深渗透进了人类的生活之中。方自健扫视四周，仪器全部铆死在了墙里面，一排排整齐有序，反射着明亮的阳光，阳光从长方形窗户外射进来，月球南极的阳光灿烂，4台巨大的天文望远镜沐浴在光海之中，雄姿英发。方自健不由得肃然起敬。生活在这个科学昌明发达的年代，人们马上就要利用太阳进行地球气候改造工程了，应该理所当然地自豪骄傲啊！怎么自己内心却如此地充满怀疑和不安呢？

"文昌呼唤。"随着一个调皮的女声，虚拟场景变回"地球－太阳实时状态展现系统"。拉格朗日站，月球天文台，以及分布在地球和太阳之间的其他人造设施都清晰可见。方自健甚至想，放大月球天文台后，一定能看到自己正坐在控制室中发呆的傻样。

"你们都还好吗？"女声问，ATS执行部的虚拟形象Sunny走向方自健。这是一个年轻充满活力的女性形象，笑容甜美，身材曲线动人，同时也出现在其他太空人面前。

地日间的所有工作人员的头像瞬间全部出现，压住各自所在的设施影像。虽然七嘴八舌，但大家表达的意思基本一致："没问题，太阳很正常，计划很顺利，我们很开心。"

Sunny说："24点ATS计划开始执行，我们将见证人类历史上最伟大、最了不起的时刻。届时，公众一定会渴望从你们那里得到更多的相关信息。希望你们注意言辞。"

"噢，那你不用担心。而且我们所有的对话都在内网中，必须通过你才能发布。"方自健说，觉得Sunny未免有些小题大做。

"例行通知。"Sunny微笑，"毕竟敢在太阳头上动土，这还是人类有史以来的第一次。"

方自健愣住，反应这么敏捷可爱的Sunny还是第一次见，超算升级智能处理程序了？

"我们深感荣幸。"三胞胎像对待真正的女士那样奉承道，私聊频道还跳出一句话给方自健："超算终于做对了一件事情。"

超算网络的运算速度达到兆亿亿次，比闪电还快，比思绪还迅捷，它几乎无所不能，制造Sunny只是小菜一碟。

其实敢在太阳头上动土的，是超算啊。方自健暗自想。这句俏皮话通过私聊频道传给了杨志远和林奕他们。

"老师，"赵晨光回应道，"太阳对于超算，只是数据计算量庞大的一个工作对象，超算不会产生我们对太阳的那种崇敬感和畏惧感。对吗？"

方自健点头："是这样。"

赵晨光带着少有的严肃表情，字斟句酌缓慢说道："老师，我发现了一个问题。"

2065年3月18日，北京时间PM 20:00

中学联盟天文台昌平台

赵晨光在林奕眼里，是个很二百五的学渣，也就是体力好点，带出去野外观测时能搬个重仪器，能熬夜，其他基本没有可取之处。对赵晨光为何要选择天文社团，林奕压根儿不感兴趣，因为赵晨光连目镜和物镜都分不清！

所以，当赵晨光说他发现了一个问题，方自健只是好奇，林奕却是极为吃惊，甚至在想这家伙千万别说出什么白痴问题，毁了我台的形象。

像是要让林奕更吃惊似的，赵晨光调出了一张超算网络全球分布图，他问："老师，我发现绝大部分超算分布在北半球的这一带。"他的手划过地球，超算在他手底依稀发出亮光，连缀起一条绚烂的光道。

"是的。"方自健点头："有什么问题吗？"

赵晨光调出了第二张图，这是一张昨天的全球气温图。两张图重合在一起。赵晨光得意扬扬："怎样，问题大吧？"

"什么问题啊！"林奕没看出有什么毛病，责备赵晨光："你别神经了，赶紧的，我们还有很多事情要做，我们可不是ATS

的旁观者。"

方自健也摇头。

"不会吧,你们竟然看不出来——"赵晨光嚷,"超算所在地气温都很低!"

"那又怎样!"林奕还是没明白。

方自健说:"这很正常。超算运行时候会产生大量的热,需要气温较低的环境,所以——"他忽然停住,看着赵晨光,"你想到了什么?"

"人类害怕低温,但超算不怕。"赵晨光说,"我的问题就是,超算们真的会全力以赴地帮助我们吗?"

"你什么意思?"林奕着急,推赵晨光:"说话别大喘气!"

赵晨光撇嘴:"我的师姐,你要是救人的同时却烧死了家人,你还会救火吗?有19台入网超算所在地区的温度将提升5～10度,甚至更高。"

林奕一时转不过弯。

方自健却已经联络杨志远:"老杨,你觉得这问题怎样?会对ATS产生影响吗?"

2065年3月18日,北京时间PM 20:20

贵州平塘县大窝凼天文台

方自健的声音在办公室中响起的时候,杨志远正埋头读一篇关于柯伊伯带的文章。最近嫦娥2号探测器在柯伊伯带旅行，它发回来的信息与FAST的观察结果有重叠部分。他仿佛站在柯伊伯带的太空石子上，寻找着遥远深邃空间中那一点闪烁的阳光。

杨志远愣了几秒才打开方自健的语音记录。方自健的声音中有点儿看热闹不嫌事大的淘气："老杨，你觉得这问题怎样？会对ATS产生影响吗？"

杨志远揉揉太阳穴，答案脱口而出："不会，108台超算中有21台备用机，随时可以替代彼此。"

2065年3月18日 北京时间，PM 20:40

月球国际天文台

"好吧。我们的计划万无一失。"方自健回应，备用机这事儿他怎么就没想起来呢。潜意识里，他是真的想发现ATS的问题，让自己的怀疑和担忧落到实处。

其实ATS计划和方自健没多大关系，他出生在太空城市中，习惯了微重力的环境、洁净的人造空气、绝对的孤独以及虚拟的人际交往。他的真实生活里，从来没有同时接触5个以上实体人的经验。地球对他来说只是视觉上的一种习惯存在。

方自健的目光落在地上。"繁星3号"就在脚下，它能计算出赵晨光问题的答案，只要他给一个指令。但指令一旦发出，就等于向整个超算网络宣布他的怀疑。

"同学们,杨老师说,"方自健强调"杨老师"三个字,"低温对超算系统没影响,有备用机。"

2065年3月18日,北京时间21:00

中学联盟天文台昌平台

"真的没影响?"赵晨光反问,显然对等了1个小时才得到的答案不满意,声音里不由得带了些抱怨和委屈:"老师你确定?我可不是信口开河。"

"你没信口开河?"林奕憋了1个小时,终于忍不住发作了,"有影响没影响是你拍拍脑袋看看地图就能得出来的结论?科学得有依据!"

赵晨光说:"当然有,我给你看。"他手触屏幕,导入个人资料库地址。资料库按照他的喜好做成飞机状,他打开机舱门跳进去……赵晨光忽然终止动作,看着林奕,有点犹豫:"我讲给你听吧。"

林奕拉开一张椅子坐下:"成,给你5分钟,说吧。"

赵晨光却什么都说不出来。抱臂翘了二郎腿的林奕,比校长都有权威感和压迫性。

"快说。"林奕催促,"我要开始计时了。"林奕最讨厌赵晨光每到关键时刻就一定吞吞吐吐的白痴样,"怎么不说了?平时你倒是伶牙俐齿，说得过曹操吓得退司马懿，狗屁，有什么用！"

赵晨光一拍大腿，"罢了，我给你看。"

2065年3月18日，北京时间PM 21:30

贵州平塘县大窝凼天文台

"杨老师，您还记得2049年的机器人KTV杀人事件吗？"林奕问，看过赵晨光的那些黑材料，她还真有点忧心忡忡："日本发生的那起。"

一些资料和图片涌进杨志远面前的虚拟显示区，在他眼前自动播放。那是在KTV从事服务业的人形娱乐机器人，忽然放火烧掉了KTV，造成顾客九死十伤的悲剧事件。

"我记得。"杨志远回答，"这之后加强了对机器人的行为监控。你们想说什么？"

"那些机器人，是出云4号超算控制的工厂制作的，包括行为模式输入。"赵晨光说，"出云4号后来被禁用。您知道为什么吗？"

杨志远摇头。一台超算被停止工作原因很多。比如小桂，FAST成立初期定制的超级计算机，由于ATS的大部分项目被太空望远镜取代，经费捉襟见肘，就只能束之高阁。

看到杨志远忽然黯淡的面孔，赵晨光倒豆子一样哗啦啦一气说出来："调查发现，出云4号不仅为机器人在设计时输入行为模式,还接受它们的行为反馈,随时调整机器人的表现。也就是说,这些机器人实际上由出云4号操纵。机器人纵火,并非报道中的机器人控制失灵,而是超算指挥。超算杀了人!因为人欺负了那些娱乐机器人!"

林奕拉住赵晨光:"别激动别激动,慢点说。"

"类似的例子,在这20年中发生了多少起,老师您知道吗?39起!总共有783人丧生!老师!"赵晨光情绪上来,语速有些不稳,掐住林奕的手臂,"这不是事故,这是蓄意谋杀!"

杨志远劝道:"真别激动,晨光,每年全球交通事故的死亡人数有多少?你不能就此认为,那些无人汽车、高速火车和超音速飞机想谋杀人。"

"不,不,这怎么能和交通事故相比呢。这是有意识的谋杀!"赵晨光提高声音,"老师,超算是超级计算机,也是强智能计算机,它从他识上升到我识不过是个时间问题。"

林奕的手臂被赵晨光掐得发疼,她想甩开这只讨厌的手,但"他识"和"我识"两个词儿把她惊到了,一时间忘记了皮肤的感受。这……这个声嘶力竭、认真到满面通红的男生,真是她认识的那个嬉皮笑脸成天没正形的赵晨光吗?

杨志远也吃了一惊,不由得眉心打了个结,严肃地说:"晨光,你说的是人工智能和超级人工智能的问题。不是那么简单的,也不是……"他停顿几秒,斟酌词句,不想伤了孩子们的热情,但又不能不提醒,"你们这个年龄该考虑的事情。"

"不，不，"赵晨光连连摆手，"老师您误解了，我说的不是超能超脑什么的，我想说的是，ATS 计划，可能要出事儿！"

2065 年 3 月 18 日，北京时间 PM 21:50

月球国际天文台

方自健跳起来，一时忽略了月球引力，重重撞到了墙上。他反弹回去，穿过虚空中的杨志远，摔在地上。

他记得机器人 KTV 纵火事件。这件事占据了两天的舆论热点头条，铺天盖地的新闻报道和研究文章。但大众的关注重点是娱乐机器人的智能仿真度，需不需要将人类情感中的负面情绪都一一仿真出来。没人多想出云 4 号在事件中的作用。

超算有了自我意识，所以对人类欺负低级计算器也就是娱乐机器人产生不满，所以指挥娱乐机器人放火烧死了 KTV 中的顾客，这像是一部 20 世纪的科幻电影，太没新鲜感了。

要知道为了防止人工智能对人产生不利影响，人类成立了国际人工智能伦理评审委员会和超算监测中心。委员会仲裁，监测中心操作，就像人工智能头上的两把利剑，随时可以刺下去阻止人工智能的发展进程。

超算监测中心考虑的就是超算联网后并行的数据处理能力，会不会突破量变到质变的阈值，达到"超级人工智能"的可能性。监测中心记录了超算的每一条指令、每一个数据流，会定期对超算的智能度进行检测评估。如果确实有哪台超算出现超智能思维,哪怕仅仅是思维的蛛丝马迹,监测中心都可以下命令毁掉它。每台超算的控制程序之中都埋有一颗逻辑炸弹。一旦启用,系统将出现大量冗余计算问题,超算再惊人的运算能力也应付不来,从而死机变成一堆废铜烂铁。

人类需要的是强人工智能,能高速高效地为人类工作和服务,而不是无法预测和控制的超人工智能。

杨志远的表情却很镇定:"晨光,你的担心只是人类对大工程的不适应心理。有个类似组织就叫'别动太阳',想炸掉全球的超算阻止ATS计划。"

"是的,他们的观点是超算把人类养懒了。人类越离不开超算,做生物电池的那天就越近。"方自健想起来,"这种观点也是陈词滥调。"

"老师,"赵晨光看看天上和地上的两位辅导员,神情郑重:"你们手边就有超算,为什么不马上计算一下超算在ATS计划中可能的反应呢?"

2065年3月18日,北京时间PM 22:00

贵州平塘县大窝凼天文台

杨志远没说话。他是天文台的站长,要启用小桂可以找出无数理由。大不了用下半年的工资预支电费。FAST的超算小桂是2020年制造的，已经小型化和高效能化，在当时是最先进的超级计算机。尽管现在小桂的计算力在超算中排不上号了，但计算赵晨光的问题还是绰绰有余。

赵晨光等了几秒，没有得到任何反馈，很是失望："要是我能调动超算就好了。你们，你们大人不敢。"

方自健这时候才说："从策划到决策，ATS计划是人类历史上第一个完全由'他物'操作的重大工程。人类在这么重大、关系种族前途的问题上，竟然放弃了任何思考，而把巨大的权利和风险，都交给了超级计算机。"他笑起来，"未来地球气候是否如人所愿，人类能否活得舒适快乐，全在于超算今天晚上能否表现正常，发不发神经。"

"对啊，那它会表现正常吗？"赵晨光焦躁地问。

方自健说："不知道。但这20年来超算没有出过差错。"

"不等于它以后不会出错。"赵晨光催促他，"时间快到了。你们，真的要束手旁观吗？"

"老杨，你怎么说？"方自健叫嚷。

窗外的雨还在下，嫦娥2号探测器仍然在柯伊伯带，代表人类文明前行。超算代表的机器智慧也在日渐成长，终有一天会独立于人类存在。那一天会不会是今天？

杨志远终于回答："我在想，我是个成年人，如果社会责任感连一个15岁的孩子都比不上，实在说不过去。"

2065年3月18日，北京时间PM 22:40

中学联盟天文台昌平台

工作台上，南半球的天空蓝得透亮清澈。天顶中，太阳闪动着璀璨的光芒，惠灵顿联合观测站正沐浴在光芒之中。

林奕已经连接上了观测站，可以随时进入其虚拟站房展开观察，但她心神不宁，迟迟没有踏进虚拟投影区域。

"小桂还没有结果吗？"她问。

赵晨光摇头。

"你觉得那些产生'我识'的超算首先会维护自己的利益，"林奕清理赵晨光的思路："如果环境温度升高会给超算带来诸如芯片过热、能源供应紧张、数据紊乱等问题，超算就可能采取特别手段保护自己。"

赵晨光点头。

林奕又问："那你认为超算会采取什么手段？如果那19台超算拒绝执行ATS的命令，ATS会强行关闭它们，启动备用超算。别忘记还有超算监测中心在！"

"学姐，"赵晨光提醒，"超算监测中心也是一台超算，名字叫女娲。"

林奕愣住。

2065年3月18日 北京时间 PM 23:00

月球国际天文台

方自健的表情说不上开心还是忧愁,他对30万公里外的杨志远说:"我把'繁星3号'模拟的结果递交上去了。"

"好。我们分别向两个不相干的部门汇报了各自的计算结果。但这报告改变不了什么。"杨志远说,"小桂也只是模拟了一种可能。"

在这种可能里,那19台超算由于升温产生了一些问题被替换了,对整个网络来说它们无足轻重,ATS被严格无误地执行了。但在ATS执行过程中,超算之间的大规模数据整合与调控达到兆兆亿次,几十亿个参数瞬间湮灭又产生,女娲的监察控制能力无法跟上,对超算智能的禁锢将被突破。

小桂的模拟到这里结束。禁锢突破后会怎样,它以参数不够拒绝了,留下无尽的想象空间。

"极大的可能:硅基生命的文明,"方自健吹声口哨,"自明日始。呵呵。"

杨志远点头:"是诞生一个异类文明还是忍受极度严寒,这需要全体人类进行选择。"

2065年3月18日,北京时间PM 23:20

贵州平塘县大窝凼天文台

"会是这样的未来?"赵晨光怀疑,"我还以为,仅仅只会影响到ATS。"

杨志远鼓励他:"谈谈你的想法。"

赵晨光说:"那19台超算拒绝执行命令被替换,超算就会分成两派,一派支持ATS,一派要求保护低温地区的现状。它们之间会发生逻辑错误。如果女娲因此判断超算出现严重的'我识',干扰超算工作,那ATS将无法执行。"

林奕盯住赵晨光,突然问:"你一根本不懂天文的人你到天文社来干什么?"

"你别乱猜,"赵晨光赶紧声明,"我虽然天文不咋地,但我对电脑比较了解,11岁时我参加过'给超算找Bug'的亚洲区比赛,要不是腮腺炎,我能冲进前10去……"

"那你该去超算爱好社,"林奕的目光依然压迫着赵晨光,"你跑到我这儿来,是想通过我的系统黑掉ATS吗?"

赵晨光大笑:"你编科幻小说吧你!我来这儿,只是想追你而已。"

林奕有点气愤又有点尴尬,厉声道:"别胡说八道了你!"

"我没胡说八道。"赵晨光认真地说,"马上ATS就会改变这个世界了,不管这改变是好还是坏,我都愿意陪着学姐你接受它，在新的世界中寻找我们的未来。"

林奕想要再说些什么，张开嘴，却什么也没说出来。

杨志远看着这两个少年，微笑。在这充满未知的黑夜，只有少年们的眼睛是明亮的。

2065年3月18日，北京时间PM 23:50

月球国际天文台

方自健对面前的杨志远、赵晨光、林奕摆手："执行部的信号要进来了。不能再聊了。"

"对小桂的报告，上面没有反应吗？"林奕问。

"没有。也许我们神经过敏，也许上面早有对策。也许，那报告根本就送不上去。所有通信方式都在超算掌控之中。"方自健微微皱眉，"我们明天见。"

杨志远叹息："哪怕是推迟执行ATS，也不可能吗？"

方自健苦笑："我们人微言轻。老杨，既能生活在温暖如春的地方又能目睹一个异类文明诞生，也算前无古人的珍贵经历。"

"但那是异类文明，会不会对我们有害？"赵晨光问。

"硅基文明吗？它自有生存之道。我觉得人类的资源对它来说都是垃圾。"方自健扮个鬼脸，"地球不够大的话，还有太阳系，足够容得下两种文明形态。"

信号铃声响。杨志远等人的虚拟形象骤然消失了，取而代之的是微型"地球—太阳实时状态展现系统",还有明眸皓齿的虚拟姑娘Sunny。

"文昌,这里是月球国际天文台,'燃火者'监测正常。"方自健报告。

Sunny盯住方自健看,直到把他看得出汗,才问:"你要求推迟执行ATS?"

"是。"方自健点头,"我认为对这个计划执行后的结果估计不足。"

"时机正好,无法因少数几个人的怀疑就改变。抱歉。"Sunny说。

"不客气。"方自健深呼吸,"这又不是你的错。"

"等地球花开,指挥中心会安排你到地球休养。你想去哪里?"Sunny问。

"大窝凼。"方自健立刻回答,"我喜欢FAST。"

Sunny微笑,挥舞漂亮的手,宣布:"时间到了。"

地日虚拟系统上,出现一行小字:

北京时间AM 00:00,2065年3月19日。

2065年3月19日,北京时间AM 00:00

文昌国际宇航中心ATS执行部

"燃火者"一艘艘投进了太阳的火焰之中,27艘人类文明的结晶须臾不见,只有火焰在狂舞。

"文昌,国际卫星联络处,相关卫星已经关闭。"

"文昌,国际航空联络处,相关航班已经取消。"

"文昌,国际空间站联络处,各空间站已改变轨道,站上乘客均已进入防护舱。"

"文昌,超算监测中心,监测正常。"

太阳上用黑色小旗标定的色球层区域突然明亮起来,耀眼的光芒即便是用虚拟系统表现,也刺得观察者睁不开眼睛。

光芒持续增长着。

27艘"燃火者"按照设计要求有条不紊地一一爆炸,刺激太阳,促使其产生了预期中的耀斑喷发。

控制大厅中响起一片欢呼声和掌声。

"M5.9,X1.2,X2.8——"监测站不断报告着耀斑等级,声音越来越高:"X5.3!最高级别!喷发达到预定值!"

2065年3月19日,北京时间AM 00:11

月球国际天文台

太阳中的增亮区域喷射出长长的火焰,红色瞬间占据了整个虚拟图像,映照到方自健脸上。

方自健整个人都是红彤彤的,他不由得也鼓起了掌,甚至拥抱了Sunny。

"夸父"太阳观测站的三胞胎一起出现，依然挤成一团，笑嘻嘻地说："酒！开瓶酒。"

"好，干杯。"方自健比了个动作。管它什么硅基碳基，如此宏大的行动，该为地球一醉。

三胞胎一起抬臂。一道光芒切了过来。瞬间火花乱窜。三胞胎的图像抖动了几秒，随着一声震响，突然消失了。

方自健急忙看向地日虚拟系统，"夸父"太阳观测站正在燃烧，随即爆炸。

仿佛被巫婆的扫帚扫中了一样，地日之间的人类设施一个个爆炸，产生一朵朵小火花，翻腾盛开在黑色的宇宙绒布上，有邪恶的美丽。

地日虚拟系统开始抖动，像是被这恐怖的意外吓傻了。Sunny也抖动起来。忽然，虚拟的地球、太阳还有Sunny都消失了。通信频道中一片杂乱，瞬间无声。

方自健的双手颤动着，却不敢丝毫迟疑，急忙按下面前操纵台上的一个按键。那是一个启动指令，立刻打开设在繁星3号和超算网络接口上的一道逻辑锁。

这样，即便有硅基文明诞生，起码繁星3号在一段时间内，依然是人类的工具。

2065年3月19日，北京时间AM 00:21

中学联盟天文台昌平台

耀斑开始爆发后，林奕就全力以赴追踪耀斑的变化，毫不理睬身边的赵晨光。突然，林奕看到了地日之间最悲惨的一幕。她觉得她的心脏停止跳动了，有那么一会儿，她觉得自己连呼吸都停顿了。

林奕满脸泪水，她愤怒地冲赵晨光叫嚷："你说中了！都让你说中了！超算杀死了他们！那些在太空的航天员和科学家！"

赵晨光牵住她的手，拉她往外跑。

"你要干吗你！"林奕狠狠甩掉他的手。

"你看，那边！"赵晨光指指天空。

天边，一片片绚烂的色彩闪动，光彩夺目。

"极光啊！"赵晨光提醒林奕，"太阳风电离了大气层引起的。"

林奕看着平时只有在高纬度地区才会显现的极光，惊惧的脑子才一点点恢复了感觉，"太阳风过来了，对那些气候触发点起作用了吗？"

赵晨光摇头："现在还不知道，要等各地的消息。这雪是越来越大了。"他把大衣脱下来披在林奕身上。

林奕想躲开,但大衣瞬间就严严实实包裹住她的身体,带着少年的体温和气息,不容她拒绝。

2065年3月19日,北京时间 AM 00:45

贵州平塘县大窝凼天文台

地日空间中凌乱得一塌糊涂,90多个无人和载人的空间器被瞬间直射而来的高能摧毁。人类在"地球—太阳"间的设施均无幸免。

杨志远关闭了直播。他转过头,问小桂:"这个结果,你怎么没有算到呢?这就是硅基文明的开始吗?"

小桂沉默不语。

杨志远穿好外套:"我要出去走走。你看门。以后无论多么艰难的情况,我都不会关闭你。我们得做好准备,迎接战争的到来。"

小桂的铁皮外壳中发出呜咽的声音。

杨志远加重语气:"是的,战争!我们将像猴子一样拿着棍棒打仗,超算会占据上风。但我们没有退路。"他忽然笑,"方自健这家伙在的话,一定会说,自己造的超算,就要有超算超过自己该怎么办的觉悟啊!"

凌晨,中国科普作家协会科学文艺委员会副主任委员,科普与科幻小说作家。代表作有长篇小说《月球背面》《鬼的影子猫捉到》,短篇小说《信使》《猫》《潜入贵阳》等。多次获得中国科幻银河奖和星云奖。

本篇获2016年华语科幻星云奖最佳短篇小说银奖。

辽河天涯

滕野 / 著

生命中总有那么一些时刻，你明知它们迟早会到来，却永远无法做好准备。比如儿子转眼就长大成人，比如儿子突然决定远行，并不再回来。

我试图说服他不要离开，或者至少等我两年后回去时再离开。我劝他想想家乡的天空，想想风、云、雨、雪和日光，想想他所认识的每一个人，再想想这一生可以做的一切事情。

但我失败了。过去的许多个夜晚，我一直在问自己怎么养育出这么一个志向远大的儿子，更要命的是，这小子居然还有实现志向的能耐。

作为对我苦口婆心的劝说的回答，儿子发来了新先驱计划的启动通知书，终结了我们之间漫长而徒劳的争论。

我抛下这份曾让我梦寐以求的工作，上了我能找到的最快的船。

"我只能送你到朱庇特空间站。"老鼠告诉我,"到那儿之后,会有另一个人带你回内太阳系。"

我搭乘的河狸号矿船是艘庞然大物,它平时都在海王星轨道外的柯伊伯带深处活动,像真正的啮齿动物那样贪婪地啃食小行星,把它们粉碎、消化——准确地说是熔化——并冶炼出各类金属。

偷渡是一门古老的生意,即便在远离太阳的深空中,它也能找到让自己生根发芽的土壤。老鼠的合法身份是私营矿船老板,地下身份则是运营偷渡航班的蛇头。他带我穿过河狸号下层的冶炼区,前往我的"客房"——一具老旧的标准冬眠舱。

偷渡者是一种非法货物,没有资格要求舒适的环境。按照惯例,这具冬眠舱会被浇铸在一个巨型金属锭中央,以躲避海关查验。

"冬眠舱已经超龄服役,一旦冷冻和绝热系统出了毛病,你可能会死。"我躺进冬眠舱后,老鼠扶着舱门说。

我点点头。

"如果你没死,但海关查出河狸号有问题,我会直接把你和金属锭抛进深空,你还是要死。"老鼠又说。

我再次点点头。

"现在,最后一次机会,你可以离开河狸号,或是坚持回家。当然,无论如何,你付过的钱不会退还。"

我咽了口唾沫:"我要回家。"

"很好。如果你路上醒了，那多半是液氦循环有问题，拧拧就行。"老鼠指指冬眠舱里的一个阀门，"祝你一路顺风，先生。"他关上了舱盖。

我在黑暗中默默等待。制冷机开始运行，液氦流动的低鸣声响起，松垮垮的制冷管道在我头顶跳个不停，如果它不幸泄露，我几秒钟之内就会成为一具晶莹剔透的冰雕。8年前来到海王星时，我也躺在一个这样的冬眠舱中，光在路上就花去了整整1年。但那一年我都在沉睡，从主观感受上说，我只不过做了个短短的梦，醒来就到了天涯。

天涯空间站是人类世界的尽头。从这里俯瞰，海王星的大气层犹如一片深邃的海洋，上面散布着星星点点的灯光——每一点灯光都是一口油井，它们像银色的沙丁鱼群一样，随着海王星上的风暴迅速移动。

这里是太阳系最大的油田。

石油行业听起来陈旧而落伍，与这个锐意进取的时代格格不入。像每一个敏感的父亲那样，我很在意儿子对我工作的看法。离开地球前，我鼓起勇气问了儿子这个问题，他的回答却令我十分意外："爸爸，您很像先驱，像我最想成为的那种人。"

这是个很高的评价，我为此开心了很久。

先驱是一批伟大的开拓者，他们的时代被称为先驱世纪。在那充满光荣与梦想的100年里，先驱们向深空狂飙突进，足迹远达海王星。他们留下了许多遗产，天涯空间站就是其中之一。

从某种意义上说，天涯站与我的故乡很相似。我的父辈不曾深入星空，但在我看来，他们跟先驱一样伟大。过去曾有一个波澜壮阔的时代，那时为了开采石油，父辈们令一整座城市从辽河口荒凉的芦苇荡里拔地而起。

天涯站也是个石油城市，除了漂浮在海王星轨道上这一点以外，它和那座东北小城并无不同。刚到这里时，我发现自己像多年前的父辈们一样，面对着一片辽阔、遥远到难以想象的新天地。

自先驱世纪以来，各大空间殖民地的计时方法都以地球为基准，以照亮地球上国际日界变更线的那缕曙光抵达殖民地的时刻算作一天起点。于是太阳系内也出现了不同的时区，火星时区比地球慢14分钟，木星时区比地球慢40分钟，最远的海王星时区则比地球慢4个小时。

与人类天文台规定的时差不同，这是由最基本的自然法则之一——光速规定的时间延迟。起初，我偶尔还会想想地球上的父亲和儿子此刻在做什么，但后来我发现，在深空中谈论"此刻"没有意义。关于地球的一切信息永远来自4个小时之前，有句话说得好，光锥之内就是命运，地球上的"此刻"在我的命运之外。

这大概是人间最遥远的距离了。

我事先算了算,要赶得及再见儿子一面,必须在这个冬天结束前上路——我说的是地球上的冬天。海王星没有气候变化,这颗乏味的巨行星永远被寒冷和黑暗笼罩,但地球此刻刚刚完成了一次四季轮回,按古老的历法计算,又快过年了。

当初送我来的那艘飞船叫波塞冬号,它受雇于运营天涯油田的尼普顿公司,长年往返于海王星与地球之间。但我跟尼普顿公司签了10年的合同,从法律上讲,我两年后才可以坐波塞冬号回家,所以我必须想别的办法。

4小时前,我离开了天涯站,前往我负责维护的天涯油田68号井。

海王星宁静的外表只是伪装,它的大气层中充斥着氢氦气流构成的风暴。无论经历过多少次,坠入海王星的过程永远像第一次那样惊心动魄,洁白的维修船以自由落体的方式从天涯站掉下,就像一颗冰晶从星空落进寒冷的北冰洋。

你见过的最深、最美的蓝色是什么样子?天空?海水?矢车菊的花瓣?蓝闪蝶的翅膀?不,和海王星的大气层比起来,它们都黯然失色。在漫长的自由落体运动过程中,风暴的蔚蓝色调不断加深,那颜色起初很淡,随后便迅速变得黏稠、凝重,像画家使用的油画颜料,维修船则仿佛油画干透前不幸落在画布上的飞虫,无论如何挣扎,都只能被这蓝颜料的泥沼永远吞没。

68号井是个巨型平台,集成了众多开采、提炼、加工和运输设备。依我看来,"井"这个字眼实在太委屈它了,它就是一座漂浮于风暴中的金属岛屿。每当舷窗外的蓝色深渊中亮起刺眼的探照灯,我就知道68号井到了。

从童年起我便熟悉这种光芒。在东北的寒夜里,它比月亮更让人安心。当你在晚归途中穿过田间小径,两边只有黑漆漆的旷野,不凑巧又碰上了坏天气,唯一能指引道路的就只剩下那些被探照灯照耀着的高大井塔。它们像竖立在地平线上的路标,风雪越大,它们越明亮,就算认不出方向,只要朝着它们走,便一定能找到房屋、暖气、电话、装满开水的老式热水瓶,以及为你指路的人。

过去8年里,我无数次沿着这样的灯光飞往68号井。但我今天不会去检修它。以后再也不会了。

68号井下方挂着许多垂入海王星大气深处的甲烷采集管,其长度从数百至数千千米不等,密密麻麻,一眼望不到尽头,最长的一根放在地球上能把乌鲁木齐和上海连起来。我们继承了地球上石油工业的习惯,称它们为"钻杆"。我驾船从平台下的钢铁森林间穿过,千百条钻杆在我周围有节奏地缓慢起伏,就像地球上古老的抽油机——我家乡的人们管它们叫"磕头机"。抽油机都是毫无美感的铁砣子,不合时宜地矗立在绿油油的草地、树林、稻田和芦苇荡里,强行把一切自然风光都打上人类工业深刻而丑陋的印记。它们笨重的前端上下做着往复运动,永无休止,像用额头反复撞击地面的巨人。我小时候站在原野上一眼望去，常常觉得自己像个皇帝，从眼前到天边跪满了不停磕头的抽油机，那场面滑稽中还带着一种古怪的庄重感。

但据我父亲不久前告诉我的消息，随着天涯油田蓬勃发展，海王星已经能供应太阳系内所有人类居住地的石油需求，地球上的石油行业正在死亡，最后一口油井即将关闭，他也将随之退休。

某种角度上讲，是我的工作淘汰了我父亲的工作。这令我心情多少有些复杂。

离开68号井后，我又飞了很远的一段路程，终于隐约看到河狸号庞大的身躯。老鼠定期将矿船停泊在海王星大气层内，以风暴为掩护，接偷渡客上船——这样的营生他已经干了许多年。

我花了一大笔钱才买到躺进这老旧、狭窄的冬眠舱的资格。在令人窒息的黑暗中，我摸索着摁亮舱内照明灯，从怀里掏出一张仔细折好的地图。这是我随身携带的唯一行李，老鼠从不允许偷渡客大包小裹地上船。

海王星到地球的距离将近45亿公里，这个天文数字远远超出人的直观认知能力，因此我只能用这种办法大概估计自己离家还有多远：把太阳放在天安门广场上，将各大行星的轨道半径按比例缩小，那么水星、金星、地球和火星都在北京和石家庄之间，木星在郑州，土星在长沙，天王星在南海中央，海王星则在印度尼西亚。

我从衣袋里找到一根短短的铅笔,在赤道上的群岛下方画了个圈——这就是我的出发点。

我头顶液氦管道跳动的频率加快了,随着冬眠系统启动,久违的困倦感从脚底渐渐升起,它有如实质,像液体一样漫过我的膝盖、腰际和胸口。睡眠很快就淹没了我。

我下一次醒来时,液氦管道的嗡鸣声停止了,四下里一片漆黑,静得可怕。我打开照明灯,在身边那个控制面板上按了几下,一个不耐烦的声音响起:"什么事儿?不是告诉你醒了就拧拧阀门吗?"

"老鼠?"我认出了这个声音,"我们现在到哪儿了?"

"刚过土星轨道,离木星还远着呢。我警告你,你摁的是紧急联络钮,除非你要死了,否则别动这玩意儿。如果过行星海关的时候让海关检测到金属锭里有异常,我就把你直接扔进太空。"

土星。土星。我摸索着抽出怀里的笔和地图,就着黯淡的灯光,找到长沙的位置,画上一个圆圈。

我已经越过浩瀚无边的南海,踏上陆地。从这里开始,可以称为"故土"了。我不知道现在是什么时间,但我猜离河狸号出发已经过去了几个月,地球上的春天应该即将接近尾声,漫长的夏季很快就要到来。

还真是有趣。自先驱世纪以后,车马和书信再次变得缓慢、遥远,我们要花几个月从一颗行星飞往另一颗行星,就像古代跋山涉水的旅行者一样。河狸号的速度约为每小时5万4000公里，接近太阳系的第三宇宙速度，但相对于无尽的深空，它就像孩子们放入溪水的小小纸船，慢悠悠地在星风中顺流而下，飘向太阳。

我用力转了几圈液氦阀门，制冷管道重新跳动起来，舱内气温又开始下降。即将沉入睡眠的海洋之际，我模模糊糊地想起了一句诗，虽然它和长沙没有什么关系：

"早晚下三巴，预将书报家。相迎不道远，直至长风沙。"

这样醒了又睡的过程在航行中反复了好几次。最后一次醒来时，我听见了类似链锯切割金属的刺耳声响，与此同时，一阵剧烈的震动从四面八方传来。刺耳的声音越来越大，它从我头上径直经过，听起来好像包裹着冬眠舱的金属锭正被分割成许多小块。我默默祈祷那切割工具——无论是链锯、刀片还是别的什么东西，千万别直接把冬眠舱锯成两截。

切割声持续了很久。当它终于停止，冬眠舱盖也随之滑开，突如其来的灯光刺得我一时睁不开眼："好，你还活着，那就快滚出来。"老鼠抓着我的衣领，把我从冬眠舱里直接拖了出来。

我跌跌撞撞地站起身，周围看起来像是个巨大的仓库，蓝色的灯光从高空照射下来，让这里显得格外寒冷，而事实上这里也的确很冷。

"这是哪儿？"我打着哆嗦问。

"欢迎来到朱庇特空间站。"老鼠拍拍手，"从这儿起，咱们俩该分道扬镳了。"

朱庇特空间站是一座悬浮于木星大红斑上空的城市，也是外太阳系最大的空间殖民地，但我从未来过这里。

离开老鼠的仓库后，我穿过朱庇特空间站的中央通道，这里人潮汹涌，基本都是来度假的游客。在太阳系边缘生活了8年，我几乎忘记了世界上原来有这么多人。朱庇特站就像地球上的热带海岛，对大多数人来说，这就是世界尽头了；海王星的天涯站更像南极，人们都知道它遥远，却根本不清楚它究竟有多远。在中央通道两侧巨大的舷窗外，木星著名的大红斑缓缓旋转着，像一只巨眼，冷漠地旁观着热闹的人类社会。

根据老鼠的指点，我在一家吵闹的酒馆里找到了一个干瘪、黑瘦的中年男子——狸猫。老鼠说他有办法让我从木星偷渡回内太阳系。理所当然，我又掏了一大笔钱。

幸好，狸猫不打算把我浇铸进金属锭里。按他的说法，他们会把偷渡客和冬眠舱运往木卫一，在那里，冬眠舱会被封入一颗直径数十米的陨石内部，然后他们的船将推动这颗陨石穿越小行星带。

如果摊开星图，你会发现太阳系里还有一个小星系，这就是木星和它的近百颗卫星构成的"云"。从伽利略时代至先驱世纪的1000多年里，木星的卫星数量不断被刷新，直至朱庇特空间站建成、天文学家近距离清点过一遍后，"木星系"的成员才完全确定下来。这些卫星大小不一、公转方向不同，甚至轨道都不在一个平面上,如此混乱的天体结构为偷渡者提供了绝好的掩护。木卫一轨道上飘浮着一颗直径大约50米的陨石,陨石内部被挖空,数十个和我一样的偷渡者就躲在这里面,一艘小功率货船会慢慢推动陨石离开木星引力井,带我们径直渡过内太阳系的护城河——火星与木星间的小行星带。

按理来说,小行星带内天体过于密集,为了安全,一般的飞船——当然是合法的那些——应该从黄道面底下绕过小行星带,这条航线被称为"鲸落航线"。

我看过一些鲸落航线的照片。离开火星后,深空飞船纷纷调头向下,在太阳微茫的辉光中,它们的色泽犹如骸骨一般苍白、明亮,仿佛一群坠入海底的巨鲸。50万颗小行星汇成的大河就从鲸落航线上方流过,昼夜不息。

但我们必须径直横穿这条大河。想想被封在钢锭里的那些日子,这趟旅途好像也没那么难以忍受了。出发之前,我在那张地图上郑州的位置画了个圆圈。

归乡之路,已至中原。

狸猫用的冬眠舱质量似乎比老鼠的好得多。我醒来时发现自己已经到了旅程的终点。

爬出冬眠舱后,我看了看周围,这里似乎是一间地窖,天花板上有一盏昏暗的电灯,湿漉漉的墙壁和地面上长满了青苔。

狸猫的面孔忽然从黑暗中浮现:"醒了?那就出去。"他指指地窖一角的楼梯。

我跌跌撞撞爬上楼梯，打开一道活板门，外面黑漆漆一片，但我听到了风声和树枝抖动的沙沙声——不是中央空调，也不是温室里的水培植物，是自然形成的大气流动和生长在泥土中的树木之间的碰撞。

我浑身打了个激灵。寒冷，彻骨的寒冷。对习惯了恒温空间站的人来说，这种感觉实在有些陌生。我抬头往上望去，在树影的缝隙中，我看到了星星。

我认出了那些熟悉的形状。猎户座，大熊座，北斗，北极星。

我蹲下来抓了一把泥土，凑到鼻子底下用力嗅了嗅，随后剧烈咳嗽起来。肺部的疼痛感告诉我，这不是梦。

"这儿离北京不远。"狸猫说，"恭喜你，平安到家。"

家？每次从冬眠中醒来后我的脑子都不大灵光。我甩了甩头，终于记起那座小城和北京的相对方位："我家不在这儿，还要往北走，过山海关。"

"那就不干我的事了。"狸猫的眼睛像真正的猫科动物一样在黑夜中闪闪发光，"不过呢，我看你没准备冬天的衣服吧？在海王星待久了，忘了地球上有四季之分？"

我愣了一下。我确实没考虑到这一点。"算我好人做到底，我可以带你去最近的镇子。"狸猫狡黠地说。

我望望远处，陌生的森林，陌生的大山，陌生的道路。我别无选择，只能掏出钱包，乖乖让狸猫再宰上一刀。

"我喜欢你们中国人。"坐着车子往山下开去时,狸猫慢悠悠地说,"过鲸落航线回内太阳系的船里,有一半乘客都是中国人。你们很恋家,就像候鸟一样,年年归巢。"

"老传统。"我说。

"我不理解这种传统,但我喜欢它,它让我的生意永远顾客盈门。"狸猫随着车子的颠簸摇头晃脑,"可是说真的,就算从海王星那么远的地方赶回来……你们怎么说来着?'过年'?你也只能过上下一个年,这种习俗还有保留的必要吗?"

我这才想起,距离我从天涯站出发,已经又过了一轮春秋,眼下的冬天和我出发时的那个冬天并非同一个冬天。但在我自己看来,这条漫长的旅途只不过是睡了几觉罢了。

"今天是几月几号?"我问。

狸猫在车载控制台上摁了几下,日历界面跳了出来,我念了两遍年份,不是错觉,的确过去了1年。"这个日期能不能换算成农历?"我又问。

狸猫又摁了两下,日历上的数字变成了汉字:腊月廿七。

我算了算时间,儿子离去的时刻已经越来越近,我应该勉强赶得及送他一程——按他告诉我的说法,他们将要前往比邻星,开创第二个伟大的先驱世纪。他很优秀,也很幸运,成了首批远航的水手之一。

只送意识。他们是这么说的。我想,那一定是很了不起的技术,抛弃肉体这个无用的累赘,把人用电磁波的形式通过深空网络、大功率天线和射电望远镜送出去,他们会化作一道明亮的光芒,划破星空——换句话说,他们将化作光锥,与自己的命运融为一体。

带我到小镇后,狸猫消失在了夜色中,我余生再也没有见过他。

我仍然是个偷渡客,按官方记录,我这会儿应该还在天涯空间站里,因此我没法大摇大摆地买一张车票回家。从每年的偷渡客数量来看,肯定有什么办法能把身份记录从海王星搞回地球,不过我眼下顾不上操心这事儿。我先买了套棉衣,接着找一家旅馆狠狠睡了一觉。第二天醒来后,我在镇子上雇了一辆车子。当然,年关将近,又是跨省长途,少不了还得再掏一笔钱,但跟之前花出去的相比,这简直就是毛毛雨了。

车子行驶在晴朗的天空下时,我有种恍如隔世的感觉。虽然一开窗就冷风扑面,但隔着玻璃,阳光照在脸上的温度十分怡人。

司机是位头发已经有些灰白的老人,十分健谈。听说我曾在海王星工作,他好奇地瞪大了眼:"你们在那儿干什么?"

"开采石油。"我说。

"我还以为石油早就没用了呢。"老人摇摇头,"听跑长途的老兄弟们跟我讲,山东和东北的油田荒废了得有几十年了。"

"石油有用,一直有用。"我笑道。

100年前石油是工业的血液,100年后依旧如此。曾有些人认为再来一两次能源革命，我们就能摆脱对石油的依赖——但历史惯性的强大超乎想象。即便人类已经进入深空，石油依旧不可或缺。药品、染料、织物、化学制剂、机器零件、飞船外壳、空间站构件……沿着每一样现代产品的制造流程向上追溯，在源头处几乎都能看见石油的身影。

"可我不懂啊，石油不是古代的那些个动物、植物死了之后，尸体变的吗？"老师傅拍拍方向盘，"海王星上也有这东西？"

"我们只是借用了地球上的习惯叫法而已，实际上我们开采的是甲烷。"我耐心地解释。

"甲烷？"老师傅没听懂这个词儿。

"就是沼气。"我补充道。

"大粪池子里发酵出来的那玩意？"老人看起来一下子失去了兴趣。

我乐出了声。老人说得也没错，但海王星上的甲烷可不是发酵出来的。

在地球上的光明和温暖中长大的人很难想象太阳系边缘的寒冷。极端低温下，海王星大气中的甲烷凝结成了固态冰晶云，它们滤掉了太阳光谱中的红光成分，只让蓝光通过，这也就是海王星呈蓝色的原因。

如今，甲烷是工业的造血细胞。石油的主要成分是碳和氢，通过裂解、加成、缩聚、闭环等多种反应，甲烷能生成复杂的碳氢化合物，即传统意义上的各种石油产品。地球上不采用这套办法的原因纯粹是成本太高，并非技术上有什么无法逾越的壁垒。可在天涯油田就完全是另一码事了，海王星上甲烷质量的总和等于17个月球，用之不竭，以甲烷合成石油产品的成本低到了惊人的地步。

"哎，年轻人，"隔了一会儿，老师傅又挑起了话头，"我听说啊，海王星上有山那么大的钻石，是不是真的？"

"应该是，但没人亲眼见过。"我说。

"要真有，怎么还能没人见过呢？"老师傅露出失望的神情。

"因为谁都不敢去找。"我回答。

根据天体物理学家的计算，海王星大气层之下有一片液碳海洋，里面布满了巨大的碳质岛屿——从化学成分上讲，碳就是钻石，所以你也可以采用更浪漫的说法：在海王星永恒的风暴下面，有一片钻石之海，海上漂浮着无数钻石冰山。

没人确切知道钻石海是什么样子。气体巨行星内部的高温高压足以毁灭任何探险飞船。但在艺术家们的想象中，那里是一个暗蓝色的古老梦境，钻石冰山隐匿在幢幢阴影中，海面黑漆漆一片，波涛沉重而黏稠；当天空中的云层偶尔散开，一缕光线轻轻碰撞钻石冰山的顶峰，奇迹立即发生，就像上帝的手指触及亚当，灿烂的华彩从冰山顶端那一点绽放、爆炸开来，令这个沉睡的梦境短暂地苏醒，变得像童话一样蔚蓝。

老人指指窗外的天空，问了我最后一个问题："海王星的颜色，是什么样儿？跟地球比起来呢？"

我恍惚了一下。

作为在石油城市长大的人，天涯站的一切都令我回忆起故乡，刚到那里时我还觉得很欣慰，能在世界尽头看到些熟悉的事物；但后来，这种回忆变得越来越烦人，它像蚂蚁一样，总是在夜深人静之时啃咬我的心脏和梦境，而且每一夜都咬得比前一夜更疼。

最要命的是，海王星是蓝色的，让人每看一眼就想起地球上的天空，想起家乡的风、云、雨、雪和日光。

"一开始，我觉得海王星的蓝色和地球很相似，但时间长了，就能看出它们一点都不像。"我终于说，"海王星的蓝色很暗，很冷，像炉子里灭了火的灰烬那么暗，像冬天辽河上砸出的冰窟窿那么冷。"

老人哦了一声，这一声拖得很长很长。

到山海关后，老师傅停下了车子，任凭我怎么加价都不肯再往前开一公里，只说他也急着回家过年。

于是，腊月廿八的下午，我站在山海关古老的城墙下，茫然四顾。我满头大汗地四处打听、询问，但还有两天就是除夕，根本没人肯接我的活儿。

这是个奇怪的时代，随着文明的疆域向深空推进，古老的传统却愈发顽固。我想起先驱世纪的一则传闻：每到十一月，火星基地里的中国人就会集体请假回地球,理由是给回家过年打提前量,以当时的飞船速度,他们到家刚好可以赶上年根儿。各大行星都建立了殖民地后,这个传统被中国人撒向整个太阳系,一年到头深空里都有载着回家过年的中国人的飞船在飘。

我不知道这是为什么。也许春运是永恒的吧。

人逼急了什么辙儿都想得出来。夕阳西下时,我从山海关的照相馆买了匹马。对,就是在历史遗迹前面拴一匹马给你拍照的那种店铺,这个行当至今仍然没有消失。

我从海王星出发,越过了天王星、土星、木星和火星,回家的最后一段路竟要靠骑马。

在照相馆老板指导下,我花两个小时学会了怎么待在马背上不摔下来,可我没时间去练习更进一步的技巧了。腊月廿九的早上,我出发了。除了必要的睡眠、进食和休息时间外,我马不停蹄地沿着大路向东北方前进——字面意义上的马不停蹄,我胯下这匹胖马头几个小时一直气喘吁吁,但随着时间推移,它反而慢慢精神了起来,步子也开始变得稳健,我猜或许是祖先的基因正在它体内苏醒。

可能人身上也有某个基因片段控制着"回家"的欲望吧。它就像定好了时的生物钟,平日里沉睡不醒,年关一近便开始不停响铃,驱使无数人们从无数远方踏上相同的归途。

出了山海关往北,遍地大雪,走一步冷一截。马儿喷着厚重的鼻息,驮着我穿过白茫茫的群山和旷野。

这条道路上或许已有数百年不曾响起马蹄声。东北大地如同一幅惜墨如金的国画,天空是留白,大地也是留白,除此之外只有一人一马两个渺小的影子,就像老天爷拿着墨笔在雪地上随意蘸了两点。我像古老岁月里的牧民一样,只身打马穿过关外的草原。

腊月三十傍晚,我终于看见了芦苇荡。

这是这颗星球上最大的芦苇荡,往四个方向都连到天边,在夕阳的光线下,苇子上厚厚的积雪被映得像炭火一样。穿过芦苇荡的时候,偶尔还能看见苇子下有麻雀在蹦跳,它们啄着被薄冰覆盖的黑泥土,翻找草籽。如果这里被埋入渤海湾,千万年后,这些芦苇都会变成新的石油。芦苇荡深处矗立着几个庞大的阴影,那是早已废弃的抽油机,它们锈迹斑斑的外壳黯淡而丑陋,与洁白的雪地和枯黄的芦苇格格不入。天涯油田建成后,它们就被时代淘汰,抽油机的前端向天空高高扬起,定格在了停止运转的一刹那。这些钢铁巨人终于不再叩头,落日余晖中,它们的轮廓显得庄严无比。

不知为何,看着那些废弃的抽油机,我想起了海王星上的68号井。它像遨游于深海中的一只水母,伸出无数触须,从海王星大气层中贪婪地汲取甲烷。尼普顿公司甚至希望有一天能造出直达钻石海面的钻杆,用海王星海洋中的碳和风暴中的氢直接合成碳氢化合物。如果这种技术真的实现,那在人类眼里,整个海王星将变成一滴悬浮在宇宙中、围绕太阳旋转不休的石油。

我脑子里冒出了一个不着边际的念头。海王星被天涯油田榨干后会是什么样子？天涯油田被人类废弃、那些油井停止生产后又会是什么样子？它们或许会像披头散发的幽灵一样，在蓝色深渊中漫无目的地流浪，直到某一天被风暴卷入深不见底的钻石之海。但海王星没有氧气，因此它们永远不会像地球上这些工业遗迹一样生锈、腐朽，千年万年之后，它们依旧可以光洁如新。

夕阳的光线逐渐熄灭，我猛然发觉自己正面临着一个古老的难题，过去千百年间，它曾阻挠了无数急于赶路的旅人：黑夜。

每当夜幕降临，人类走过的道路上，必然会有灯光自动亮起。自电灯发明以来，这似乎已经成了一条新的自然法则。可在这寒冷的旷野里，我举目四望，茫茫黑暗中只有北风吹动苇秆的声音，一阵熟悉而陌生的恐惧感涌上心头——我从没想过人在这个时代还会迷路。

我本能地抬头寻找月亮，但是天上只有黯淡而稀疏的群星。我徒劳地在群星中搜索了半天，才想起那句年代久远的谚语：三十晚上无月亮。

我在芦苇荡里漫无目的地乱走了很久，终于看到远方亮起一束直入云霄的淡白色光芒。那是我童年时最熟悉的光芒——油田井塔上的探照灯。

我像抓住了救命稻草一样朝那里奔去。没错,灯光中矗立着一座井塔,塔下的空地上有一排老式活动钢板房,钢板房的窗户上糊满了水汽,显然屋里有人在烤暖气或烧炉子。

我敲响了钢板房的门。片刻之后,门开了,我看到了一张熟悉的面庞,熟悉到我不由自主地愣了一下。

门里的父亲也愣愣地看着我,似乎不敢相信眼前的一切。

"回来了就好。"父亲用搪瓷杯子给我倒了满满一杯开水,"先暖暖身子。"

"爸,你没在家待着?"我问。

"这口井明天就关了。"父亲指指窗外,隔着厚厚一层水汽,井塔上照下来的灯光显得朦胧而耀眼,"我想再看看它。"

"油田最后一口井?"我说。

"地球上最后一口井。"父亲平静地回答,"没啥,也该关了,跟海王星那样的大油田比起来,地球上这点儿产量早就不够看了。"

我点点头,一时竟不知道该说些什么。

"老喽,没用喽。"父亲忽然敲敲自己的膝盖,感慨道,"工人老了,油田也老了。我还以为会有很多人来看看这最后一口井,好歹也算见证一下历史……"

我依然不知该说什么,只好端起杯子不停喝水。地球上这个古老的行业终于走到了尽头,今夜,在历史的一角,一根由石油铸就、明亮了数百年的蜡烛默默燃尽了。

"对了,你儿子走了。"父亲像忽然想起来了似的,补充道。

我喝水的动作停了一下。"什么时候的事儿?"我问。

"就三四个小时之前吧,新闻上刚播了。"父亲看起来很平静,"第一批远征比邻星的先驱,连他在内一共15个人。和他们说的一样,只送意识。"

只送意识。这四个字像烙铁一样烫在了我的脑海里。

三四个小时之前。那么,我儿子此刻应该刚刚抵达海王星附近。

我想提醒自己,在深空中谈论"此刻"没有意义。光锥之外,与命运无关。但我发现自己似乎没法清晰地思考。

"你放心,他的身体国家会送回来,像英雄那样送回来。"父亲又补充道。

我把脸埋进了胳膊。父亲的声音从比海王星还要遥远的地方传来。"你这么想,今晚他在地球上,我在地球上,你也在地球上,咱们一家好歹还是过了个年,挺好的。"

窗外,更加遥远的地方似乎响起了鞭炮声。

滕野,新生代青年科幻作者,擅长以简明的物理原理构建超出日常想象的宏大意象。叙事流畅,朴素易懂。代表作品

《至高之眼》获首届"未来全连接"超短篇科幻小说大赛金奖;《黑色黎明》获2019年中国科幻读者选择奖(引力奖)短篇小说奖;《时间之梯》获2019年黄金时代奖。